1945年版的电影女主角

2009年版的海报

奥斯卡
经典文库

[004]

# The Picture of Dorian Gray
# 道林格雷的画像

(英)王尔德 ● 著　　晗煦 ● 译　　何亮 ● 丛书主编

首都师范大学出版社
CAPITAL NORMAL UNIVERSITY PRESS

## 图书在版编目(CIP)数据

道林格雷的画像/(英)王尔德著；晗煦译.—北京：首都师范大学出版社，2014.8(2021.3重印)
(奥斯卡经典文库)
ISBN 978-7-5656-2044-7

Ⅰ.①道… Ⅱ.①王… ②晗… Ⅲ.①长篇小说—英国—近代 Ⅳ.①I561.44

中国版本图书馆CIP数据核字(2014)第207225号

DAOLIN GELEI DE HUAXIANG

**道林格雷的画像**

(英)王尔德 著 晗煦 译

责任编辑 王慕飞
首都师范大学出版社出版发行
地　址　北京西三环北路105号
邮　编　100048
电　话　010-68418523(总编室) 68982468(发行部)
网　址　http://cnupn.cnu.edu.cn
印　刷　北京虎彩文化传播有限公司
经　销　全国新华书店
版　次　2014年11月第1版
印　次　2021年3月第2次印刷
开　本　880mm×1230mm 1/32
印　张　8.25 插页 4
字　数　205千
定　价　32.00元

版权所有 违者必究
如有质量问题 请与出版社联系退换

# 总序：电影的文学性决定其艺术性

不是每个人都拥有将文字转换成影像的能力，曾有人将剧作者分成两类：一种是"通过他的文字，读剧本的人看到戏在演。"还有一种是"自己写时头脑里不演，别人读时也看不到戏——那样的剧本实是字冢。"为什么会这样，有一类人在忙于经营文字的表面，而另一类人深谙禅宗里的一句偈"指月亮的手不是月亮"。他们尽量在通过文字（指月亮的手），让你看到戏（月亮）。

小说对文字的经营，更多的是让你在阅读时，内视里不断地上演着你想象中的那故事的场景和人物，并不断地唤起你对故事情节进程的判断，这种想象着的判断被印证或被否定是小说吸引你的一个重要原因，也是作者能够邀你进入到他的文字中与你博弈的门径。当读者的判断踩空了时，他会期待着你有什么高明的华彩乐段来说服他，打动他，让他兴奋，赞美。现实主义的小说是这样，先锋的小说也是这样，准确的新鲜感，什么时候都是迷人的。

有一种说法是天下的故事已经讲完了，现代人要做的是改变讲故事的方式，而方式是常换常新的。我曾经在北欧的某个剧场看过一版把国家变成公司，穿着现代西服演的《哈姆莱特》，也看过骑摩托车版的电影《罗密欧与朱丽叶》，当然还有变成《狮子王》的动画片。总之，除了不断地改变方式外，文学经典的另一个特征，是它像一个肥沃的营养基地一样，永远在滋养着戏剧，影视，舞蹈，甚至是音乐。

我没有做过统计，是不是20世纪以传世的文学作品改编成电影的比例比当下要多，如果这样的比较不好得出有意义的结论的话，我想换一种说法——是不是更具文学性的影片会穿越时间，走得更远，占领的时间更长。你可能会反问，真是电影的文学性决定了它的经典性吗？我认为是这样。当商业片越来越与这个炫彩的时代相契合时，"剧场效果"这个词对电影来说，变得至关重要。曾有一段时期认为所谓的剧场效果就是"声光电"的科技组合，其实你看看更多的卖座影片，就会发现没那么简单。我们发现了如果两百个人在剧场同时大笑时，也是剧场效果（他一个人在家看时可能不会那么被感染）；精彩的表演和台词也是剧场效果；最终"剧场效果"一定会归到"文学性"上来，因为最终你会发现最大的剧场效果是人心，是那种心心相印，然而这却是那些失去"文学性"的电影无法达到的境界。

《奥斯卡经典文库》将改编成电影的原著，如此大量地集中展示给读者，同时请一些业内人士做有效的解读，这不仅是一个大工程，也是一件有意义的事。从文字到影像；从借助个人想象的阅读，到具体化的明确的立体呈现；从繁复的枝蔓的叙说，到"滴水映太阳"的以小见大；各种各样的改编方式，在进行一些细致的分析后，不仅会得到改编写作的收益，对剧本原创也是极有帮助的，是件好事。

——资深编剧　邹静之

## 主编的话：跟随文学人物走进各种各样的命运险境

能参与《奥斯卡经典文库》丛书的编辑工作，我感到特别的荣幸和高兴。说实话，这套丛书的编辑过程不仅给我，也给我们整个编辑团队带来了莫大的兴奋感。

兴奋之一：这是国内首次以大型丛书的形式出版经典电影的文学原著，这无疑是奉献给广大读者的一场阅读盛宴，我们相信无论何种口味的读者，都会从这套丛书里找到自己的最爱，甚至找到陪伴自己一生的精神伴侣。

兴奋之二：我们选择的书目全部是奥斯卡奖得奖或者提名的电影原著。奥斯卡本身就是全球最值得大众信赖的品牌之一，在奥斯卡异常严格的选拔标准下，这一批电影原著小说的艺术质量，还有部分原著是第一次出中文版本，我们之前也并未读过，但读过之后，深为震撼——世界一流的小说确实能带给人直击心灵而又妙不可言的独特感受。

兴奋之三：这套丛书让我们重新认识了文学原著和电影作品之间的互动关系。有的作品我们只看过小说，没有看过电影；而有的作品我们只看过电影，没有看过小说（后一种情况更多一些）。于是在编辑的过程中，我们重新补课，将同一故事的两种艺术形式尽量都补看完整。补完课才发现，文学与电影之间的关系真是太有趣了——电影或者因为时长所限、或者因为视听特性的发扬、或者因为求新求变，通常都要对原来的文学作品做出取舍和改动，电影编剧和导演如何取舍如何改动，背后其实都隐藏着电影创作者的深入思考。而很多文学名著又被不同的电影创作者多次改编，这些不同的电影版本所体现出来的电影创作者的不同趣味、不同表达以及独特个性，每每让我们生发出一种"又发现了一片新大陆"的感觉。我们作为读者和观众，往往会为哪一个电影版本改得更好而争论得面红耳赤——而对于那些两种艺术形式都没看过的朋友来说，我个人的建议，最好先读小说，充分展开自己的想象世界之后，再去看电影，收获绝对不一样。

兴奋之四：比起编剧和导演对文学作品的改编，演员、明星们对文学人物的演绎无疑更能引起大家的好奇和关注，在看完小说之后，带着悠闲而挑剔的眼光，再去评论、比较电影里的明星的表现，甚至去评论、比较不同版本的明星的表现，这给我们带来了数不清的快乐时光。

因为部分原著小说和电影也是我们第一次接触，以上所呈现的，都是我们在编辑过程中非常真实的感受。我们也非常期望我们的工作能带给广大读者同样的兴奋和快乐。《奥斯卡经典文库》为您精心挑选的这些非常优秀的原著小说，完全值得您腾出一点业余时间，全身心投入其中，跟随着那些精彩的文学人物走进各种各样的命运险境，去迎接那些意想不到的感动和震撼。

——北影老师　何亮

# 导读：唯有灵魂永不枯朽

## 一

很显然，《道林格雷的画像》并不是那瑟西斯式病美少年的自恋小说，而是一场幻想和现实结合的犯罪——男青年道林·格雷和一幅画像交换了不老的容貌，一步步走向未知的黑洞，直至满手的罪行。

十八年间，他日渐丑陋的灵魂和肉体只留在画上，现实中则如一尘不染——"一如人们初次看见他那样"。直到死亡的那一刻，他那插着刀的尸体才变得"形容枯槁，满脸皱纹，容貌可憎"。

整篇小说，几乎大半篇幅都是在道林·格雷和亨利勋爵的对话中完成。王尔德以极其深厚的文学和艺术功底，呼之欲出的才华，论古讽今的旁征博引，让文字如同华丽的乐章般流淌，堪比一本《谈艺集》和《沉思录》。

而全书乍看语言跳脱不羁，飞扬跋扈，结构却相当严谨，一共二十章。直到第七章前，道林·格雷还算是个天然的、纯真的年轻人，而亨利勋爵的言论，不断地在他灵魂中埋下了"火种"。在画家巴兹尔笔下，美少年画作诞生。道林·格雷的身世也被揭晓，一场诡异的现代罗曼史——疯狂美丽的贵族母亲爱上了步兵团的中尉,遭遇背叛后,她产下孩子后就痛苦死去。因此亨利勋爵认为道林有一种"潜质"。

道林·格雷爱上了一个演莎翁剧的十七岁姑娘,西比尔·范内,两人订婚,没想到道林骤然厌弃了西比尔,冷酷无情的抛弃了她,任凭其痛苦绝望。

第八章是一个重要的转折点,痴情的西比尔·范内自杀而死,道林·格雷发现自己的阴暗只留存于画上,从此走上了一条反道德的道路。画上的人也是从这一天开始,渐渐地浑浊、肮脏。从此道林深藏画作,让其永不见人。

十八年过去了,道林·格雷容貌不变,而他的生活,内心却如"恶之花"。他名声败坏,收集的暗黑藏品,以及日夜阅读那些讲述罪恶和美的书籍——"描绘了那些被邪恶、献血和厌世情节折磨成怪物和疯子的人,既漂亮又可怖"。

第十三章(后三分之一),和前面的第七、八章互为对应,也是极为转折性的一章。道林·格雷重遇画家巴兹尔,给他看了当年的画作,并杀死了该画家,让人用化学药品销毁尸体。而贫民窟中,当年的西比尔·范内的兄弟要杀死他复仇,却被他年轻的容貌震惊,以为认错了人。一次狩猎中,复仇者反而被误杀于林中。

终章,道林·格雷想要重新做人,却看到了自己藏起来的画像,极尽丑恶恐怖,他惊骇下将画刺穿,结果以老丑的形象死于阁楼。

## 二

诚然,这个故事远不是这单纯的情节线那么简单,它想要讨论的维度非常复杂。人物的内心如同一个阴暗的花园,充满了灵魂的搏斗。一旦他们开口,又是犀利、机智和连绵不绝的辩解。

如作者所说:"把人分成好的与坏的是荒谬的,人要么迷人,要么乏味。"或是"我喜欢没原则的人甚于世界上的一切。"或是"邪恶是善良的人编造的谎言,用来解释其它人的特殊魅力。"或是"一种思想若称不上危险,那么它就不值得被称作思想。"又或,"我给你们讲述的是所有你们没勇气去犯的罪孽"。

一方面,人性的多变、自私和残酷在小说中表露无遗。另一方面,对超越世俗的"恶"和"美",又有一种神秘模糊、令人悸动的勾勒——如撒旦的狂欢,疾世愤俗的讽刺,和魔鬼一样的笑声。

可以说,青年道林·格雷正是用他的神经质、叛逆、天马行空的想象力,在亨利勋爵洞悉世事、口若悬河的鼓动下,踏入了浪漫主义混乱和危险的领域。他违背时代道德,纵情声色、谵妄、躁动;他的容貌不老不朽,年轻华美;他的生活放荡不羁,既绚烂又不堪;他的内心激烈动荡、朝夕不宁;他短暂的一生,就如一出黑色的戏剧;他是一个阴暗的英雄,从血液中萌发出的激情之花,却稍纵即逝。

值得一提的是,王尔德对恶的赞美具有一定的时代印记,更像是华兹华斯和柯勒律治的怡情,带有维多利亚时代的贵族阶层的讲究、精致。他瞧不起当时上流社会的市侩庸俗,却也只能以相对保守的方式冷嘲暗讽(尽管最后仍免不了锒铛入狱)。

他就是书中的亨利勋爵,对世情鞭辟入里,句句珠玑,却又只能选择一种符合常规的生活方式。他的"论恶"和"黑暗驱动",也并不能像波德莱尔、卡拉瓦乔、萨德、乃至爱伦坡的原始野性、身体力行。

《道林格雷的画像》中的人物沉湎于物质生活,讲究优雅体面。道林渴望深重的罪恶,他看的那些黑暗古代故事的确是震撼人心,而他仰仗的却是暗地里的叛逆,摆脱了老丑和死亡,出身富贵,铁石心肠和自负。以至于他最大的悲剧也是死时"还原了真实的丑陋"。

说到底,道林是个离经叛道的享乐者,而非真的实践了"恶的艺术"。也只有那一幅关于他的画像才是鲜活的恶,真正的"美",他却对此惊恐至极,要毁之而后快。

## 三

道林·格雷的电影改编,目前为止能够找到的有八部,即1916年英国电影版、1917年德国电影版、1918年匈牙利电影版、1945年美国电影版、1969年墨西哥电视版、1970年意大利、西德及英国合拍电影版、1976年英国BBC电视版,1983年美国电影版,及2009年英国电影版。

毕竟王尔德盛名赫赫,语言魅力无人能挡,而《道林格雷的画像》的原著也提供了一条很戏剧化鲜明的外部情节线。美少年男主角道林·格雷的人选也一直颇具话题。

1916年英国版由Henry Victor扮演道林；1917年德国版由Bernd Aldor扮演道林；1918年匈牙利版，由Norbert Dán扮演道林；1945年的美国电影，获得第18届奥斯卡金像奖黑白片最佳摄影，半恐怖半剧情片，由Hurd Hatfield扮演道林，其他主要演员还有乔治·桑德斯；1969年墨西哥电视版由Enrique Álvarez Félix扮演道林；1970年意大利和西德及英国合拍电影版由Helmut Berger扮演道林；1976年英国BBC电视版由Peter Firth扮演道林·格雷，其他主要演员有约翰·吉尔古德；2003年电影《天降奇兵》，由Stuart Townsend扮演道林·格雷。

最有名的是2009年版本，本·巴恩斯和科林·费斯主演，相当的好莱坞化，注重情节噱头和场面华丽，删掉了原著中大部分的对话和内心活动。无时无刻不在长篇大论、观点犀利的亨利，变成了心怀不良的平庸中年。道林·格雷内心纠结的幻想都被删除了，转换为外部惊恐、犹豫或痛苦的表情。整部片子只能把小说的部分情节线描述得大差不差。加了一些新的人物，删除掉了一些重要角色如西比尔·范内的大部分戏份。可以说，只是借用了原著的壳。

而鉴于"完美的肉体"是雄辩，电影在男主角非凡的个人魅力下，把道林·格雷描绘成一个青春永驻的吸血鬼，唐璜和卡萨诺瓦式的人物。制作精良，画面美轮美奂，大场面极尽奢华，暗黑面则做足了哥特风，也算是在美学上完成了一种"邪恶的想象"。

而最忠于原著的是1976年BBC的版本，完全逐字逐句的按照原著进行滔滔不绝的对话，场景全是小说时代英式本土化的生活还原，可以说是一字一句的原著投射上屏幕版本。少年金发，纤细自恋，亨利和巴兹尔也是恰如其分的体面绅士造型。这一版除了场面华丽，人物今天看不够美，整体气质略土以外，已足以成为经典。

总体来说，改编的电影都不及原著的半点风采和神韵。说到底，语言的巨大魅力和洪流无法被超越，想象空间无法被填补。一方面，惊世的美貌和不朽，拒绝镜头的一一具现化；另一方面，纯粹意识流的大篇对话和思想，也不可能尽数影像化。而在道德层面上，电影往往企图掰正原作者的三观。殊不知文字精巧瑰丽，三观之歪斜正是原著的传世魅力所在。

好在原小说尽管竭力削弱情节线，"和魔鬼交换和不老的容貌"，以及"逐渐走向一条犯罪道路"，两条原线索，都是难得的戏剧化改编原型。因此，也不是不能期待道林·格雷在未来的时日里有一次更好的屏幕呈现。

因为究其根本，它说的其实是一个人生腐化变质，而艺术不朽的故事。而艺术的不朽，又和腐化的人生共同扭结，成了一种相互依存的状态。而文学，影像和现实，也不正是以这种关系而彼此共存吗？

——北京电影学院　李彦霖

# 自 序

艺术家造就了美。艺术的宗旨就是展现艺术而隐匿艺术家。批评家则把自己对美的感觉转换成另一种形式,或另一种新的材料。

自传文体是批评的最高级、却也是最低级的形式。那些在美的事物中找到粗鄙含义的人是堕落的,且毫无魅力。这是一种错误。

而那些在美的事物中找到美的意义的人是有修养的。对这些人来说,希望尚在。他们是上天挑选出来的欣赏者,美的事物对他们来说就是美本身。

书没有道德或不道德之分,只有写得好坏之别。仅此而已。

19世纪对现实主义的讨厌,正如卡利班[①](Caliban)在镜子中看到了自己的丑态时的愤怒。

19世纪对浪漫主义的鄙夷,就像卡利班在镜子中看不到自己的尊容时的愤怒。

人类的道德生活构成艺术家的部分创作题材,但艺术的伦理则在于完美地运用不完美的艺术媒介。艺术家并不企图证明些什么。一切真的东西都是可以得到证明的。艺术家也没有道德上的同情心。拥有道德同情心对艺术家来说是一种不可原谅的矫饰之风。艺术家不是病态的,他可以表达

---

① 卡利班:莎士比亚的剧本《暴风雨》中的角色,魔法师的一个丑陋凶残的奴隶。——译者注

一切。思想和语言对艺术家来说是用来进行艺术创造的工具。罪恶与美德对艺术家来说则是艺术创作的素材。从形式的角度来讲,音乐家的创作是所有艺术典型,从感情的角度来讲,演员的演技则是典型。一切艺术都是外观和象征的集合。那些越过表象往下深究的人要自担风险,那些解读象征的人也要自担风险。艺术之镜照的不是生活而是人。对于一件艺术作品的不同观点说明这件作品是全新的,复杂的,也是至关重要的。批评家们大可表达不满,艺术家总是支持自己。一个人做了有益之事,只要他对此不沾沾自喜,都可以得到原谅。一个人做了无用之事,只要他对此极度欣赏,也可以理解。

一切艺术都是无用的。

奥斯卡·王尔德

# 第一章

画室里,玫瑰花香气四溢。夏日的微风轻舞过园中之树,透过敞着的门,送进阵阵丁香浓郁的香气和粉色荆棘花淡雅的清香。亨利·沃顿勋爵(Lord Henry Wotton)像往常一样躺在波斯皮革的沙发椅上抽着烟,不知道已经是第几根了。倚在沙发的一角,他正好可以看见一簇金莲花,蜜甜的花朵闪着蜜色的微光,粗壮的花枝似乎都无法承载这如火般的艳丽。长长的丝绸窗帘垂在巨大的窗户前,窗外有飞鸟不时掠过,投下奇异的影子,产生一种短暂的日式绘画的效果,他不禁想起那些面色苍白如玉的东京画家们,他们力求通过静态的艺术媒介传达迅捷与动态之感。

草丛未经修理,已经长得很高,蜜蜂在草间穿行,有时一圈一圈地围着满地灰金色的忍冬打转,传来沉闷的嗡嗡声,让本来沉寂的气氛愈加压抑。伦敦低沉的喧嚣,如同远方某架风琴传来的低音。屋子的中央立着一个画架,画架上夹着一幅年轻人的等身肖像，画像上的人貌美绝伦。画家本人此时正坐在画像前方不远处，他便是巴兹尔·霍尔沃德(Basil Hallward)。几年前，他的突然消失曾让众人兴致大增，更引来了许多离奇的猜想。

画家欣赏着自己的杰作，看着那英俊优雅的身形被他巧妙地再现出来，满意的笑容浮上他的脸，并似乎要停在脸上。突然，他惊跳起来，闭上双眼，手指捂着眼帘，似乎要把某个奇妙的梦关进脑子里，担心自己会从梦里醒过来。

"这是你最棒的杰作，巴兹尔，是你所有画作中最出色的，"亨利勋爵懒洋洋地说，"明年你得把它送去格罗夫纳艺术馆①。皇家艺术研究院②太大又太粗俗。不管我什么时候去，那儿要么是人太多让我看不着画儿——这就够糟的了。更糟的是，画多得见不着人。格罗夫纳才是真正唯一值得观赏的去处。"

"我想我不会把画送到任何地方。"巴兹尔回答道，并把头朝后古怪地甩去，这个动作曾让他在牛津时被朋友们取笑不止，"不，我不会送去任何地方。"

亨利勋爵眉毛一扬，透过薄薄的蓝色烟圈讶异地看着巴兹尔，虚幻的烟圈从掺了鸦片的雪茄里缭绕而出，形成一圈圈的螺旋环。"哪里都不送？我亲爱的伙计，为什么呀？有什么原因呢？你们画家都是些古怪的家伙。你们所做的一切都是为了在世求名，可一旦得到了，却好像急于将它丢掉。你太傻了，这世间比遭人议论更糟糕的事只有一件：那就是

---

① 格罗夫纳艺术馆，伦敦的艺术画廊，建于1877年，专门陈列前卫画家的作品。——译者注
② 皇家艺术研究学院，是位于英国伦敦皮卡迪利街伯林顿府的一座艺术宫，为私人资助所机构，相对独立，目的是促进杰出的艺术家和建筑师的出现，建立于1768年12月10日。——译者注

根本没人议论你。像这样的画作会把你推向远超英国所有年轻人的至高位置，而如果老年人也能产生感情的话，那他们也会非常嫉妒你的。"

"我就知道你会嘲笑我，"他答道，"可我真不能把它拿去展览，这画里倾注了太多的自我。"

亨利勋爵在沙发椅上展了展身子，笑了："是，我就知道你会这样说，可我说的也是实话。倾注太多的自我！说真的，巴兹尔，没想到你还挺自负。你的脸庞线条很硬，皮肤粗糙，头发黑得像煤一样，可画上这个年轻的阿多尼斯[①]（Adonis），看起来像是象牙与玫瑰花瓣做成的，我可看不出你俩有何相似之处。为什么呢？亲爱的巴兹尔，他就是那喀索斯[②]（Narcissus），可你——当然，你的容貌富有智慧以及类似的一切东西。"

"不过，美，真真正正的美，却是在智慧的表情展开的地方结束的。智慧本身就是一种夸张的形式，会破坏任何一张和谐的脸。人一旦坐下来沉思，就变成了鼻子，额头，或是其他可怖的东西。看看那些身处学识渊博行业中的成功人士吧，他们十足令人厌恶。当然，教堂里的人除外。可是教堂里的人又不思考。一个八十来岁的大主教口口声声念叨的还是他十八岁听到的东西，自然而然地，他的表情总是极其令人愉悦的。"

---

① 阿多尼斯：阿多尼斯是希腊神话中掌管每年植物死而复生的一位非常俊美的神。——译者注
② 那喀索斯：源于希腊神话。相传，那喀索斯是河神刻斐索斯与水泽女神利里俄珀之子。他是一位长相十分清秀的美少年，却对任何姑娘都不动心，只对自己的水中倒影爱慕不已，最终在顾影自怜中抑郁死去。化作水仙花，仍留在水边守望着自己的影子。后来，那喀索斯就成了"孤芳自赏者"、"自我陶醉者"的代名词。——译者注

"你那位年轻的神秘友人,你从来没跟我提过他的名字,可他的画令我着迷。他从来都不用思考,这一点我敢肯定。他属于漂亮而无脑的生物,应该在没有花儿的冬季供我们欣赏,而夏天他也应该一直在这儿,来帮我们清醒头脑。别夸自己了,巴兹尔,你一点儿都不像他。"

"你不了解我,哈里(Harry),"艺术家答道,"我当然跟他不像,这我最清楚了。说真的,长得像他会让我倍感遗憾的。你耸肩?我在和你说实话。出众的相貌和超凡的头脑都难逃一劫,纵观历史,这种命运一直追随着帝王们跟跄的脚步。人最好还是不要与众不同。丑陋和愚蠢在世间享尽一切,他们可以随意而坐,在戏院里张目结舌。如果说他们不明白何为胜利,那至少他们也不会了解何为失败。我们就应该像他们那样活着,泰然自若,不关世事,平平静静。他们既不会毁灭别人,也不会被他人毁灭。哈里,你的身份和财富,我的智慧,虽不怎么样——我的艺术,不论其价值如何,以及道林·格雷(Dorian Gray)俊美的容貌——我们都会为这些上帝的馈赠而遭受痛苦,可怕的痛苦。"

"道林·格雷?这就是他的大名?"亨利勋爵问,他穿过画室,朝巴兹尔·霍尔沃德走来。

"对,是他的名字,我本不打算告诉你的。"

"可为什么不告诉我?"

"哦,我解释不了,要是我真正喜欢的人,我不会将他们的名字透露给其他人。那种感觉就像把他们的某一部分出卖了一样。我现在变得越来越爱保密了,这似乎是可以让我们对现代生活产生神秘与奇妙感的一件事。再平凡不过的事,一旦被掩盖就变得有趣起来。现在我离开城里时,从来不透露自己的行踪。如果我说了,就没有兴致了。可以说这个习惯够傻,但这似乎给一个人的生活带来不少浪漫,你一定觉得我傻极了。"

"一点儿也不,"亨利勋爵答道,"一点儿也不,亲爱的巴兹尔。别忘了我已经结婚了,婚姻的一大魔力就是让夫妻之间的相互欺骗变成了生活的必需。我从不了解妻子的去向,她也从不知道我的行踪。我们也会偶遇,或者一起在外吃饭,或者去公爵家里,每次在一起的时候,我们都会一本正经地给对方讲最离奇的故事。我的妻子对此十分擅长,实际上她比我高明许多。她从来不会弄错日子,可我却常常弄混,但她即使发现了也不会跟我吵闹。有时我还希望她能吵一吵,可她只是取笑我一下就没事了。"

"我不喜欢你以这种方式谈论自己的婚姻生活,哈里,"巴兹尔·霍尔沃德一边说着,一边漫步走向通往花园的门。"我相信你绝对是个非常好的丈夫,可你却为自己的美德深感羞愧。你这个家伙真了不起,从不轻言道德,却也从不犯错。你的愤世嫉俗不过是一种伪装罢了。"

"顺其自然才是一种伪装,也是据我所知最惹人烦的伪装,"亨利勋爵笑着喊道。说着两个年轻人一起出了门走进花园,高高的月桂树丛把一条长长的竹椅罩在阴影里,他们在那里坐了下来。阳光滑过光润的叶子,草丛里,白色的雏菊在微微抖动。

停了一会儿,亨利勋爵掏出怀表,低声说:"我恐怕得走了,巴兹尔。在我走之前,请你一定要回答我之前问你的那个问题。"

"什么问题?"画家问,眼睛却盯着地面。

"你肯定知道。"

"我不清楚,哈里。"

"好吧，让我来告诉你，我需要你解释一下你为什么不把道林·格雷的画像展出去，请给我真正的理由。"

"我已经解释过了。"

"不，你没有，你只说画里有太多的你自己，喂，这很幼稚。"

"哈里，"巴兹尔·霍尔沃德说，眼神直视着他，每一幅画像，一旦画家倾注了感情，他画的就是自己，而非模特儿。模特儿仅仅是偶然事件，巧合而已。画家用斑斓的画布所展示的不是模特儿，而是自己。我不把这幅画展出去，就是担心我在画里暴露了自己灵魂的秘密。"

亨利勋爵笑问："而那又是什么呢？"

"我以后会告诉你，"霍尔沃德说，但表情却满脸困惑。

"我很期待，巴兹尔，"他的朋友瞥了他一眼说。

"哦，其实真没什么好说的，哈里，"画家答道，"我恐怕你不会理解的，可能都不会相信。"

亨利勋爵微微一笑，俯身在草丛间摘了一朵粉色的雏菊，认真打量起来。"我肯定我会理解的，"他回答道，全神贯注地盯着眼前这朵白羽的金色小花盘，"至于我相信与否，只要是难以置信的我一概都信。"

风把树上的几朵花摇了下来，簇如繁星的丁香，在慵懒的空气中晃来晃去。一只蚂蚱在墙边吱吱叫了起来，一只瘦长的蜻蜓撑着棕色的纱翼，如同一丝蓝色丝线一样掠过。亨利勋爵感觉听到了巴兹尔·霍尔沃德的心跳，他好奇他要说什么。

"事情很简单，"画家缓了缓说，"两个月前我去布兰登（Lady Brandon）夫人那里参加聚会，你也知道我们这些可怜的艺术家得时不时地在社交场合露个面，提醒一下公众我们都不是野蛮人。正如你以前告诉我的,任何人,即便是股票经纪人,只要穿件晚礼服,打条白领带就能赢得文明人的称号。呃,我当时正在屋里和一些体态臃肿、打扮过分的孀居贵妇们以及几个无聊的学究闲谈,待了大约十来分钟吧,我忽然意识到有人在看我。我侧了侧身,第一次见到了道林·格雷。我们俩目光相遇时,我觉得自己变得苍白无力。一种莫名其妙的恐怖感包围了我。那时我就知道,我面前的这个人拥有着惊人的人格魅力,如果我任其发展,这种人格魅力会吸走我所有的天性,我全部的灵魂,直至我的艺术。我并不希望有外物来影响我的生活。你了解的哈里,我是个生性独立的人,凡事自己做主,至少在遇到道林·格雷之前一直是这样。然后——可我不知道该如何给你解释,直觉告诉我,人生中可怕的危机已经近在咫尺。我总有种奇怪的想法,命运已经为我安排了极乐极苦。我畏缩了,转身离开了房间,并非受良心驱使,而是出于怯懦。我的逃跑并不光彩。"

"良心和怯懦其实是一回事,巴兹尔。良心是商家贴的商标,仅此而已。"

"我不这么想,哈里,而且我觉得你也不相信。然而不管出于什么动机,可能是自尊心吧——一直以来我都很骄傲,总之我硬撑着走向门口。到了那儿,不用说,撞上了布兰登夫人。'你不会这么急着走吧,霍尔沃德先生?'她尖叫着问,你知道她那古怪刺耳的声音吧?"

"嗯,她就像只招摇的孔雀,除了不怎么漂亮。"亨利勋爵边说,边用长长的手指不安分地把雏菊花扯成了碎片。

"我不能甩掉她,是她把我引荐给王室成员,让我认识那些戴着星星勋章的名门望族,和那些头戴硕大头冠,长着鹦鹉鼻子的老夫人们。她把我当作最好的朋友一样介绍给别人,之前我只见过她一次,可她总不忘了要吹捧我。我认为我的一些画曾在那时大获成功,至少曾被一些小刊小报评论为十九世纪不朽的标杆。突然我意识到对面站着的正是那个人格让我不可思议地为之一震的年轻人。我们离得如此之近,几乎可以碰到对方,我们的目光再次相遇了。我有点鲁莽了,可还是请布兰登夫人将我介绍给他。或许这其实也并不那么鲁莽,而是不能避免的。我肯定,不用介绍我们也会攀谈起来。事后道林也这么跟我讲,他也感觉我们是注定要相识的。"

"那布兰登夫人是如何描述这个非凡的年轻人的呢?"他的朋友问,"据我所知,她喜欢简明扼要地把所有客人都介绍一遍。记得有一次她带我见一个好斗的红脸老绅士,这人满身挂着勋章和绶带。她在我耳边嘶声说着'悄悄话',可悲的是屋子里所有的人都实实在在听到了最惊人的细节。我直接逃走了。我更喜欢自己结识朋友。可布兰登夫人对待客人的态度就像是拍卖商在拍卖商品,要么简单敷衍几句,要么说的都是你不想知道的。"

"可怜的布兰登夫人,你对她太刻薄了,哈里!"霍尔沃德倦怠地说。

"我亲爱的伙计,她本来是要建一个沙龙,结果却开成了饭店。要我怎么欣赏她?不过你跟我讲讲她是怎么说道林·格雷的?"

"噢,大概是'是个英俊的孩子,他可怜的母亲和我简直密不可分。完全忘了他是干什么的了,恐怕他——也不干什么——哦,对了,他弹钢琴——或者是小提琴吧?对吗?亲爱的格雷先生?'我们俩都忍不住大笑起来,然后立马就成了朋友。"

"欢笑对于友谊并不是个坏的开始,却是最好的结尾,"年轻的勋爵一边说,一边又摘了一朵雏菊。

霍尔沃德摇摇头。"你并不懂友情,哈里,"他低语——"因而也不懂敌对。你喜欢所有人,同时也说明你对所有人都毫不在意。"

"你这么说太不公平了!"亨利勋爵喊道,他往后按了按帽子,仰头看着天空,一朵朵小云彩像一团团光亮的白丝,在夏日里碧蓝而空旷的天上飘过。"确实,你很不公平,我待人是很有差别的,美貌的人我当作朋友,品性好的人我选作熟人,才智高的人我视为敌人。挑选敌人时,再谨慎也不为过。我的敌人全都不是傻瓜,而都是有些智慧的人,因而他们也都欣赏我。虚荣吗?我觉得我相当虚荣。"

"我确实应该这么想,哈里,可照你的分类我就只是个熟人了。"

"我亲爱的老巴兹尔,你可远不止一个熟人那么简单。"

"也远不及一个朋友吧,像是个兄弟,我猜?"

"唉,兄弟,我才不关心兄弟呢!我的哥哥总也不死,我的弟弟们除了死什么也不干。①"

"哈里!"霍尔沃德喊了起来,眉头一紧。

"我亲爱的伙计,我有点开玩笑。可我忍不住憎恶我的亲戚们,我想这是因为我们家的人都容忍不了和自己有同样缺点的人。英国民主狂人对他们所谓的上层阶级的恶习深恶痛绝,我十分理解他们。大众觉得醉酒、愚蠢、道德败坏都应该是他们的特权,如果我们中有人犯蠢了,他就侵犯了大

---

① 根据英国法律,财产所有者若在死亡时未留下遗嘱,遗产则全部由长子或其后嗣继承,此法于1925年废除。——译者注

众的权利。可怜的索思沃克（Southwark）一踏入离婚法庭，他们就立马怒火中烧了。可我认为无产阶级也没有百分之十的人过着得体的生活。"

"我一点儿也不赞同你的说法，而且哈里，我确信你也并非这么想。"

亨利勋爵抚了抚微翘的棕色胡须，用带穗的檀木手杖点了点他漆皮靴的脚尖。"你真是个地道的英国人，巴兹尔！这是你第二次这么评价了。如果有人跟一个真正的英国人提一个观点——这么做还真鲁莽——他绝不会思考这个观点对不对。他关心的只是这个人是不是真心这么想的。可一个观点的价值跟说话人的诚恳与否一点关系都没有。而且事实可能是越不诚恳的人的观点越富有纯粹的智慧，因为这种方式不会受到他的需求、欲望和成见的影响。可是，我不打算和你讨论政治、社会学或形而上的问题，相比原则我更喜欢的是人，而没有原则的人是这世上我最喜欢的。再跟我说说道林·格雷先生吧？你们多长时间见一次面？"

"天天见，一天不见我就不高兴，他对我简直是不可或缺的。"

"太奇怪了，我本以为除了艺术你什么都不关心。"

"现在，我全部的艺术就是他，"画家庄重的说，"有时我想，哈里，历史上重要的时代只有两个，一个是产生新的艺术媒介的时期，另一个是艺术出现新人物的时期。就像油画的出现之于威尼斯人，安提诺斯①（Antinous）的脸之于

---

① 安提诺斯：另译为"安提诺乌斯"，是古罗马终身元首哈德良宠爱的娈童；曾同哈德良巡游地中海沿岸地区，后溺死于尼罗河中。他死后，哈德良追封他为圣人，并在罗马帝国各地修建庙宇、塑雕像来供奉他，其雕像是在希腊文化影响下的罗马艺术最具理想化的作品。——译者注

古希腊雕塑，道林·格雷的脸之于我也将如此。这不单是因为我以他作油画、炭笔画和素描，当然这些我都做过，而且他对我而言远不止是一个模型或模特儿。我不想说，我对他的画像还不满意，或他的美已经超出了艺术的表现能力。艺术可以表现一切，我也了解我的画作很不错，遇到道林·格雷之后，这是我这辈子最棒的作品。可奇怪的是——不知道你懂不懂？——他的天性将我的艺术带入一种全新的方式，一种全新的风格，让我以不同的眼光看待事物，不同的角度思考问题。现在我可以用一种前所未有的方式来重现生活。'在思考中做白日梦'[①]——这句话是谁说的我记不得了，可这就是道林·格雷对我的意义。只要这个小伙子一出现——即便他已经二十多岁了，在我看来他还是个小伙子，——他一旦出现——啊！不知道你这一切的意义。不经意间他为我勾勒出一个崭新的学派，这个学派囊括了所有激情的浪漫主义和一切完美的希腊精神。灵魂和凡体的融合——多么难得啊！我们都疯了才会把这两者分开，却创造了庸俗的现实主义和空虚的自我。哈里，如果你知道道林·格雷对我意味着什么就好了。你还记得我的那幅风景画吗？阿格纽（Agnew）[②]出那么高的价格我都没舍得卖，那是我迄今为止最好的作品之一。为什么呢？因为在我画的时候，道林·格雷就坐在我身旁，他传递给我一种微妙的影响，有生以来，我第一次在平淡无奇的森林中看到了我苦苦追寻却一再错过的奇观。"

"太奇妙了，巴兹尔，我必须得见道林·格雷一下。"

霍尔沃德起身离开长椅，在花园里踱来踱去，过了一会

---

[①] 原文为"A dream of form in days of thought"。——译者注
[②] 阿格纽（1825~1910），画商。——译者注

儿他回来说:"哈里,道林·格雷对我来说就是艺术的原动力,你在他身上可能看不到什么,可我却看到了全部。他的形象比我的画更为生动,如我所说,他开启了新的风尚。在他身上我看到了某种弧线,某些精妙的色彩,就是这样。"

"那你为什么不把他的像拿去展览?"亨利勋爵问。

"因为我无意间把这种奇妙的艺术崇拜画了进去,而我当然从来没跟他说过这一点,他完全不知情,将来也不会知道。可是世人会瞎猜,我可不愿把自己的灵魂暴露给那些肤浅、刺探的眼睛,我的心不要放在他们的显微镜下。画中的我自己太多了,哈里,太多了!"

"诗人们不会像你这样谨小慎微,他们清楚激情对公开发表作品的作用。现在,关于悲伤的心的书总是不断再版。"

"我讨厌这样,"霍尔沃德叫起来,"艺术家本应创造美的事物,而不是把自己的生活掺杂进去。我们这个时代的人总以为艺术就是另一种形式的自传,因而丧失了抽象的美感。总有一天我会向世人展示这种美,可也正因如此,我永远不会把道林·格雷的画像公诸于世。"

"你错了,巴兹尔,不过我不跟你辩解了,愚蠢的人才会跟人争辩。告诉我,道林·格雷喜欢你吗?"

画家略想了想,顿了顿说:"喜欢,我知道他喜欢,当然我老是极力夸赞他。跟他说一些让我后悔的话给我带来奇妙的快感。通常他都会令我着迷,我们会坐在画室里无话不说。然而有时他会极度自私,似乎以使我痛苦为乐。每当那时我就觉得,哈里,我把灵魂交给了他,他却把它当作一朵花别在衣服上,当作装饰来满足虚荣心,当作陪衬来装点夏日。"

"夏日总是久久不去,巴兹尔。"亨利勋爵低语道,

"或许你会先厌倦他,这种事想起来总是很难过,可无疑天才总比美更持久。这也解释了我们竭尽全力过度教育自己的现象。在残酷的生存竞争中,我们会想要一些历久不衰的东西,所以我们往我们脑袋里装一些废话和事实,妄图以此保持我们的地位。无所不知是现代人的理想,而一个无所不知的脑袋是很可怕的,就像个古董店一样,里面满是怪物和灰尘,价格远超所值。我觉得不管怎样你都会先厌倦的。有天你会看着你的朋友,发现他有一点走样,或者你不再喜欢他的色调和别的什么东西。你会在心里暗自痛斥他,真心觉得他在你面前举止不端。下回他来找你时,你会完全冷淡、漠不关心。很遗憾的是你会因此而改变。你刚跟我说的故事很浪漫,就叫艺术的浪漫吧,而任何浪漫最坏的结果莫过于把人变得如此平淡无奇。"

"别这么说,哈里,只要我活着,道林·格雷的人格就会主宰着我,你体会不到我的感受,你太善变了。"

"啊,亲爱的巴兹尔,正因如此我才能体会得到,忠贞的人了解到的爱只是微不足道的一部分:不忠者才懂爱的悲剧。"亨利勋爵在一个精巧的银盒子上划了跟火柴,自我陶醉地抽起了烟,仿佛他的一句话总结了整个世界。绿油油的青藤叶中,一群啁啾的麻雀发出沙沙的声音,云朵互相追逐着,在草地上投下如燕的蓝色影子。花园里如此宜人!人的情感是如此令人愉快,让他觉得比他俩的观点愉快多了。人的灵魂,友人的激情——都是生命中迷人的东西。他意兴盎然地想着那顿因和霍尔沃德待得太久而错过的无聊午饭。如果去了姑妈那儿,他肯定会遇到古德博迪勋爵(Lord Goodbody),那他们的话题就全都是解决穷人吃饭和建造样板公寓的必要性了。每个阶层的人都会宣扬这些美德的重要性,而践行美德却不关他们的事。有钱人会高谈节俭的高贵,懒汉则阔论劳动的高尚。能逃离这一切是多么的惬意。想到自己姑妈的时候,他灵光一闪,转身和霍尔沃德说:"亲爱的伙计,我想起来了。"

"什么,哈里?"

"我好像在哪儿听过道林·格雷的名字。"

"哪儿?"霍尔沃德眉头微皱,问道。

"别这么不高兴,巴兹尔。在我姑妈阿加莎(Lady Agatha)夫人那儿。她跟我说他找到一个不错的年轻人,会帮她在伦敦东区①干一些工作,他的名字就叫道林·格雷。我必须说她没跟我讲他是多么英俊,女人对美貌都不懂欣赏,至少好女人都这样。她说他很真诚,性格很好。我立马就勾画出一个戴着眼镜,头发稀疏,满脸雀斑,拖着大脚走路的形象。我真希望那时我就知道他是你的朋友。"

"我很高兴你不知道,哈里。"

"为什么?"

"我不想让你见到他。"

"不想让我见到他?"

"对。"

"道林·格雷先生在画室里,先生,"管家说着走进花园。

"你现在必须介绍我了。"亨利勋爵笑着喊道。

画家转向正在阳光下眨眼的管家,"让他等一下,帕克

---

① 伦敦东区:伦敦未非正式认定的区域,位于中世纪伦敦市的东部、泰晤士河以北。此用语起源于十九世纪末,带有贬意,因聚集大量贫民与外来人口,该地区人口激增、导致生活环境拥挤,失业问题严重,曾是著名的贫民区。——译者注

（Parker），几分钟后我就到。"那人弯腰欠身，折回小路上。

画家看着亨利勋爵说："道林·格雷是我最好的朋友，他生性单纯而善良，你姑妈对他的评价很对。别毁了他，别试图影响他，你会把他带坏的。世界很大，有很多不可思议的人。别把他从我身边抢走，我艺术的所有魔力都来源于他，我的艺术生涯都寄托在他身上。记住哈里，我相信你。"他的话很慢，仿佛是勉强从心里挤出来的。

"一派胡言！"亨利勋爵微笑着，挽起霍尔沃德的手臂，几乎是把他拖进了屋子。

## 第二章

一进门他们就看见了道林·格雷。他背对着他们坐在钢琴前,翻着舒曼①(Schumann)的琴谱《森林景色》②。"巴兹尔,你得把这些借给我,"他叫道,"我想学,这太迷人了。"

"这完全取决于你今天如何摆姿势了,道林。"

"哦!我都烦了,我不想要等身像了。"那小伙子回答道,任性地在琴凳上转了一圈。看见亨利勋爵,他的微微脸红了一阵儿,起身道:"原谅我,巴兹尔,我不知道你来了客人。"

"这是亨利·沃顿勋爵,道林,我在牛津大学的好朋友。刚才我还和他说你是个多棒的模特儿,你这么一来全白搭了。"

---

① 舒曼:即罗伯特·舒曼(1810~1856),德国著名作曲家。——译者注
② 《森林景色》:舒曼所作的一部钢琴套曲的乐谱。——译者注

"你并没有扫我的兴,格雷先生。"亨利勋爵说着上前伸手,"我姑妈经常和我提到你,你是最受她欢迎的人之一了,恐怕也是牺牲者之一。"

"我现在上了阿加莎夫人的黑名单了,"道林面露滑稽而悔过的表情回答道,"上周二,我答应和她去白教堂①的一个会所,可我把这事儿全忘了。本来我们是要一起表演一个二重奏的——三个二重奏吧,我想。我不知道她会如何说我,我都不敢去拜访她了。"

"哦,我会帮你和我姑妈讲和的。她很看重你,我觉得你没去那儿也不要紧。听众们也许就真觉得是场二重奏呢,因为阿加莎姑妈一个人在钢琴前发出的声响就足够一场二重奏了。"

"这么说她太严重了,我听着也不大好。"道林大笑着说。

亨利勋爵观察着他,他确实非常英俊,线条柔和而红润的嘴唇,坦诚的蓝色眼睛,卷曲的金发。他的脸上有种马上就能赢得他人信任的表情,充满了年轻人的所有真诚、激情和纯真。他让人感到超凡脱俗,难怪巴兹尔·霍尔沃德这么崇拜他。

"你太有魅力了,不该涉足慈善事业,格雷先生——迷人无比。"亨利勋爵躺倒在沙发椅上,打开了他的雪茄盒。

画家则忙着调颜料,调画笔。他焦虑地看着他们,听到亨利勋爵的最后一句评价时,他瞥了他一眼,稍作犹豫,说道:"哈里,我想今天把这幅画画完,如果我请你离开你会觉得我很无礼吗?"

亨利勋爵微微一笑,看着道林·格雷问:"我不得不走

---

① 白教堂:位于伦敦东区塔村区,是贫民窟最集中的一个区域。——译者注

吗，格雷先生？"

"哦，请别走，亨利勋爵。我知道巴兹尔闹情绪了，我受不了他这样。而且我想知道我不能参加慈善事业的理由。"

"我不知道该不该告诉你，格雷先生。这个话题太无聊了，必须正儿八经地谈。不过既然你让我别走，我就一定不会逃跑了。你不会真介意吧，巴兹尔，会吗？你以前总跟我说你愿意有人和模特儿聊天。"

霍尔沃德咬了咬嘴唇，说："道林让你留下，你肯定得留下了。道林稀奇古怪的念头对每个人来说都是法律，他自己除外。"

亨利勋爵拿起他的帽子和手套。"你的话很诚恳，巴兹尔，可我必须走了。我答应了去奥尔良俱乐部见一个人。再会，格雷先生。哪天下午来柯增街①找我吧。五点的时候我一般都在家，来之前给我写信，错过你我会很遗憾的。"

"巴兹尔，"道林·格雷叫道，"如果亨利·沃顿勋爵走的话，我也得走了。你作画的时候从来不开口说话，站在台子上努力装出高兴的表情实在很无趣。让他留下来，我强烈要求。"

"留下吧，哈里，答应道林，也答应我。"霍尔沃德说，眼睛却死死盯着他的画，"确实，我工作的时候不讲话，也不听别人讲话，我那些不幸的模特儿们肯定都烦死了，我请求你留下来。"

"那我在奥尔良俱乐部约见的人怎么办？"

画家笑了，"我想这不难解决，坐下吧，哈里。道林你回到画台上去，不要有大幅度动作，也别太关注亨利勋爵的

---

① 柯增街：伦敦街区。——译者注

话。他把他的朋友们都带坏了，只有我例外。"

道林·格雷带着一种年轻的希腊殉道者的神采站上了画台，不满地朝亨利勋爵努了努嘴，他对亨利勋爵很是好奇，这个人和巴兹尔一点儿都不同，形成了十分有趣的反差，他的声音太好听了。过了一会儿他对他说："你的影响真的很坏吗？像巴兹尔说的那样？"

"根本没有什么好的影响，格雷先生。所有的影响都是不道德的——从科学的角度讲，都不道德。"

"为什么？"

"因为要影响一个人就是给他自己的灵魂。这样他便不会用自己的本性去思考，或者按本性去释放激情。他的美德对他来说都是不真实的，他的罪恶，如果有罪恶这回事的话，也是别人身上的。他成了别人旋律的回音，成了一个演员，出演一个不是为他而作的剧本。生命的目标是自我完善，我们生来就是要完美地发展自己的天性。现在人们却害怕自己，他们忘了自己最崇高的义务，便是对自己不负责任。当然，他们很善良，给饥者食乞者衣，可他们自己的灵魂却忍饥挨饿衣不蔽体。我们这个民族已经丧失了勇气，可能从来就没拥有过。对社会的恐惧是道德的基础，对上帝的恐惧是宗教的奥秘，这两者统治着我们，而且——"

"道林，把你的头稍微向右偏一下，好孩子，"画家沉浸在工作中，只发现了这个小伙子脸上出现了一种他从未见过的神情。

"而且，"亨利勋爵用他低沉悦耳的声音说着，一只手优雅地挥舞了一下，这是他的经典动作，早在伊顿公学[①]的时候就养成的习惯。"我相信如果一个人活得充分而彻底，能

---

[①] 伊顿公学：英国最著名的贵族男子中学。——译者注

描述一切情感，表达一切思想，实现一切梦想，就会为世界增添新的喜悦，我们便会忘掉中世纪精神的所有诟病，重归希腊的理想——或是比希腊的理想更为完善而丰富的精神。可我们中最勇敢的人都畏惧自己。那种未开化的自残行为以自我否定的形式可悲地延续了下来，扰乱着我们的生活。我们也因自我否定而受到惩罚，我们极力抑制的冲动却在头脑里繁衍，毒害我们。肉身一旦犯下罪过就已经和罪恶无关了，因为行动本身就是一种洗礼。除了快乐的记忆以及难得的悔恨什么都没有。摆脱诱惑的唯一途径就是向它屈服，要是抵制它，你的灵魂就会变得衰弱，因为它渴望那些自我禁绝的东西，渴求那些让畸形的法律变得畸形而非法的东西。有人说世界上的盛事都是在头脑中发生的。在头脑中，也只有在头脑中，才会产生世界上最严重的罪恶。你，格雷先生，就拿你来说，你有玫瑰一样娇艳的青年时代和玫瑰一样纯洁的少年时代，你曾有让自己都战栗的激情，自己都恐惧的想法，不论是白天还是晚上，你都做过一些梦，让你每次想起便面露惭色——"

"别说啦！"道林·格雷颤抖着说，"别说了，你把我弄晕了，我不知道该说什么。肯定能有什么话回答你，可我不知道怎么说。别说话，让我思考一下，或者我倒不如尽量别去想。"

他在那儿一动不动地站了十来分钟，嘴巴微张，双目异常有神。他隐约感觉到有种崭新的影响在他体内运转，可这种影响似乎正源于他自己。巴兹尔朋友的这几句话——无疑是随口闲谈，有时是刻意地自相矛盾——触动了他从未碰触过的秘密心弦，此刻这根心弦产生了剧烈而奇特的脉动。

音乐曾经如此感动过他。音乐也总是让他困惑。可它不精确，它带给我们的并不是一个崭新的世界，而是另一种混沌。语言，只是语言而已！语言是如此可怕，如此清晰，生动而残酷！你逃不开语言。然而语言又有如此精妙的魔力，似乎能化无形为有形，其自身还带有一种如同古提琴和鲁特琴一样优美的乐感。不过语言而已！还有什么能和语言一样真实吗？

的确，他的少年时期曾有许多困惑，现在他明白了。生命刹那间变得如火般绚烂，似乎他一直就行走在火焰之中，为什么之前一直没有发觉呢？

亨利勋爵观察着他，露出神秘的微笑。他准确地掌握着保持沉默的心理瞬间，对此保持着浓厚的兴趣。自己的话产生了出乎意料的效果，他也感到很讶异。他想起了十六岁时读过的一本书，这本书带给他许多未知的启示，他猜想是不是道林·格雷此刻也经历着同样的感觉。他的无的放矢似乎歪打正着了，这个小伙子太有意思了。

霍尔沃德继续挥洒着画笔，笔触大胆而奇异，带着源自艺术的功力，包含着真正的高贵和极致的精美。他没有发觉当时的沉寂。

"巴兹尔，我站累了。"道林·格雷突然喊道，"我得到外面的花园里坐坐，这里空气太闷了。"

"亲爱的伙计，我很抱歉。我作画的时候脑子里别的什么都不想。这次的姿势摆得最好，你完全没动。我捕捉到了想要的效果——半张的唇，炯炯的目光。我不知道哈里都和你说了些什么，可肯定是他让你产生了最绝妙的表情。我猜他肯定在夸你吧。你可一句话也别信。"

"他肯定没有在夸奖我。也许这就是我一点儿都不信他话的原因。"

"你清楚地知道自己全都信了，"亨利勋爵说着用曚眬而倦怠的目光看着他。"我和你去花园吧，画室里太热了。巴兹尔，给我们点儿冰镇的东西喝吧，再放点儿草莓。"

"没问题，哈里。按一下铃，帕克来了我就跟他说。我得把背景画完，之后去找你们。别耽搁道林太久。今天是我有史以来绘画的最佳状态，这幅画会成为我的代表作品，照现在看就是这样。"

亨利勋爵出门来到花园，看见道林·格雷正把脸埋在大簇清丽的丁香花上，像饮酒一样深深地吸吮着花香。他走近他，伸手搭着他的肩。"你做得太对了，"他低语，"只有感官才能解救灵魂，就像是只有灵魂才能解救感官。"

小伙子吓了一跳，倒退几步。他没有戴帽子，树叶掀起了他倔强的卷发，和金色的发丝缠在一起。他露出惊惧的眼神，就像熟睡的人刚被叫醒一样，棱角分明的鼻孔微颤着，某根看不见的神经触动了他绯红的嘴唇，让它们不停颤抖。

"对，"亨利勋爵继续说，"这就是生命中最伟大的秘密之一——用感官的手段来治愈灵魂，又用灵魂的方法来治愈感官。你是个奇特的人。你知道的远比自己意识到的多，又比你想知道的少。"

道林·格雷眉头一皱，转过了头。他忍不住要喜欢身边这位身材高大、神采翩翩的年轻人。他有浪漫的橄榄色脸庞，一副倦怠的表情，这都让道林产生了兴趣。他那慵懒而低沉的嗓音有种极其迷人的东西。甚至他冰凉、苍白、如花一样的双手也有一种奇特的魅力。他说话时，双手就像乐曲一样流动，似乎说着自己的语言。可他畏惧他，又因此感到羞愧。怎么会让一个陌生人来道破自己的内心呢？他认识巴兹尔·霍尔沃德有几个月了，但他们之间的友谊从未改变他。这个人突然出现在他的生命里，似乎给他揭示了生活的奥秘。然而，到底有什么好怕的呢？他又不是小学生，害怕的话就太荒谬了。

"我们去树荫下面吧，"亨利勋爵说，"帕克给我送来了饮料，再在阳光下站一会儿，你就要晒坏了。巴兹尔就再不会给你画像了。你可真别把自己晒黑，会很难看的。"

"这有什么？"道林·格雷笑着叫道，一边坐在花园尽头的椅子上。

"这应该是你关心的，格雷先生。"

"为什么？"

"因为你拥有最非凡的青春，青春是值得拥有的。"

"我不觉得，亨利勋爵。"

"是，你现在不这么觉得。有一天，等你步入暮年，皱纹一身，丑陋难看，当思虑在你额头上刻下线条，激情在你唇上烙上可怖的火焰时，你就会感觉到的，深切地感觉到。而现在不论你走到哪儿，世界都会为你沉醉，难道会一直如此吗？你有一张俊美无比的脸，格雷先生，别不同意，你的确有。美貌是一种天分——而且的确要比天分还高贵，因为美貌无须解释，是世界上最伟大的存在，正如阳光、春色或是倒映在黑色水面上我们叫作月亮的银壳。美是不容置疑的，它有着神圣的主权，把拥有它的人变为王子。你笑吗？啊，当你失去它的时候你就笑不出来了……有人说美是肤浅的。也许吧，可至少没有思想那么肤浅。对我来说，美是奇迹之最，只有浅薄的人才不会以貌取人。世上真正的奥秘都是有形的，不是不可见的……是的，格雷先生，神灵们偏爱你，但是神灵会很快收回他们的赏赐。只有那么几年的时间能让你获得真实、完美和圆满。当你青春不再，美貌也随之而去时,你就会惊觉根本没有留下什么胜利成就,或者你会不得不满足于那些微不足道的胜利,而对往事的回忆会让这些胜利变得比失败还要心酸。逝去的每一个岁月都让你离某种丑陋的东西更近一步。时光都嫉妒你,跟你的美貌宣战。你会变得面色发黄、双颊深陷、目光呆滞。你会经受极端的痛苦……啊,在你拥有青春的时候感受它吧。不要挥霍你的黄金时期,别听那些无聊乏味的东西,别试图改变无望的败局,别在无知、平凡和庸俗中消磨生命。这些都是我们这个时代病态的追求和错误的理想。生活吧!活出你生命中的精彩,别错失任何东西。要不懈地追求新的感觉,要无所畏惧……这种新的享乐主义①——正是我们这个时代所缺乏的。你可能就是它可见的象征。你的天性让你无所不能,这个世界只有一小会儿是属于你的……我第一眼看到你的时候,就知道你完全不了解自己是谁,会成为怎样的人。你身上有如此大的魅力,让我觉得必须告诉你关于你的一些东西,如果被你浪费掉了,会是多么悲哀。青春如此短暂,稍纵即逝。平凡的山花谢了还会再开,金莲也会在明年六月和现在一样开出金黄。一个月后铁线莲会开出如星般紫色的花朵,可我们的青春却不能再来。二十岁时欢快的脉搏会变得迟缓,四肢会变得无力,感官不再敏感。我们会衰败成丑陋的木偶,沉浸在回忆中,被曾经畏惧的激情和未曾付诸勇气的甜美诱惑而困扰。青春,青春!世间唯有青春!"

道林倾听着,眼睛惊奇地张着。一簇丁香花从他手中落到砾石上。一只茸茸的蜜蜂飞来,围着花簇嗡嗡地叫了一会儿,随即在椭圆的小花球上爬来爬去。他以一种对琐事的

---

① 享乐主义:又叫伊壁鸠鲁主义(Epicureanism),认为享乐是人类最重要的追求。——译者注

奇妙兴趣仔细观察着，这种兴趣产生于一些令人生畏的重大事件，或是当我们被一种无法名状的新感情触动之时，或是当可怕的念头突然占据我们头脑让我们屈服的时候。不一会儿，蜜蜂飞走了。他看见它爬进了一朵褪了色的紫色牵牛花里，那花儿似乎在颤抖，来回轻摇。

突然画家在画室门口出现了，不时地示意让他们进去。他们转身相视一笑。

"我等着你们，"他叫道，"进来吧，光线十分完美，带上你们的饮料。"

他俩起身闲散地走上小道，两只绿白的蝴蝶呼扇着飞了过去，花园一角的梨树上，一只画眉唱了起来。

"你见到我很高兴吧，格雷先生。"亨利勋爵看着他说。

"是的，我现在高兴了。我是不是会一直高兴下去呢？"

"一直！这个词真可怕。每次听到我都打寒噤。女人们爱用这个词，她们为了永远毁了所有的浪漫。这个词也毫无意义。反复无常和一世忠贞的唯一区别就是反复无常更持久。"

他们进屋的时候，道林·格雷把手扶在亨利勋爵的臂上说："既然如此，我们的友谊肯定也是善变的了。"他咕哝着，为他大胆的举止脸红了。旋即他走上画台，重新摆好姿势。

亨利勋爵跌坐在一把大的柳条扶手椅上，看着他。画室里安静得只剩下画笔在画布上发出的沙沙声，此外就是霍尔沃德时不时地退后几步，远距离观察自己的作品。斜阳从敞着的门冲射进来，金色的灰尘在阳光下起舞。浓浓的玫瑰花香似乎浸染了一切。

大约过了一刻钟，霍尔沃德停笔了，盯着道林·格雷看了好久，然后又盯着画像看了好久，皱着眉头咬着其中一只粗大的笔端。

"都画好了。"他最后嚷道,俯身在画布的左下角用长长的朱红色字母写下了自己的名字。

亨利勋爵走过来审视着这幅画,这绝对是一幅精美绝伦的艺术品,如此惟妙惟肖。

"亲爱的伙计,我得热烈祝贺你,"他说,"这是现代最优秀的画像了,格雷先生,过来看看你自己。"

小伙子一惊,仿佛刚从梦中醒来。

"真画完了?"他低声说,走下了画台。

"全都好了,"画家说,"你今天的姿势太令人满意了,我得谢谢你。"

"这全都归功于我,"亨利勋爵插进一嘴,"不是吗,格雷先生?"

道林没有开口,恹恹地走到画像前,转过身。他一看到画像便后退了几步,愉快的红晕染上了双颊,双眸里闪着兴奋的光芒,就像这是他第一次认识自己一样。他站在那里,惊讶得一动不动,隐约觉得霍尔沃德在和他说话,可他一句都没听到。

如同受到上天的启示一般,他发现了自己的美貌,这是前所未有的感觉。他曾以为巴兹尔·霍尔沃德对自己的恭维只不过是友情之下令人陶醉的夸张之言。他听完笑笑也就忘了,并没有因此影响自己的本性。

接着亨利·沃顿勋爵大发了一番赞赏青春的怪言怪语,警告他青春易逝,立即触动了他。此刻他站在那里,注视着画中自己的英姿,亨利勋爵的描述无比真实地在脑海中闪现出来。

是的,总有一天他的脸会生出皱纹变得枯萎,双眼会黯淡无光，失去神采，身形会破败畸形，唇会退去绯红的颜色，头发则失去金色的光辉。承载着灵魂的生命会破坏他的身体，他会变得丑陋无比，粗鄙至极。

一想到这儿，他就感到有种刀子刺穿身体的剧痛，每条脆弱的神经都震颤起来。他的眼光暗了下去，变成了淡紫色，泪水涌了上来。心如同被一只冰手压着。

"你不喜欢吗？"霍尔沃德不解小伙子的沉默，心中有一丝不悦，最后喊了出来。

"他当然喜欢，"亨利勋爵说，"谁不喜欢？这是现代艺术中最伟大的作品之一了。为了它，我愿意给你任何东西，我一定要得到它。"

"这画不属于我，哈里。"

"那它属于谁？"

"道林啊，当然。"画家回答。

"他真是个幸运的家伙。"

"太悲哀了！"道林·格雷喃喃说道，仍目不转睛地盯着他的画像。"太悲哀了，我会衰老，变得可怖可憎。可这幅画却永葆青春，不会比六月的这一天再老了……要是能颠倒过来就好了。要是我能青春永驻，而画却衰老下去。为此——为此我愿付出一切！是的，没有什么是我不能给的，哪怕是我的灵魂。"

"你可不会喜欢这样的改变，巴兹尔，"亨利勋爵笑着说，"那样你的画线条就更硬了。"

"我肯定会强烈反对，哈里。"霍尔沃德说。

道林·格雷转身看着他。"我相信你会的，巴兹尔，你爱艺术超过你的朋友，我对你来说只不过是一座青铜雕像。还不如一座青铜像呢，我敢说。"

画家诧异地盯着他,这话一点儿都不像是道林说的。发生了什么事,他好像很生气,脸色发红,双颊发烧。

"对。"道林继续说,"在你心里,我还不如你的象牙赫尔墨斯①(Hermes)神像,还有你的农牧神银像。你会永远喜欢他们,可你会喜欢我多久呢?我猜等我长了第一条皱纹你就不喜欢我了。我现在知道了,不管是谁,丧失了美貌便失去了所有。你的画教会了我这一点。亨利·沃顿勋爵太正确了,青春是唯一值得拥有的东西。如果我发现自己开始变老,我一定会杀了自己。"

霍尔沃德脸色刷地一下白了,急忙抓住他的手说:"道林!道林!"他叫道,"别这么说,我从未有过像你这样的朋友,也不会再有了。你不会对物质的东西产生嫉妒吧?——你比这些东西都要高贵!"

"我嫉妒所有永生不灭的美。我嫉妒你给我画的画像。它凭什么保持我注定要失去的东西?过去的每分每秒都从我身上拿走一部分转到了它身上,唉,要是颠倒过来就好了。让画像变老,而我停留在此刻吧。你为什么要画它?将来的某天它就会嘲笑我——拼命地嘲笑我。"滚烫的热泪涌上他的双眼,他抽回了手,跌坐在沙发椅上,把脸埋在垫子里,好像在祈祷一般。

"都是你干的,哈里。"画家痛苦地说。

亨利勋爵耸耸肩:"这才是真正的道林·格雷——仅此而已。"

"这不是。"

"就算不是,那和我又有什么关系?"

---

① 赫尔墨斯:又译赫密士。他是宙斯与迈亚的儿子,是奥林匹斯十二主神之一。——译者注

"我请你离开的时候你就该走的。"他咕哝着。

"我留下是因为你叫我留下。"亨利勋爵回答道。

"哈里,我不能同时和我的两个好朋友争吵,但你俩却害得我厌恶我迄今最好的作品,我会把它毁掉。它不就是画布和颜料吗?我可不能让它横亘在我们三个之间毁了我们的生活。"

道林·格雷从靠枕上抬起金发的脑袋,面无血色、泪眼迷离地看着画家走向松木画桌,画桌安置在高高的挂着窗帘的窗户底下。他要干什么?他的手在一堆锡管和干了的画笔之间摸着、找着。啊!原来是那柄调色长刀,薄薄的刀片是用软钢做的。终于他找着了,就要拿着它划破画布。

小伙子强忍着抽泣,从睡椅上跃身冲向霍尔沃德,一把抢过他手里的刀子扔到了画室另一边。"不要,巴兹尔,别这么做!"他喊道,"这是谋杀!"

"很高兴你可算欣赏我的画了,道林,"画家恢复了镇定,冷冷地说了一句。"真没想到。"

"欣赏?我爱上它了,巴兹尔。它就是我的一部分,我能感觉到。"

"好吧,等把'你'晾干了,涂上清漆,裱起来,就送回去,之后你想把自己怎么样就怎么样吧。"他穿过屋子,按铃要了下午茶。"你肯定会喝茶吧,道林?哈里你也一样是吧?你们不会都拒绝这种简单的快乐吧?"

"我崇尚简单的快乐,"亨利勋爵说,"那是复杂的最后一个避难所,但我不喜欢场面,除了舞台。你俩都是古怪的家伙,都是。我很好奇是谁把人类定义为智性动物,这是有史以来最幼稚的定义了。人可以有许多东西,偏偏没有理性,这点让我感到庆幸——尽管我希望你俩别因为这幅画再吵了。巴兹尔，你最好把画给我。这个傻小子不是真的想要，可我是真心的。"

"如果你把它给了别人而不是我，巴兹尔，我永远都不会饶恕你。"道林·格雷喊道，"我也不许别人管我叫傻小子。"

"你明白这幅画属于你，道林。在它未成形之前我就把它给你了。"

"你也知道你有一点儿傻，道林先生。而且就算有人不断提醒你，你很年轻，你也不会反对的。"

"今早要是这么说我就会反对，亨利勋爵。"

"啊，今早！从那时起你才算真正活着。"

这时传来一阵敲门声，管家端着满满的茶盘走进来，他把茶盘放在一张日式的小桌子上。茶杯茶碟格格作响，一把带槽的乔治时代[①]的茶壶嘶嘶叫着。侍从送进来两个球状的瓷罐。道林·格雷过去倒茶，其余两人则懒洋洋地拖着步子走到桌前看盖子下面究竟是什么东西。

"今晚去剧院吧，"亨利勋爵说，"肯定有什么地方在演些什么。我答应了去怀特（White）家吃饭，不过他是老朋友了，我可以给他拍个电报就说我身体不舒服，要不就说之后有约去不成了。这么说是个不错的借口：直率得出人意料。"

"太烦人了，还得穿正式服装，"霍尔沃德低声咕哝着，"而且穿上了又那么难看。"

"是啊，"亨利勋爵出神地说，"十九世纪的服饰很难看，昏暗而压抑。现代生活中真正的色彩元素就是罪恶。"

---

[①] 乔治时代：指大不列颠王国汉诺威王朝1714年至1837年的一段时期。
　　——译者注

"你不该当着道林的面这么说,哈里。"

"哪个道林?倒茶的那个还是画里的那个?"

"都不行。"

"我想和你去剧院,亨利勋爵。"小伙子说。

"来吧。你也来吧,巴兹尔?"

"我走不了,真的,宁愿不去,要做的事太多了。"

"那好吧,就我们俩去吧,格雷先生。"

"那太好了。"

画家端着茶杯,咬着嘴唇,走到画前。"我就和真道林在一起吧。"他忧伤地说。

"真道林?"画的原型跨步走向画,"我和它真的一样?"

"对,神肖酷似。"

"太神奇了,巴兹尔!"

"至少看上去是一样的,但画像是永不改变的。"霍尔沃德叹了口气说。"这就大不相同了。"

"关于忠诚,人们总是过于大惊小怪。"亨利勋爵大呼,"为什么呢?即便是爱情也不过是纯粹的生理问题,跟我们的意志无关。年轻人想要忠诚却不得,老年人不想忠诚也不如愿,事实就是如此。"

"道林,今晚别去剧院了,"霍尔沃德说,"留下来和我吃饭吧。"

"不行,巴兹尔。"

"为什么?"

"因为我已经答应亨利·沃顿勋爵跟他去了。"

"就算你守信用他也不会因此更喜欢你,他自己就经常说话不算话,我求你别去了。"

道林·格雷大笑着摇了摇头。

"求你了。"

小伙子犹豫一下,看了看亨利勋爵,他正坐在茶桌前笑眯眯地看着他们。

"我必须去,巴兹尔。"他回答道。

"很好,"霍尔沃德说,他走过去把茶杯放在托盘上。"时间不早了,你们还得去穿戴,赶紧去吧。再见,哈里;再见,道林。早点来看我,明天来吧。"

"没问题。"

"别忘了啊!"

"当然不会。"道林叫道。

"还有……哈里!"

"怎么了,巴兹尔?"

"记住我的请求,我们早上在花园里时候说的。"

"我已经忘了。"

"我相信你。"

"我到希望能相信自己,"亨利勋爵笑着说,"走吧,格雷先生,我的马车停在外边,我能把你送回去。再见,巴兹尔。这个下午太有意思了。"

屋门在他们身后关上了,画家倒在沙发上,脸上写满了痛苦。

## 第三章

第二天十二点半的时候,亨利·沃顿勋爵从柯曾街闲逛着来到奥尔巴尼街①,他去看他的舅舅弗莫尔(Fermor)勋爵。那是个和蔼可亲的老单身汉,有时候举止略显粗鲁,外人都说他自私,因为他们从他身上什么也没得到,可是上流社会的人都说他很慷慨,因为他资助了一批他觉得有意思的人。他的父亲曾是我们驻马德里的大使。那时候伊莎贝拉②(Isabella)尚年轻,而普里姆③(Prim)则是个无名小辈。舅舅后来却因为没能当上巴黎公使而一时气昏了头退出了外交界,他觉得以他的出身,凭他投机取巧的本事,凭他信手拈来的好文笔,还有他寻欢作乐的激情,足够胜任这一职位。

---
① 奥尔巴尼:伦敦皮卡迪利街的公寓群。——译者注
② 伊莎贝拉:(1830~1904),西班牙被黜女皇伊莎贝拉二世。——译者注
③ 普里姆:即胡安·普里姆(1814~1870),西班牙军事领袖和政治显要人物,也翻译成胡安·普里姆·普拉茨。在废黜女王伊莎贝拉二世的1868年革命中起过重大作用。——译者注

他儿子原本是他的秘书,也跟着他一起辞了职,尽管当时大家都觉得有些不太明智。他儿子几个月后继承了他的爵位,开始一心一意地致力于钻研伟大的贵族艺术——游手好闲。

他在市区有两处大房子,可因为怕麻烦宁愿住在套房里,多数时间,就餐就在俱乐部解决。他也曾花心思管理在密德兰①地区各郡的煤矿,还给自己沾染工业找了个理由,说拥有煤矿对于绅士们是大有裨益的,能供他们不失体面地在自家的壁炉里烧柴禾。

政治上他是个保守党②,只是在保守党当权的时候,他大骂他们是一帮激进分子。男仆视其为英雄③,却常常欺侮他,亲戚们畏惧他,他却反过来欺侮他们。只有英国才会出产他这样的人,可他总说这个国家已经穷途末路。他的原则已经不合时宜,而他总有一堆的理由为自己的偏见辩解。

亨利勋爵进了房间,发现舅舅身穿一套粗糙的猎装,正抽着方头雪茄,冲着《泰晤士报》④发牢骚。"啊,哈里,"老绅士说,"什么风把你这么早就吹出来了?我以为你们这些纨绔子弟两点之前从不起床,五点之前都看不到人影儿。"

"完全是因为家人的亲情,乔治(George)舅舅,我跟你保证。我想从你这里得到点儿东西。"

"我猜是钱吧。"弗莫尔勋爵嘲笑着说,"好吧,坐下来跟我说说。现在的年轻人,把钱当成一切。"

"是啊,"亨利勋爵喃喃地说,旋开了外套的扣子,

---

① 密德兰:英国产煤区。——译者注
② 保守党:英国资产阶级右翼政党,英国的老牌大党,距今已有300多年的历史。——译者注
③ 这是一句法国谚语,任何人在其贴身男仆那里都不是英雄。作者将原话反说,意思不变。——译者注
④ 《泰晤士报》:英国的一份于全国发行的综合型日报。——译者注

"等他们老了就什么都明白了。可我不要钱，还债的人才想要钱，乔治舅舅，我从来都不还债。赊账是您小儿子的本领，这样他才能过纸醉金迷的生活。此外，我总和达特穆尔的店主打交道，所以他们也不来烦我。我想要的是讯息：肯定不是有用的讯息，是没用的讯息。"

"好啊，英国蓝皮书①里的一切我都知道，哈里，这帮人如今写的都是些废话。我在外交界的时候，要好的多。我听说他们现在靠考试招人，你还能指望什么？考试啊，先生，从头到尾都是幌子。要是个有身份地位的人，他知道的就足够多了，如果不是，不论他知道什么都对他无益。"

"道林·格雷先生不在蓝皮书上，乔治舅舅。"亨利勋爵懒懒地说。

"道林·格雷先生？他是谁？"弗莫尔勋爵问道，浓密的白眉拧了起来。

"我来就是问你这个的，乔治舅舅。或者我知道他是谁。他是最后一个科尔索（Kelso）勋爵的外孙，他的母亲姓德弗罗（Devereux），玛格丽特·德弗罗（Margaret Devereaux）女士。我想请你告诉我一些她母亲的事。她是什么样的人？嫁给了谁？在你的时代，几乎没有你不知道的人，所以你可能会知道她。现在我对格雷先生很感兴趣，不久前才认识他。"

"科尔索的外孙！"老绅士重复了一句，"科尔索的外孙……当然……我很熟悉他母亲。我记得我还参加过她的洗礼仪式。玛格丽特·德弗罗是个美貌出众的女子，可她跟个穷小子私奔了，这让男人们都气疯了。那个穷小子是个无足

---

① 蓝皮书：名人录。——译者注

轻重的人,先生,一个步兵少尉之类的。的确,整件事历历在目,我记得清清楚楚。他们结婚后几个月,那个可怜的家伙就在斯帕①跟人决斗丢了性命。关于这事还有一个更丑恶的故事。据说科尔索找了个无赖,一个比利时的狂人,公开羞辱他的女婿——他花了钱,先生,雇这个人做的,——花钱雇的——这个人就把他女婿像捅鸽子一样给捅死了。这事儿给掩盖了起来,可是,天晓得,此后有一段时间,科尔索都在俱乐部里一个人吃牛排。我听说,他把女儿带回去了,可她再也没和他说过一句话。哦,对,这交易很糟糕。不到一年,那姑娘也死了。所以她留下个儿子是吗?我忘了,他是个什么样的孩子?如果长得像他母亲,那肯定是个英俊的小伙子。"

"他非常英俊。"亨利勋爵赞同道。

"我希望能有正经人照顾他,"老人继续说,"要是科尔索对他还算公正,他将会得到一大笔钱。他母亲也有钱,塞尔比(Selby)家族的所有资产都从她的外祖父传给了她,他的外祖父讨厌科尔索,觉得他是个无赖。他的确是。我在马德里的时候他去过那儿。老天,我都替他感到丢人。女王曾问我,那个成天为了车钱和马车夫没完没了吵架的英国贵族是谁。有人还跟着编了不少故事。有一个月的时间,我都羞于在宫廷中露脸,但愿他对自己的外孙能比对马车夫好一点儿。"

"我不知道,"亨利勋爵说,"我觉着这孩子会好起来的。他还未成年,我知道他已经继承了塞尔比的家产。他和我说过。呃……他母亲真的很漂亮?"

---

① 斯帕:比利时地名。——译者注

"玛格丽特·德弗罗是我见过最漂亮的人之一,哈里。我理解不了究竟是什么引诱她那么做。只要她愿意,她可以嫁给任何人。卡林顿(Carlington)疯了似地追求她,可她是个浪漫的女人。他们家的女人都那样,男人们却都是群可怜鬼。不过,老天,女人们却与众不同。卡林顿曾给她下跪,他亲口跟我说的。而她却嘲笑他,当时在伦敦没有一个女人不喜欢卡林顿。对了,哈里,说到愚蠢的婚姻,达特穆尔要搞什么?你父亲跟我说他要娶一个美国人?英国的姑娘都配不上他了?"

"最近娶美国姑娘很流行,乔治舅舅。"

"即使赌上全世界,我都押英国女人,哈里。"弗莫尔勋爵说着用拳头砸在桌子上。

"赌注都投给美国女人了。"

"有人告诉我他们长久不了。"他舅舅嘟囔着。

"漫长的婚约会把他们搞垮,可他们擅长障碍赛,处事干净利落。我想达特穆尔一点儿获胜的机会都没有。"

"她家人是谁?"老绅士抱怨着问,"她有家人吗?"

亨利勋爵摇摇头:"美国姑娘都会聪明地隐藏自己的出身,正如英国女人善于掩盖自己的过去。"他说着起身准备离开。

"他们是猪肉批发商吗?我猜。"

"我倒希望这样,乔治舅舅,为达特穆尔考虑。我听说美国的猪肉批发行业是最赚钱的,仅次于政界。"

"她漂亮吗?"

"她总是一副自以为很漂亮的样子,美国女人多数都是这样。这就是她们魅力的奥秘。"

"这些美国女人就不能待在自己的国家吗?她们总说那里是女人的天堂。"

"的确,这就是原因,像夏娃一样,她们也迫不及待地想要离开那里。"亨利勋爵说,"再见,乔治舅舅,再待一会儿我吃午饭就要迟到了。感谢你给我提供想要的讯息。我总是想知道关于新朋友的一切,而对老朋友,我什么都不想知道。"

"你要去哪里吃午饭,哈里?"

"阿加莎姑妈家里,我还请了格雷先生。他是她近来的贵客。"

"哼,转告你阿加莎姑妈,哈里,再别为了她的慈善募捐来烦我了,我都恶心了。怎么,这个善心的女人以为我成天没事干吗?专门为她那些没头没脑的怪念头写支票吗?"

"好吧,乔治舅舅,我会跟她说的,不过不会起作用的。搞慈善的人都会丧失人性,这便是他们最出众的特点。"

老绅士赞同地吼了几声,摇铃叫来了侍者。亨利勋爵穿过低低的拱廊,到伯灵顿①大街,转向了伯克利广场②的方向。

这就是道林·格雷的父母亲。尽管故事讲得很粗略,可其中隐藏着一段奇异的现代浪漫史,激起了他的兴致。一个貌美的女人为了疯狂的爱情而牺牲一切,几周狂热而甜蜜的日子断送在一桩丑恶而奸诈的罪行之下。

数月沉默的痛苦,让一个婴儿在阵痛中降生。母亲被死神抢走了,把孤苦的孩子留给了一个暴虐无情的老人。啊,真是一段有趣的家庭史,把小伙子衬托得更加完美。世上每件精美绝伦的东西背后都隐藏着一个悲剧。即便是最卑微的

---

① 伯灵顿:英国伯灵顿市场街。——译者注
② 伯克利广场:英国伦敦伯克利广场。——译者注

花朵，世界都要经历阵痛才能令其开放……昨天俱乐部的晚宴上，他是那么迷人。他就坐在亨利勋爵对面，一种受到惊吓的喜悦让他眼神错愕，双唇微开。

红色的烛光映在他的脸上，给他惊世的面容染上一抹艳丽的玫瑰色。同他聊天，就像在拉一把精美的小提琴。他会回应琴弦的每一次触碰和颤动……能给人施加影响实在是太激动人心了，这种感觉无与伦比。把自己的灵魂映射在一具高贵的身体里，并在那里稍作停留，倾听自己智慧的思考在他人那里碰撞出回响，并伴有激情和青春的乐章，让自己的秉性如同细腻的液体或奇特的气味一样传递到另一个人身上：这才是人真正的乐趣。

在这样一个有限而庸俗的时代，这样一个醉生梦死、目标平庸的时代，也许这是最令人满足的乐趣了。在巴兹尔画室里和他巧妙相遇的小伙子，是个非凡的人，或者至少可以打造成一个不平凡的人。高雅是属于他的，而他纯白无暇的童年和如同古老的希腊大理石一样的美却是属于我们的。

你可以任意地打造，把他变成巨人泰坦[①]（Titan）或者一个玩具。这样的美居然注定要衰败，实在太可惜了……至于巴兹尔，从心理学的观点看，真是有意思。艺术的新风尚，看待生活的全新视角，意外地让另一个人的存在揭示了出来，可这个人却对此全然不晓。无言的精灵在幽暗的森林里栖息，又在空旷的原野里无形地穿行，突然她像森林女神那样现身了，没有一丝畏惧，因为他的灵魂一直在寻觅着她。

她为他唤醒了一幅仙境，只有在这幅仙境中才会出现神奇的事物。因而事物的形状和模样变得更加精致，增添了

---

[①] 泰坦：泰坦巨人，也称"提坦"，是古希腊神话中一组神的统称。
——译者注

一种象征的价值。它们自己似乎变成了另一种更加完美的模样，而这些模样又因它们变得更加真实，太奇妙了。

他想起历史上好像发生过这样的事。是柏拉图[①]（Plato）吧？是这位思想的艺术家最先这么解析的吗？是博那罗蒂[②]（Buonarotti）吧？把它刻在了写着十四行诗的彩色大理石上……是啊，这个孩子对画家产生了如此影响，让他创出了杰出的画像，而他自己也在不知不觉地想这样影响道林·格雷。他会努力控制他——其实已经成功了一半。他要把这个非凡的灵魂占为己有，在这个爱情与死亡的结晶身上，有种让人神魂颠倒的东西。

突然，他住了脚，抬头看看房子，这才意识到已经走过姑妈家好远，他暗自笑笑，转了回来。一进到略微昏暗的大厅，管家就跟他说主客都已经就座了。他把帽子和手杖交给一个男仆，来到了餐厅。

"总是迟到，哈里。"姑妈边喊边朝他摇头。

他胡乱编了个理由，坐在了她旁边的空位子上，环顾四周看看都有谁在。道林在桌尾朝他羞怯地欠身致意，一抹愉快的红晕悄悄地爬上了他的脸颊。哈里公爵（Duchess of Harley）夫人坐在他对面，这个女人有着讨人喜欢的好脾气和好性格，认识的人没有不喜欢她的。

她身材微胖，要不是因为是公爵夫人，历史学家准会把她描述成个大胖子。她右边坐着托马斯·波顿爵士（Sir Thomas Burdon），一个激进的议会议员。在公众面前他追随

---

[①] 柏拉图：（公元前427年～公元前347年），古希腊伟大的哲学家，也是全部西方哲学乃至整个西方文化最伟大的哲学家和思想家之一。——译者注

[②] 博那罗蒂：即米开朗基罗·博那罗蒂（1475～1564），意大利文艺复兴时期伟大的绘画家、雕塑家、建筑师和诗人。——译者注

领袖,在私底下却追随最棒的厨师,和保守党一起吃饭,和自由党一起思考,这条原则明智而广为人知!公爵夫人左侧坐着特莱德利的厄斯金(Erskine of Treadley)先生,是一个极具魅力和内涵的老绅士,却习惯于沉默不语。

他曾向阿加莎夫人解释过,说自己在三十岁前就把该说的都说了。他自己邻座是姑妈的老友之一范德勒(Mrs. Vandeleur)夫人,绝对是女人中的圣者,可惜打扮得却让人不得不想起装订粗糙的圣歌集。所幸她旁边坐着福德尔勋爵(Lord Faudel),一个极具智慧的中年庸人,头已谢顶,光得就像众议院部长的声明一样一览无余。范德勒夫人正和福德尔勋爵认真地谈着什么,这种认真的神情,按勋爵自己的话来说,是所有真正的好人都会犯错误,既无法避免又不可原谅。

"我们正在谈论可怜的达特穆尔,亨利勋爵,"伯爵夫人喊道,从桌子那头朝他愉快的颔首。"你觉得他真想和这个迷人的年轻人结婚吗?"

"我相信他已决意向她求婚了,公爵夫人。"

"太可怕了!"阿加莎夫人惊呼,"真的,必须有人干涉此事。"

"可靠消息称,她的父亲在开一家美国干货店①。"托马斯·波顿爵士高傲地说。

"我舅舅说他是批发猪肉的,托马斯爵士。"

"干货!什么是美国干货?"公爵夫人问,诧异地举起一双大手强调了一下"是"这个字。

"美国小说。"亨利勋爵回答,拿了一点儿鹌鹑吃。

---

① 美国的"干货店",经营布匹、衣料和成衣。——译者注

公爵夫人一脸迷茫。

"别管他，亲爱的，"阿加莎夫人悄声说，"他说的话都没特别的意思。"

"当美国被发现的时候，"那个激进的议员说着列出了一些无聊的事实，如同那些把一个话题彻底谈透的人一样，他把听众们也彻底烦透了。公爵夫人叹了一声，行使权力一般插起话来。"我希望美国根本就没被发现。"她高声说，"真的，现在我们英国姑娘都没有机会，实在不公平。"

"或许，实际上美国不是被发现了，"厄斯金先生说，"我宁愿说它是被侦测到的。"

"哦，我可见过美国居民的模样，"公爵夫人含含糊糊地说，"必须承认，他们大多数长得都不错，穿着也很好，都从巴黎买时装，真希望我也能如此阔绰。"

"有人说美国的好人死后都上了巴黎。"托马斯爵士笑道，他有着一肚子老掉牙的笑话。

"真的啊！那美国的坏人死后去哪儿？"公爵夫人问。

"去了美国。"亨利勋爵喃喃地说。

托马斯爵士眉头一皱。"我恐怕您侄子对这个伟大的国家抱有成见。"他对阿加莎夫人说，"我坐着导游提供的车子把美国游了个遍，那些导游都十分有教养，我敢肯定地说到美国旅游绝对见识大增。"

"要长见识就非得去芝加哥吗？"厄斯金先生悲凉地说，"我可受不住路途颠簸。"

托马斯爵士摆了摆手，"特莱德利的厄斯金先生把世界都装进了他的书架，我们这些喜欢实干的人愿意用眼睛看世界，而不喜欢在书本里读。美国这个民族十分有趣，他们绝对理性，我觉得这是他们的特质。是的，厄斯金先生，他们绝对理性，我打包票，美国人从不糊涂。"

"太可怕了，"亨利勋爵叫道，"我能理解天生的暴力，可天生的理性简直无法忍受。利用天生的理性不太公平，这是对智慧的恶意中伤。"

"我无法理解你。"托马斯勋爵说，脸涨得通红。

"我理解，亨利勋爵。"厄斯金先生微笑着低语。

"悖论本事是不错……"男爵回道。

"那算是悖论吗？"厄斯金先生问，"我不觉得，或许吧，但悖论存在的方式就是真理成立的方式。想要检验事实就得把它放到钢丝上试试，把事实变成杂技演员，我们就能判断真假了。"

"天哪！"阿加莎夫人说，"你们男人总爱争辩。我确实是永远也弄不明白你们到底在争什么。哦，哈里，我生你的气了。你怎么能劝我们善良的道林·格雷先生离开伦敦东区？我敢肯定他的价值不可估量。他们会爱上他的表演的。"

"我想让他给我演奏。"亨利勋爵微笑着叫道，他向桌子那头望去，而对方以欢快的目光回应他。

"可在白教堂的人太不幸了。"阿加莎夫人继续道。

"我可以同情任何事，就是不同情苦难，"亨利勋爵说着耸耸肩，"我可无法同情苦难。苦难太丑陋了，太可怕了，太压抑了。现代社会对苦难的同情是一种可怕的变态。人应该同情生命的色彩、生命之美，以及生命之乐趣。生活的痛苦还是少谈为好。"

"可是，东区的问题太严重了。"托马斯勋爵议论道，说着严肃地摇了摇头。

"的确，"年轻的勋爵回答，"这是个奴役制度的问题，可我们企图用娱乐奴隶的方式来解决它。"

政治家兴致勃勃地看着他问："那你建议如何改变呢？"

亨利勋爵笑了起来。"除了天气，我并不想改变英国的任何东西。"他答道，"哲学思考就能让我十分满足了。不过，因为同情心泛滥，十九世纪已经是日暮途穷，我建议让科学来匡危扶正吧。感情的优势就是让我们误入歧途，而科学的优势就在于它与感情无关。"

"可我们责任深重啊！"范德勒夫人小心地试探道。

"无比深重。"阿加莎夫人重复一句。

亨利勋爵看了一眼厄斯金先生。"人类总是一本正经地对待自己，这是世界最原始的罪恶。如果洞穴人就知道出声大笑，那历史就是另一回事了。"

"你的话太安慰人了，"公爵夫人温柔地说，"每次来看你亲爱的姑姑，我都感到特别内疚，以后我就可以正视她的脸而不脸红了。"

"脸红是很迷人的，公爵夫人。"亨利勋爵评论道。

"只在人年轻的时候才是，"她回答道，"像我这样上了年纪的女人，脸红就不是好迹象了。啊，亨利勋爵，要是你能告诉我如何能再次年轻就好了。"

他思考了一会儿问："您还记得您年轻的时候犯的严重错误吗，公爵夫人？"说着他的目光越过桌子看向她。

"太多了啊，我恐怕。"她高声说。

"那就把它们再犯一次。"他一本正经地说，"一个人要重回年轻，只需把犯过的傻再犯一次。"

"这种理论太危险了！"托马斯爵士呡着嘴说。阿加莎夫人摇摇头，但不禁被吸引住了。厄斯金先生专注地听着。

"是的，"他继续说道，"此乃人生一大奥秘。现在的人大多数因为一些吓人的常识而丧命，当他们意识到人生唯一不悔的就是自己的过错的时候,为时已晚。"

桌上的众人哄然而笑。

他开始有意地把这个想法玩来玩去,先把它抛到空中,再把它变个模样,一会儿欲擒故纵,一会儿又给它添上想象的色彩和悖论的翅膀。在他的玩弄之下,对于愚蠢的赞美居然上升到了哲学的高度,而哲学自身则年轻了,我们可以想象,它披上了染着酒渍的长袍,头戴常青藤编的花环,随着快乐到疯狂的音乐,像酒神巴克斯的女祭司一样,在生命之丘上一边翩翩起舞,一边还嘲笑愚钝的森林之神西勒诺斯[①](Silenus)时刻保持着清醒。

事实在她面前,就像受到惊吓的林中之物,四散奔逃。她雪白的脚踩在巨大的榨酒机上,先知奥马尔[②]坐在上面,她碾来碾去,直到沸腾的葡萄汁冒着一股股紫色泡泡从她赤裸的脚下涌出,或直到酒桶黑色桶边漫上了红色的泡沫,倾斜的桶腰滴着红酒。

这段即兴演讲十分精彩,他能感觉到道林·格雷的目光紧盯着自己,而他这种有意想吸引某个听众的意识又让他的智慧更加敏锐,让他的想象更加多彩。他绝顶聪明,思绪天马行空而毫无忌讳。

观众都听得出了神,跟着他的笛子跑[③],大声地笑着。道林·格雷始终目不斜视地盯着他,像是被人施了咒语一样坐在那里,笑容频频浮上嘴角,深深的好奇漫上他逐渐深邃的双眸。

---

① 森林之神西勒诺斯:古希腊神话职司森林的神祇之一。——译者注
② 奥马尔:即奥马尔·海亚姆(1048?~1123),波斯诗人,著有《鲁拜集》。——译者注
③ 引用英国诗人罗伯特·勃朗宁(1812~1889)长诗《汉默尔恩的彩衣吹笛人》,诗中魔笛发出的奇妙声音把镇上的所有小孩儿都吹走了。——译者注

最终,现实披着时装走了进来,原来是一个仆人进房间跟公爵夫人汇报说她的车子在等她。她紧握双手装出很失望的样子叫道:"太讨厌了,我得走了,我得去俱乐部接我的丈夫,然后把他送到威利斯会议厅,他要在那儿开个荒唐的会。要是我迟到了,他一准要大发雷霆。我带着这顶帽子可不能和他吵,这帽子太娇贵,一句重话就把它给毁了,这可不行,我必须得走了,亲爱的阿加莎。再会,亨利勋爵,你让人十分愉悦,又让人无比丧气。对你的观点我真不知道该说什么。你得找个晚上和我们吃晚餐,星期二怎么样?星期二你没有约了别人吧?"

"我会为了您抛弃所有人的,公爵夫人。"亨利勋爵边说边鞠了一躬。

"啊,太好了,可这也是你的错,"她高声说,"那你一定要来啊。"说完她昂首离开了房间,随后跟着阿加莎夫人和其他几位女士。

亨利勋爵又一次坐下时,厄斯金先生挪了过来,坐在他旁边的椅子上,把手放在他臂上。

"你谈的东西超越了书本,"他说,"为什么不写一本呢?"

"我太喜欢读书了,因此无心写作,厄斯金先生,我倒是真想写本小说,写得跟波斯地毯一样迷人,也一样不真实。可在英国,人们只读报纸、启蒙书和百科全书,没有文学读者。英国人是世界上最不懂文学之美的民族。"

"恐怕你说对了,"厄斯金先生回答。"我自己也曾怀有文学理想,可是早就放弃了。现在,我年轻的好朋友,你允许我这么称呼你吧,我能问问你,午饭时你说的话都是认真的吗?"

"我说了什么我都忘光了,"亨利勋爵微笑着说,"是不是都很邪恶？"

"确实很邪恶。说真的我认为你十分危险，如果我们好心的公爵夫人出了什么差错的话，我们都会认为你的责任首当其冲。不过我想和你谈谈。我们这一代人十分无趣，要是你有一天在伦敦待烦了，就来特莱德利吧，跟我阐释一下你的享乐哲学。我幸好有几瓶勃艮第①红酒，我们可以边谈边喝。"

"太诱人了，能拜访特莱德利可谓一大幸事。棒极了的主人，棒极了的书房。"

"你的到来会让它更加完美，"说着老绅士客气地鞠了一躬。"这会儿我得和你好的姑妈说再见了。我得去雅典娜②（Athena）文艺协会，这个点儿我们该在那儿睡觉了。"

"所有人都是这样，厄斯金先生？"

"我们有四个人，坐在四十把扶手椅上，我们在联系着当英国文学学士呢。"

亨利勋爵大笑着起身，"我要去公园。"他大声说。

正当他出门的时候，道林·格雷碰了一下他的胳膊。"让我跟你去吧。"他低语道。

"我以为你答应了去看巴兹尔·霍尔沃德。"亨利勋爵说。

"我更想和你去，是的，我觉得我必须和你去，让我和你走吧。而且你得答应我要一直和我聊天，你比所有人都讲得精彩。"

"啊，我今天可说够了，"亨利勋爵说着笑笑，"观察生活是我现在唯一要干的事，要是你愿意，可以跟我一起观察。"

---
① 勃艮第：法国东南部地方的地名，该地产的红葡萄酒。——译者注
② 雅典娜：智慧与技艺的女神。——译者注

## 第四章

一个月之后的一个下午,在亨利勋爵梅菲尔区[1]的房子里,道林·格雷正靠在小书房的豪华扶手椅上。这是个很雅致的书房,高高橡木壁板是橄榄色的,奶白色的墙顶饰带,天花板上有石膏做的浮雕。砖灰色的地毯上还铺着带长穗的丝质波斯小毯。一张玲珑的端木小桌上摆着一个小雕像,是克罗迪翁[2](Clodion)的作品。旁边放着一本《新故事百篇》[3],是克洛维斯·伊夫[4](Clovis Eve)为玛格丽特·瓦卢瓦[5](Margaret of Valois)装订的,书的封面有饰金的小雏菊,图案是王后挑中的。壁炉台上摆放着几个大青瓷罐和几

---

[1] 梅菲尔:伦敦上流住宅区。——译者注
[2] 克罗迪翁:法国古典主义雕塑家。——译者注
[3] 《新故事百篇》:指菲利普·德维尼埃所著的法国短篇小说集。——译者注
[4] 克洛维斯·伊夫:十六世纪法国的宫廷图书装订师。——译者注
[5] 玛格丽特·瓦卢瓦(1553~1615):瓦卢瓦的玛格丽特,又被称为玛戈王后。她是法国和纳瓦拉的王后,同时也是瓦卢瓦女公爵。——译者注

只假郁金香。伦敦夏日的阳光透过镶着铅边的小窗子射进一道道金黄色。

亨利勋爵还没来。按照他的原则，他总是会迟到，他坚信守时就是偷盗时间。因此道林·格雷满脸闷闷不乐，手指懒洋洋地翻着一本插图精装版的《曼侬·莱斯科》①，他是在一个书架上找到的这本书。屋里的时钟是路易十四时代的风格，那规矩而单调的滴答声让他更加不耐烦，有那么一两次他都想走了。

终于他听到了脚步声从外面传来，门开了。"你来的太晚了，哈里。"他喃喃说。

"恐怕这次不是哈里，格雷先生。"一个尖细的声音回答。

他连忙回头看了一下，站起了身。"抱歉，我还以为——"

"你以为是我丈夫吧。结果却是他妻子。你得允许我介绍一下我自己，我对你已经很熟悉了，因为我见过你的照片。我想我丈夫起码有十七张你的照片。"

"不是吧，亨利夫人？"

"那就是十八张了。有天晚上我在剧院看见你俩在看戏。"她神经质地大笑着说，并用她那朦胧的勿忘我的眼睛打量着他。

这个女人有点古怪，身上的衣服像是在生气时设计的，又在发火时穿了上去。她一般总要爱上个什么人，可她的爱却从未有人回应，因而只能自己保留着她的幻想。她试图让自己看起来别致一些，最终却落得一副不修边幅的模样。她

---

① 《曼侬·莱斯科》：《曼侬·莱斯科》为题目写的歌剧共两部，一部作曲者为奥贝，一部的作曲者为普契尼。根据时间顺序应该是奥贝版本，描写年轻贵族对穷姑娘曼侬的爱情。——译者注

叫维多利亚(Victoria)，对上教堂持有一种绝对的狂热之情。

"应该是《罗恩格林》①上演的那天吧，亨利夫人？"

"对，是演《罗恩格林》的那天，瓦格纳②（Wagner）的音乐是我的最爱。声音很大，整个演奏期间你都能尽情地聊天，不用担心别人听到你的谈话。这是个巨大的优势，对吧，格雷先生？"

说着，短促而略带神经质的笑声从她薄薄的嘴唇里发出来，她的手指则开始把玩一把玳瑁壳之地的长柄裁纸刀。

道林摇头笑道："恐怕我不这么想，亨利夫人，音乐演奏时我从不开口，至少在听好音乐的时候是这样的。要是听到不好的音乐，那就有义务用谈话声来掩盖它。"

"哟，这是哈里的见解，对吧，格雷先生？我总是从哈里的朋友那里得到他的想法。我只有这一种方式了解他。不过你不要觉得我不爱好音乐，我特别喜欢好音乐，但却害怕它。它把我弄得太浪漫。我曾经甚至崇拜过几个钢琴家，有时候一下崇拜两个，哈里就这么说我。关于他们，我不甚了解。或许就是因为他们是外国人。他们都是，对吧？就连那些在英国生的艺术家过一段时期也都变成了外国人，对吧？他们这么做可真高明，还抬高了艺术，将其推向了全世界，对吧？你从没来过我的舞会，对吧，格雷先生？你得来。兰花我是买不起，可我会不惜代价地把钱花在外国人身上，他们让屋子看起来别具一格。哦，哈里到了。哈里，我进屋想找你问一些事情——我忘了要问你什么了——看见格雷先生在。我们俩聊了聊音乐，非常开心。我们的观点很统一，不，

---

① 《罗恩格林》：德国作曲家瓦格纳创作的一部三幕浪漫歌剧。——译者注
② 瓦格纳（1813～1883）：德国作曲家。——译者注

我觉得大不相同。不过和他聊天很开心，见到他我很愉快。"

"我很高兴，亲爱的，非常高兴，"亨利勋爵说，宛如新月的黑眉毛向上一挑，兴味十足地看着他俩。"实在对不起，我迟到了，道林。我在沃德街①找到一匹老式的锦缎，讲价讲了好几个小时才买到手。现在的人就知道东西的价钱而不知道东西的价值。"

"我恐怕得走了，"亨利夫人高声说了一句，突如其来的傻笑声打破了无言的尴尬。"我和公爵夫人说好了开车去兜风。再会，格雷先生，再见，亨利。你会在外面吃饭吧，我猜？我也是，我们可能还会在桑博雷夫人(Lady Thornbury)那儿遇见。"

"很有可能，亲爱的。"像只一整晚淋过雨的极乐鸟，亨利夫人忽地飞了出去，身后留下一阵淡淡的赤素馨的清香，亨利勋爵在她身后关上了门，点了一支烟，坐倒在沙发上。

"一定别和头发是草黄色的女人结婚，道林。"他吐了几口烟圈说道。

"为什么呢，哈里？"

"因为她们太多情了。"

"可我喜欢多情的人。"

"反正别结婚就是了，道林。男人是因为累了才结婚，女人则是出于好奇，结果双方都不如意。"

"我觉得我不会结婚的，哈里，我现在深陷热恋之中，这是你的一句格言，我正把它用于实践，就像在做你跟我说的其他的事情一样。"

"你和谁热恋了？"亨利勋爵顿了顿说。

---

① 沃德街：伦敦专营真假古董的名街。——译者注

"和一个演员。"道林·格雷红着脸说。

亨利勋爵把肩一耸说:"以这种方式开始很是寻常。"

"要是你见过她就不这么说了,哈里。"

"她是谁?"

"她叫西比尔·范内(Sibyl Vane)。"

"没听说过。"

"没人听说过,但有一天人们会知道的,她是个天才。"

"我亲爱的孩子,女人没有一个算得上是天才。女性是用来装饰的,她们从来没什么可说的,可是又把话讲得天花乱坠。女人代表着物质胜过了思想,而男人则象征思想战胜了物质。"

"哈里,你怎么这么说?"

"亲爱的道林,这是大实话。目前我正在研究女性,所以我理应知道。这个主题并不像我想的那么难懂。我发现,说白了女人只有两种:朴素的和妖艳的。朴素的女人很有用。如果你想博得一个受人尊敬的好名声,你只需带她们去赴晚宴即可。另一种女人十分迷人,可她们都犯了同样的错误,她们打扮自己是为了看起来更年轻。我们的祖母们化妆是为了能够口若悬河地讲话。在过去脂粉和智慧是并行的,如今却不是这么回事。只要一个女人能比自己的女儿看上去年轻十岁,她就绝对满意了。至于说交谈,伦敦全市也就只有五个女人值得与之交谈,其中还有两个没有资格踏入体面的社会。不过,和我说说你的天才吧,你认识她多长时间了?"

"啊,哈里,你的想法太可怕了。"

"别管它了,你认识她多长时间了?"

"三个星期吧!"

"你在哪儿遇到她的?"

"我会跟你说的,哈里,可你千万不能反对。毕竟如果不是遇到你,这件事也不会发生。是你激发了我狂热的渴望,去了解生活的全部。自打遇见你,连着好几天,我都感到有种东西在血管里搏动,无论是无精打采地走在海德公园①,还是漫步在皮卡迪利大街②,我都带着如痴如狂的好奇心观察着路过的每一个人,想了解他们的生活。他们当中有的让我沉醉,有的让我畏惧,空气里似乎飘着一缕毒气,引诱我产生追求刺激的激情……然后,某天晚上大概七点的时候,我打算出去探险,我想我们这个灰霾而可怕的伦敦,正如你所说,人口众多,有穷凶极恶的人,发生着深重的罪孽,也一定给我留了点什么。我曾设想过千万种可能,但只是其中的危险会让我兴奋。我记得我们第一次共进晚餐时你对我说的话,那是个美妙的夜晚,你说生活的真正奥秘在于寻找美的东西。我不清楚自己在期待着什么,总之我出了门,向东边晃去,晃过了一些弯曲而昏暗的小道和黑漆漆寸草不生的广场,很快我便迷路了。大概八点半的时候,我路过一个荒诞的小剧场,汽光灯光闪夺目,节目艳俗华丽。一个面目可憎的犹太人站在门口,抽着劣质的雪茄,穿一件古怪的背心,我从来都没见过那种背心。他的卷发油乎乎的,脏兮兮的衬衫中闪着一颗硕大无比的钻石,'老爷,要包厢吗?'他看见我就问,谄媚地摘下帽子。他身上有种东西让我很感兴趣。哈里,他太可怕了,我知道你会嘲笑我的,不过我真就进去了,付了一个几尼包了个包厢。到现在我也说

---

① 海德公园:这里指海德公园,是英国伦敦最知名的公园。——译者注
② 皮卡迪利大街:伦敦街名。——译者注

不明白为什么我会那么干,如果我没有那么做——亲爱的哈里,如果我没去,我就会错过我生命中最浪漫的事情。我看见你笑了,你真讨厌!"

"我没笑,道林,起码没有笑你。可你不能说生命中最浪漫的事,你得说这是你生命中遇到的第一件浪漫的事,一直都会有人爱你的,你也一直会沉浸在爱情当中,无所事事的人会有无限的激情,有闲阶级的一大功用就是如此。别怕,还有很多美妙的事情在等着你,这不过是才开始。"

"你认为我生性如此浅陋?"道林·格雷生气地喊道,"没有,我觉得你天生就是个深沉的人。"

"我不明白。"

"我的好伙计,一辈子只爱一回的人才是真的浅陋。他们自称自己很忠诚,而我却说这种忠诚是习惯性的懒惰,或是想象力匮乏。忠诚的感情生活,正如保持连贯的理性生活一样,完全是失败的自白书。忠实!我改天得研究研究。其中隐藏着一种贪欲,要不是怕被别人给捡走,我们准会扔掉很多东西。不过我无意打断你,继续讲你的故事吧。"

"就这样我进了一个恐怖的私人包间,对面的幕布上画着俗不可耐的景物。我从幕后向外望去,环顾了一下四周。发现它花里胡哨,庸俗不堪,周围画的全是丘比特①(Cupids)和喻意为丰收的羊角②,简直就像是个做坏了的婚礼蛋糕。剧院的廊座和正厅后座已经满了,昏暗的前排座位却空无一人。那个应该被他们称作二楼楼厅前座的地方也几

---

① 丘比特:一直被人们喻为爱情的象征,相传他是一个顽皮的、身上长着翅膀的小神,他的箭一旦插入青年男女的心上,便会使他们深深相爱。——译者注
② 羊角:装满水果和谷物的羊角状容器,源于古希腊神话,象征丰收。——译者注

乎没什么人。有女人来来回回地卖橘子和姜汁酒,难听的嗑坚果声一直在响。"

"很像英国戏剧在其最辉煌时期的盛况。"

"我觉得完全一样,并且还很沉闷。我开始有些疑惑了,不知道该干什么,然后看到了节目单,你猜演的什么戏,哈里?"

"我猜是《傻男孩》或《无辜的哑巴》之类的吧,我们的父辈们热衷于此类剧目。道林,年龄越大,我就越有种深切的感受,觉得父辈们认可的东西,我们都不认可。父辈们一向是错的。"

"这个剧我们都认可,哈里,是《罗密欧与朱丽叶》[①]。我得承认,一见莎士比亚[②](Shakespeare)的戏剧在这么一个蹩脚的鬼地方上演,我心里就生起了无名之火。不过,在某种程度上,我还是有点感兴趣。那里的乐队很差劲,一个犹太青年坐在一架破败的钢琴前当指挥,我差点儿就吓跑了。最后幕布终于悬了起来,戏剧开始了。演罗密欧的是一个上了点年纪的结实男人,眉毛用木炭涂得黑乎乎的,一副悲惨的破锣嗓子,身材像个啤酒桶。演默库肖[③](Mercutio)的一样差劲,是个拙劣的喜剧演员演的,随便插进一些他自己的笑话,和正厅后座的观众很熟。这俩人和后面的布景一样荒诞,像是从乡下戏班来的。但是朱丽叶,哈里,想象一个姑娘,不到十七岁,有着鲜花般的笑脸,希腊式的小脑袋,深棕色的辫子一圈圈地盘在上面,紫罗兰色的眼睛像是注满

---

[①] 《罗密欧与朱丽叶》:莎士比亚著名戏剧。——译者注
[②] 莎士比亚(1564~1616):是欧洲文艺复兴时期最重要的作家,杰出的戏剧家和诗人。——译者注
[③] 默库肖:莎士比亚戏剧《罗密欧与朱丽叶》中人物。——译者注

了热情的深井，嘴唇如同玫瑰的花瓣。她是我生命中见过的最可爱的女孩儿。你曾说，在痛苦面前你不为所动，但美，单单是美就会让你热泪满眶。实话说，哈里，因为泪蒙住了眼睛，我几乎没看清这个姑娘。而她的嗓音……我从未听过这么动人的嗓音。刚开始很低，深沉而圆润的音调像是要流进耳朵里，随后，音调稍高了，听着像一支长笛或是单簧管在远处演奏。在花园里演的那场戏，她的声音里有种让人战栗的喜悦，只有在天亮时才能听到的夜莺的歌声。之后的几秒种，又变成激情四射的小提琴声。你知道声音可以打动人。你和西比尔的声音是我一辈子都不会忘掉的声音。一闭上双眼，我就能听得到，它们分别传达着不同的东西。我不知道该跟着那个走好。我怎么会不爱她呢？哈里，我的确爱她。她是我生命中的一切。接连一晚又一晚，我都去看她。一晚她演罗瑟琳①（Rosalind）又一晚上她又成了伊摩琴②（Imogen），我看着她从爱人口中吸出毒汁，死在意大利阴冷的墓穴中，见她装成一个英俊的小伙子，穿着紧身衣裤，头戴考究的帽子，在阿登森林③，森林里漫游。她还演过疯女人，到一个有罪的国王面前，给他戴上芸香，让他品尝苦菜。她也扮过一个冰清玉洁的人，却被一双黑色嫉妒之手扼断了芦苇般的脖颈。我见她穿过各色各样的衣服，饰演各种年龄的角色。平凡的女人很难引起人的想象，是因为她们受限于自己所处的时代，魅力从未光顾她们。看了她们戴的帽子就能轻松地看出她们的头脑，这样的女人随处可见，她们

---

① 罗瑟琳：莎士比亚戏剧《皆大欢喜》中的人物。——译者注
② 伊摩琴：莎士比亚戏剧《辛白林》中的人物。——译者注
③ 阿登森林：位于法、比、卢三国交界处，莎士比亚《皆大欢喜》中后半部戏的主要场景。——译者注

毫无秘密可言。清晨她们到公园里遛马，下午去喝茶聊天。她们的笑脸千篇一律，举手投足时髦无比。她们太浅陋，但演员，演员就完全不一样了！哈里，你为什么不告诉我演员是最值得爱的人呢？"

"因为我爱过好多演员，道林。"

"哦，对呀，那些头发染了色，脸上涂脂抹粉让人恶心的家伙。"

"别看不起那些染头发和抹脂粉的人，有时她们会魅力四射。"亨利勋爵说。

"真希望我没和你说过西比尔·范内。"

"你不会不跟我说的，道林，你的后半生有什么事都会和我说的。"

"是的，哈里，我相信会是这样。我会忍不住把什么都告诉你，你对我的影响很奇特，如果我犯了罪，会找你坦白的，而你会理解我。"

"像你一样的人——生命中自由而快乐的人——不会犯罪的，道林。不过我还是谢谢你的恭维。好吧，跟我说说——递给我火柴，好孩子，谢谢——你俩发展到哪一步了？"

道林·格雷暴跳起来，双颊通红，目光如炬，"哈里，西比尔是神圣的。"

"神圣的东西才值得碰触，道林，"亨利勋爵说，语气里带着一种奇怪的哀伤。"不过你为什么生气呢？她早晚是你的。人恋爱的时候，总是以欺骗自己开始，最后又欺骗别人。这就是人们口中的浪漫。不管怎么说，我想你肯定了解她吧。"

"当然，我到剧院第一天的晚上，演出完了以后，那个老犹太人就到我包厢里，跟我说要带我到幕后，把我介绍给她。我大发雷霆，跟他说朱丽叶早就死了，几百年来她的遗体一直躺在维罗纳①的大理石墓穴里。他惊呆了，我猜他肯定觉得我是香槟之类的喝多了。"

"我不觉得奇怪。"

"接着，他问我是不是报纸的撰稿人。我说我连报纸都不读。他听罢好像大失所望，低声跟我说，所有戏剧评论家都密谋扳倒他。他需要把他们都买通。"

"我觉得他说得对，可从他们的外表看，这些戏剧评论家大部分也都很廉价。"

"哦，他好像觉得自己付不起那么多钱。"道林说着大笑，"这时剧场熄灯了，我离开了。他竭力推荐我尝尝他的雪茄，我拒绝了。隔天晚上，我确实又去了那儿，一见面，他就俯身鞠躬，非说我是艺术的慷慨的施主。这人是个混蛋，十分令人讨厌，不过他对莎士比亚倒是充满热情。他有次自豪地跟我说，为了这个'大诗人'②，他都破产五次了。他执意如此称呼莎士比亚，似乎觉得这是一种荣誉。"

"确实，亲爱的道林——莫大的荣誉。大多数人破产是因为在枯燥无味的生活上投资过重，为投资诗情画意的生活而破产的人当然就很光荣了。但你是什么时候开始和西比尔·范内小姐说上话的？"

"第三晚，她演的是罗瑟琳。我禁不住走上前去，抛给她一些花儿。她朝我看了一眼，我奇妙地觉得她是看了。这个犹太人很固执，非要把我带到幕后。所以我答应了。我居然曾不想与她相识，太不可思议了，对吧？"

---

① 维罗纳：意大利北部城市。——译者注
② 指莎士比亚。——译者注

"不，我不觉得。"

"为什么，亲爱的哈里？"

"以后我会告诉你，现在我想了解这个姑娘。"

"西比尔？啊，她如此羞涩，如此温婉，仍然稚气未脱。当她听了我关于她演出的看法之后，吃惊得双眼瞪得大大的，好像并不知道自己的魅力。我觉得当时我俩都很紧张。休息室里满是尘土，那个老犹太人就站在门口，张嘴笑着把我俩夸了一顿。我俩则孩子似的站着，互相对望。他非要叫我'老爷'，因此我要让西比尔安心，我可不是那种人。她非常直白地跟我说：'你看起来像个王子，我得叫你迷人王子。'"

"说真的，道林，西比尔小姐真会夸人。"

"你不理解她，哈里。她只是把我当成了戏中的人物，对于人生她什么都不懂。她和她母亲一起生活，她母亲已经年老色衰，在头一天晚上演的是凯普莱特夫人①（Lady Capulet），身穿品红色的晨衣。看上去她以前生活还不错。"

"我了解那种样子，这令我郁闷。"亨利勋爵低声说着，端详起他的戒指来。

"那个犹太人想跟我聊他以前的事，不过我说我没兴趣听。"

"你做得对，评论别人的伤心事绝对是很刻薄的。"

"我关心的只是西比尔，她的出身与我何干？从她小脑袋到她的小脚都是绝对神圣的。我每天晚上都去看她表演，而她也一天比一天更加出色。"

---

① 凯普莱特夫人：莎士比亚戏剧《罗密欧与朱丽叶》中人物。——译者注

"难怪你现在都不来和我吃饭了,我就猜你一定陷入了一段新奇的恋爱,看来确实是这样,但和我想的还不完全一样。"

"亲爱的哈里,我每天不是和你一块儿吃午饭,就是一块儿吃晚饭,还一起去了好几次剧院。"道林说,诧异地瞪着那双蓝色的眼睛。

"可你总是来得很晚。"

"对,我忍不住要去看西比尔表演,"他喊道,"即便是只有一幕也好,我急切地想见她,每当想到那象牙白的小身体里藏着奇特的灵魂,我就肃然起敬。"

"那今晚你能和我吃饭了吧,道林,能吗?"

他摇头:"今天她饰演伊摩琴,明晚是朱丽叶。"

"那什么时候她才是她自己呢?"

"从来不是。"

"我恭喜你!"

"真讨厌!她是世上所有伟大的女主角的集合体,她不仅仅是个个体。你笑了,不过我跟你说她是个天才。我爱她,而且非要让她爱我不可。你深知生活的所有奥秘,跟我说说怎么能让西比尔·范内爱上我!我想让罗密欧嫉妒我,我想让世上死去的恋人们听到我们的笑声而悲伤不已。我要用我们激情的呼吸激活他们已为尘土的身躯,让他们感到痛苦。我的上帝,哈里,我太崇拜她了!"他边说边在房间里来回走着,火热的红晕染上了双颊。他太兴奋了。

亨利勋爵带着微妙的快感看着他,与之前他在画室里遇到的那个害羞的小伙子相比,他已完全不是当初那个腼腆胆小的人了。他的天性如花儿一样生长,已经开出了绯红的花朵。他的灵魂已经爬出了那个秘密的藏身之处,欲望就在路上等着迎接他。

"你有什么打算?"亨利终于说。

"我想让你和巴兹尔哪天去看看她的表演。对结果我一点儿都不担心,你们一定会承认她是个天才。然后我们要从犹太人手里把她弄出来。她跟他有三年的合同——最少也得两年零八个月——从现在算的话。我得给他点儿什么东西,这是肯定的。这一切都解决之后,我就在西区①找个剧院,正式让她出道。她会让世界就像我一样为之癫狂。"

"不可能,我的孩子。"

"会的,她会。她不但拥有艺术天分,那种无上的艺术天分,她还有人格。你常告诉我说推动历史发展的不是原则而是人格。"

"那好吧,我们哪天晚上去呢?"

"我想想,今天周二,那我们就定明天吧,明晚她会演朱丽叶。"

"好吧,八点钟到布里斯托尔②旅馆,我来叫巴兹尔。"

"八点不行,哈里,得六点半。我们得在启幕前赶到。你们要在第一幕就看到她,她会和罗密欧相遇。"

"六点半!太早了!这应该是吃点心或看英国小说时刻。得七点才可以。没有哪个神七点以前就吃饭的。这期间你会见巴兹尔吗?或者我来写信跟他说?"

"亲爱的巴兹尔!我有一个星期没见过他了。我太坏了,他帮我的画像特意制做了精美的相框,然后都送了过来。虽然画中人比我小了整一个月,这让我有点儿嫉妒,不

---

① 西区:伦敦西区是英国英格兰伦敦中心,因为这个地区拥有许多商业区与西区剧院。——译者注
② 布里斯托尔:英国西部的港口。——译者注

过说实话,我得承认我很喜欢它。或许还是你给他写信比较好。我不想和他单独见面。他说的话让我很烦,他总跟我说逆耳忠言。"

亨利勋爵笑了。"人们总是把自己最需要的东西给扔掉。这就是我所说的深层的慷慨。"

"哦,巴兹尔是个相当好的人。可我觉得他有点儿俗气,认识你之后,哈里,我就发现了这一点。"

"我亲爱的孩子,巴兹尔把自己的所有魅力都倾注到了他的作品中,结果就是他的生活里只剩下了他的偏见、原则和常识。在我见过的艺术家当中,那些招人喜欢的都是些下三滥的货色。出色的艺术家只存在于他们的作品中,因而就他们自己来说都是很没意思的。一个非凡的诗人,真正非凡的诗人,是最没有诗情画意的人了。可是最差劲的诗人绝对很有魅力。他们的诗写得越烂,他们看起来就越别具一格。光是出版过一本二流的十四行诗这个事实就足以使一个人魅力十足了。他的生活就是他无法写出的诗歌,而另一类人则写出了诗歌却不敢去践行。"

"我怀疑这不是真的吧,哈里?"道林·格雷说,一边拿起桌上有金色盖子的大瓶子,在自己的手帕上洒了些香水。"你这么说就肯定是真的喽。我现在要走了。伊摩琴在等我。别忘了明天的事,再见。"

他离开房间的时候,亨利勋爵沉沉的眼睑垂了下来,他开始思考。很明显,像道林·格雷那样令他兴趣十足的人并不多见。但那小伙子发疯似地爱上了一个人,却并没有带给他烦恼或嫉妒的痛苦。他觉得挺高兴。因为道林变成了更有趣的研究对象。

自然科学的手段常常吸引他,可他又感觉自然科学的普通论题太琐碎，没什么意思。所以他首先剖析了自己，完了又去剖析别人。人类的生活是他认为最值得研究的事。

相比之下，生命中再无其他了。的确，当一个人目睹生活在忍受奇特的悲喜煎熬的时候，他就不会戴上玻璃面罩去阻止硫磺的浓烟冲击他的大脑了，他会让他的想象力饱受可怕的幻想和乱七八糟的梦境的困扰。有些毒药很难把握，要明白其性质，你自己也得中毒。

有些病很怪异，要诊断病症，你必须得亲身经历。不过，其回报是十分丰厚的！在你眼里世界变得更加奇妙了！要领悟激情中难解的逻辑，和理性中丰富的感情生活——去观察二者在何处相会，在何地分离，哪里难解难分，哪里南辕北辙——是多么有趣！何必去操心代价有多大？为了任何的情感都可以不惜一切代价。

他意识到，正是由于他说的一些话，他用乐曲般的嗓音讲的乐曲一般的语言，把道林·格雷心灵带向了这个冰清玉洁的姑娘，并为之所折服。

一想到这一点，他那像玛瑙一样的褐色眼睛里就闪动着喜悦的光辉。很大程度上讲，这个小伙子是他创造的，他让他更早地成熟了，这很不一般。

平凡的人总等着生活把自己的秘密揭示给他们看，而对于少数人来说，对有福气的人来说，生活掀起那层面纱之前，其中的奥秘就一览无余了。

有时，这种效果是通过艺术产生的，特别是文学艺术，原因就是文学可以直接地表达感情和理智。但有时，会有一个复杂的人来取代艺术的功能，实际上，此人本身就成了一件艺术品，正如诗歌、雕像和绘画中的精品那样，生活本身就可以精心创造杰作。

是的，这小伙子成熟的有点早，在春季就开始收获了。在他身上，青春的脉动和激情流动着，但他已经有很强的自我意识。观察他是十分愉快的一件事。他如此英俊的脸庞，如此美丽的心灵，都让人大为惊叹。至于结果如何，或者注定如何结束，都没有关系。他就像是庆典或戏剧中的那些高雅的角色，他们的快乐似乎离你很远，但他们的悲伤却让你心生美感，而他们受到的创伤就像红红的玫瑰。

灵与肉，肉与灵——是如此神秘！灵魂里有着动物的本能，肉身里也有短暂理性。情感能够升华，理智也可以堕落。有谁能分辨肉体的冲动在何处终结，而灵魂的冲动在何处开始呢！

平庸的心理学家的定义又是如此武断而浅陋，但在不同的流派之间取舍又十分不易。难道灵魂是坐在罪恶之屋中的影子？或者像乔达诺·布鲁诺①（Giordano Bruno）想的那样，身体存活在灵魂之中？把灵魂从物质的肉体上抽离出来是一种秘密，而让两者统一也同样神秘。

他开始思考心理学能否完全成为一门学科，将生活的一切动力都展示给我们。人们经常误会自己，也极少能理解别人。经验并无道德价值，也就是人们给错误起的名号而已。

在道德学家眼中，它是一种警告，他们认为经验对于培养性格会起到某种伦理上的作用，并赞扬其教育作用和启示功能，因为这样我们就能有所依据而趋利避害。

但经验不包含动力，像良心一样，它并非是积极因素，实际上它仅仅在向我们揭示，未来可以和曾经一模一样。我

---

① 乔达诺·布鲁诺（1548～1600）：意大利思想家、自然科学家、哲学家和文学家，反对经院哲学，宣传泛神论和人文主义，发展哥白尼的日心说，被宗教裁判所处以死刑，在罗马烧死。——译者注

们对曾经犯的错深恶痛绝，但又会怀着愉快的心情不断再犯。

他清楚地知道，想对事物作出科学的判断，唯一的方法就是实验法。道林·格雷自然成了他手中的课题，而且极有可能收获颇丰。他对西比尔·范内突如其来的爱，是很有趣的心理现象。毫无疑问，这与好奇心密不可分，是对一种全新感觉的好奇和神往。

不过它并不简单，而是种非常复杂的感情。这种在童年时期就存在的感官本能，在想象的加工下，变成了对这个年轻人来说远离感官的东西。正因如此，它才愈加危险。关于感情从何处来，我们总是自欺欺人，而正是感情在强有力地支配我们。那些我们能认识其实质的动机，往往是最薄弱的。通常当我们自认为在别人身上做实验的时候，实际却是在对自己做实验。

亨利勋爵正坐在那里浮想联翩时，传来一声敲门声，侍者随之而入，提醒他换衣服去晚宴的时间到了。他起身望向街道，夕阳将对面房子上端的窗户镀成了金红色，闪闪发亮的玻璃窗户，就像烧得烫手的金属盘子。窗子上方的天空如褪色的玫瑰。他思索着，不知他朋友年轻而似火的人生将会如何告终。

十二点半的时候他回的家，看见一封电报放在大厅的桌子上。打开一看，是道林·格雷发来的。上面说他和西比尔·范内订婚了。

## 第五章

"妈妈,妈妈,我真幸福!"姑娘轻声说,一边把脸埋进一个女人的膝盖里,这个女人已经褪尽铅华,面带倦容。强烈的光线闯入阴暗的起居室,那女人背对着光,坐在仅有的一把扶手椅上。"我真幸福!"姑娘又说了一句,"你也很幸福吧!"

范内夫人眉头微皱,她的双手因不断化妆而变得苍白瘦削,她抚摸女儿的头,"幸福!"她回应着,"西比尔,我只有在看你表演的时候才幸福,你不该考虑表演之外的事情。爱萨克斯(Isaacs)先生一直对我们很好,我们还得还他钱呢。"

姑娘抬起了头,把嘴一撇。"钱,妈妈!"她喊道,"钱算什么?爱情比钱重要多了。"

"爱萨克斯先生预付了五十英镑给我们,让我们还了债,还给詹姆斯添置了不错的行装。这你都不能忘了呀,西比尔。五十英镑可不是个小数目,爱萨克斯先生太理解我们了。"

"他不是个上等人,妈妈。我不喜欢他跟我说话的方式。"说完起身走向了窗子。

"要是没有他,我都不敢想日子该怎么过下去。"老妇人幽怨地说。

西比尔头朝后一扬,大笑起来。"以后我们就用不着他了,妈妈,现在迷人王子会照顾我们的生活。"接着她停住了,感觉血液涌上了脸庞,变成了玫瑰色的红霞。花瓣似的双唇随着呼吸张开并颤动起来。激情恰似一阵南风,拂过她全身,把她衣服上精致的褶皱掀动起来。"我就爱他。"她直截了当地说。

"傻孩子,傻孩子!"西比尔的妈妈她挥舞着戴着假钻戒的变了形的手,如鹦鹉学舌似的蹦出几个字当作回答,让这几个字显得荒诞不经。

姑娘又哈哈笑了起来,声音里的喜悦如欢快的笼中之鸟。她的眼睛也伴着这奇妙的韵律共鸣起来,闪耀着明亮的光辉。之后她闭了一会儿眼睛,似乎在按捺心中的秘密。再次睁眼的时候,一阵梦幻般的雾气掠过她的双眸。

智慧开动薄唇坐在那把旧椅子上和她说话,提示她要小心,还引用了一本假借常识之名写的关于懦弱的书。她置若罔闻。激情的监牢里,她是自由之身。她的王子,她的迷人王子,和她同在。她唤起记忆拼出王子的模样,她把灵魂派出去找到他,把他带回来。他的吻再次在她的唇上燃烧起来。她的眼睑上还有他气息的余温。

随后智慧改变了策略,谈论到探测和发现。这年轻人可能很富有,果真如此的话,就得考虑结婚了。市侩的狡黠如波浪般冲击着她的耳膜,如箭的诡计从她周身擦肩而过,聪慧的薄唇在她眼中抖动着,微笑着。

突然她感觉想说话,如此长时间的无言让她忍无可忍。"妈妈,妈妈,"她喊起来,"他为什么会如此爱我呢?我清楚我爱他的理由。我爱他,因为他是爱本身。在我身上他能看出什么呢?我不配他的爱,可是——我说不出原因——虽然我清楚自己比他卑微,可我没有卑贱的感觉,反而觉得自豪。妈妈,你当初也像我爱着迷人王子一样爱着爸爸吗?"

尽管脸上擦了劣质的脂粉,这位老妇人的脸还是明显地发白了。她干瘪的嘴唇因痛苦而抽搐起来。西比尔向她冲过去,搂住她的脖子亲了起来。"原谅我吧,妈妈,我知道说起父亲你就会难过,可你那么难过的原因正是爱得深切。不要满脸忧伤了,今天我就像二十年前的你一样快乐。啊!让我永远这么快乐下去吧!"

"孩子,你真是太年轻了。现在根本不是谈情说爱的时候。再说你了解那个年轻人吗?你都不知道他叫什么。这件事挺愁人的,正巧又碰上詹姆斯(James)要去澳大利亚,我要考虑的事情太多,你得理解我。不过之前我说过的,要是他是个有钱人……"

"啊,妈妈,你就成全我的幸福吧!"

范内夫人朝她瞥了一眼,用一种装模作样的戏剧动作把她搂进怀里,这种动作已经成了戏剧演员的第二天性。这时门突然开了,一个褐色头发的青年走了进来,他头发蓬蓬的,敦实的身材,粗大的手脚,动作有点笨拙,教养也不像他姐姐那么好,让人很难想象两人之间的关系竟然如此亲密。范内夫人目不转睛地盯着他,笑得更加开心了。在她脑海里,儿子上升到了观众的位置,让这个场景的确很有意思。

"给我留些亲吻吧,西比尔。"小伙子平心静气地抱怨着。

"啊,可你又不愿意让别人亲你,吉姆①,"她大声说,"你是头大熊,古怪又可怕。"说完她穿过屋子一把抱住他。

詹姆斯温柔地瞧着姐姐的面庞,"西比尔,我想让你和我出去走一走。这让人讨厌的伦敦,我想以后是再不会见到了。"

"孩子,别说得这么吓人。"范内太太低声说着,她叹了口气,开始缝一件俗艳的戏服,他儿子没有加入戏班,这让她有点儿失望,不然会让现在的场景更加戏剧化。

"怎么不说,妈妈,我就是这么想的。"

"你让我伤心了,儿子。我相信等你从澳大利亚归来,就会变成有钱人。在殖民地可没有上层社会,没有什么东西能称得上是上层社会,要是你有了钱,就一定要回伦敦生活。"

"上层社会!"小伙子嘟囔起来,"我可不想了解所谓的上层社会。我挣钱就是为了让你和西比尔离开舞台。我厌恶它。"

"哎,吉姆!"西比尔说着大笑起来。"你的话太刻薄了!你真的想和我出去走走?好极了!我还想着你会去和你的朋友说再见呢,比如汤姆·哈代(Tom Hardy),那个吓人的烟斗就是他给你的吧。要不就是内德·兰顿(Ned Langton),他还嘲笑你抽烟斗。我太高兴了,最后一个下午你留给了我。去哪儿呢?就去海德公园吧!"

"我太寒酸了,"他皱着眉说,"海德公园是有钱的时髦人去的地方。"

---

① 吉姆:对詹姆斯的昵称。——译者注

"净乱说，吉姆。"她轻声说，摸了摸他外套上的袖口。

他想了一会儿，"好吧，"最后说，"可别拖拖拉拉地换衣服。"

她兴高采烈地奔出了房间，一边上楼一边哼着歌，那双小脚发出踢踢踏踏的声音，从头顶上传下来。

他在屋子里来回踱了两三次，接着转向了扶手椅，椅子上的人影纹丝不动。"妈妈，我的行李都准备妥当了吧？"他问道。

"都妥当了，詹姆斯。"她回答着，目光却没有从手中的活儿上离开。最近这几个月，每次她和这个粗暴而严肃的儿子独处的时，总觉得别扭。两人一四目相对，一种不安的感觉就占据了这个粗陋诡秘的女人的心。

她时常怀疑儿子是不是已经知道了什么。他沉默不语，这让她受不了。于是她抱怨起来，以进为退是女人们擅长的手段，正如她们毫无征兆地投降，实际却是为了进攻。

"但愿你会喜欢海上的生活，詹姆斯。"她说，"要记得这是你的选择，原本你可以选律师事务所，那是个很有面子的阶级，在乡下，律师都能和有地位的人家同桌吃饭。"

"我不喜欢事务所，也不喜欢当职员。"他回答，"不过你说得对，我的生活是自己的选择。我想说的只有一句话，照顾好西比尔。别让任何人伤害她，妈妈你必须照顾好她。"

"莫名其妙，詹姆斯。我当然会好好照顾西比尔。"

"我听说有个绅士每天晚上都来剧场，跑到后台去找她说话。是不是真的？这是怎么回事？"

"你说的事你不明白，詹姆斯。我们演员都习惯了很多人来捧场，都会满心欢喜地接受。曾经一段时间，也有很多鲜花是送给我的。这通常是演员的表演得到了观众真正的认可。说到西比尔,我不清楚她是不是足够认真地对待自己的感情,不过不用说,你说的那个年轻人真是个有身份的,在我面前,他总是很有礼貌。而且他看起来十分有钱的样子,送来的花也很招人喜欢。"

"可你都不知道他的名字。"小伙子说,不留一点儿情面。

"是,"他母亲一脸平静的回答,"他还没把真实姓名透露给我们,我觉得他很浪漫,或许还是个贵族呢。"

詹姆斯咬了咬嘴唇,"把西比尔照顾好,妈妈,"他喊道,"照顾好她。"

"儿子,你太让我难过了。我一直都很关心西比尔。当然,那个绅士要是十分有钱,和他结婚也不是不行。我觉得他是个贵族,他身上带有一种贵族的气派。这桩婚事对西比尔而言应该是最理想的。他俩天造地设,他相貌出众,这谁都瞧得出来。"

小伙子咕哝了一会儿,接着他用粗粗的手指在窗户玻璃上敲了几下,正准备回头说些什么,门打开了,西比尔奔了进来。

"你们俩这么严肃!"她喊道,"怎么回事?"

"没有,"他回答,"有时候人应该稍微严肃一下。一会儿见,妈妈。五点我回来吃饭。除衬衫之外一切都打理好了,你不用担心。"

"一会儿见,儿子。"她回答,一边微微欠身,这种庄重的姿态很别扭。她对他说话的语气感到很生气,而对他的某种表情又觉得畏惧。

"吻我,妈妈。"姑娘说。她花儿一样的双唇贴在她干瘪的脸上,融化了上面的冰霜。

"我的孩子,我的孩子!"范内夫人叫道,抬眼望向天花板,想象地看着顶层楼座上的观众。

"走吧,西比尔。"她弟弟忍不住说。他不喜欢母亲假腔假调的样子。

他们走出屋门,阳光影影绰绰地照耀着他们。清爽的风扑面而来,他们顺着沉寂的尤斯顿路①散步,行人诧异地看着这个阴着脸,身材结实的小伙子,他身上的穿着既粗糙又不合体,而身边却陪伴着一个优雅而有气质的姑娘,这感觉就像是个普通的花匠别着朵玫瑰花走在路上。

吉姆一次又一次遇到路人探寻的眼光,不禁时时皱眉。他不喜欢被别人这么盯着看,这种习性令人讨厌,天才晚年才会出现这种习性,而在庸人身上,则时时相随。西比尔对自己带来的效果毫无知觉,她的爱在满是笑意的唇瓣上颤抖着。她脑海里全是迷人王子,或许是为了能多想一些,她没有说到他,而是嘴里不停地谈着吉姆要去航海的事,还肯定地说他能找得到金子,会从十恶不赦的林中红衣大盗手里把漂亮的女继承者给救出来。

因为他不会一辈子当水手,也不会永远做货物管理员或此类的其他工作。啊,不,当水手的日子太难熬了。想象一下被困在可怕的岛上,海浪像驼峰一样呼啸着要往前冲,桅杆被阴风吹断,船帆也被撕扯成条条骇人的布片。到了墨尔本,他就要下船,客气地别过船长,然后马上去金矿上。

不到一个星期,他就能发现大块大块的黄金,是史上开采到的最大的。然后由运金车装运,被六个骑警看护,送到

---

① 尤斯顿路:伦敦街名。——译者注

海边。林中大盗们打劫了三次,都被杀得片甲不留,死伤无数。要不,不,他直接不去挖金子了。那种破地方,人人成天酗酒,在酒吧里闹事杀人,满嘴恶言恶语。

他得当一个精干的羊农,在某天骑马回家的晚上,遇到强盗骑着河马掳着漂亮的女继承人。他追上去把她救了出来。不用问,他俩相爱了,然后结婚,回到故里,在一所伦敦的豪宅里定居。对,他会有似锦的前程,但他得洁身自好,不能随便冲动,花钱要谨慎。虽然她只长他一岁,但却阅世颇深。他必须保证每班邮车都有写给她的信,在晚上睡前都要祈祷。仁慈的上帝会护佑着他,她也会为他祈祷,几年之后,他会荣归故里,无比幸福。

小伙子阴着脸听着,并不回答。他感到了离开家门的辛酸。不过,让他闷闷不乐的不仅如此。虽然他经世尚浅,却仍能深切地感觉到西比尔身处险境。有个年轻的纨绔子弟爱上了她,很可能居心叵测。他是个绅士,因此他恨他。出于某种奇怪的阶级本性,连他自己也说不明白,他恨那个绅士,而且越来越刻骨。他察觉到母亲生性浅陋而虚荣,因而看出这会威胁到西比尔和她的幸福。孩子的人生以爱自己的父母开始,接着批判他们,有时也谅解他们。

他的母亲!他心里一直有话要问她,几个月以来,他一直悄悄地盘算着。在剧院里,他偶然听到的闲言碎语,以及某晚在后台等她时传来的轻声冷笑,都让他不寒而栗。一想到这儿,他就觉得好像有条猎鞭在他脸上抽打着,他紧皱的双眉形成了一道楔形的小沟。痛苦让他痉挛,他紧咬住下唇。

"我的话你根本没听,吉姆。"西比尔大声说,"而我为你描绘了幸福的蓝图,你倒是说说呀。"

"说什么?"

"啊，你就说你会好好的，不会把我们忘了。"她冲他一笑说。

他两肩一耸："你忘掉我会快得多，西比尔，而不是我忘掉你。"她的脸涨红了，"你说什么呢，吉姆？"

"听说你认识了一个新朋友，是谁啊？怎么没听你和我说过他的情况？他居心不良。"

"别说了，吉姆。"她大喊一声，"我不许你诋毁他，我爱他。"

"啊，你都不知道他的名字。"小伙子回答，"他是谁？我有知道的权利。"

"迷人王子，讨厌这个名字吗？啊，你这个小傻瓜，你可要永远都记着这个名字，要是你见见他就会知道，世上最好的人非他莫属。有天你会见到他的，等到你从澳大利亚回来了。

"你一定会很喜欢他，每个人都喜欢。我嘛……我爱他。我多希望今晚你能去剧院啊，他会去，我演的是朱丽叶。啊！我该怎么演呢？设想一下，吉姆，身处热恋的我扮演朱丽叶。可他就坐在下面，我为了让他愉快而表演。恐怕我会把观众吓坏的，要么吓坏他们，要么让他们折服。热恋是情不自禁的。可悲又可怕的爱萨克斯先生，要在酒吧里对一帮游手好闲的人大喊'天才'，一直以来他都宣传我，把我看成一种信念。今天晚上，他会把我公之于众，把我成为他的大发现之一。我都料到了。这都是他的功劳，迷人王子，我的心上人，美妙无比，魅力四射的神灵。相比之下，我很贫穷。贫穷又怎么了？当贫穷爬进了门，爱情就钻进了窗①。我们的俗语得改一下，这都是在冬天写的，而这是在夏天。在我看来，应该是春天，是花瓣在蓝天飞舞的季节。"

---

① 英国原谚语为"当贫穷爬进了门，爱情就逃出了窗"。——译者注

"他是个绅士。"年轻人沉闷地说。

"是个王子,"她喊道,声音好似银铃,"你还想要别的什么吗?"

"他想奴役你。"

"想到自由我就浑身发抖。"

"我要你防着他点。"

"看见他就膜拜他,理解他就信任他。"

"西比尔,你中了他的邪。"

她一边大笑一边一把抓住他的胳膊,"吉姆,我亲爱的弟弟,你这口气像活了一百年一样。以后你自己爱上个人,就了解其中滋味了。别苦着一张脸。你肯定是该高兴的,因为虽然想着你要离开了,可我留下来却也是有生以来最幸福的时候。生活对我们来讲一直充满艰难困苦。从现在起不一样了,你要去一个新的世界,而我也找到了一个新世界。这儿有两把椅子,让我们在这里坐会儿,看看这些路过的时髦人。于是他们坐在了一群旁观者中间。马路那边的郁金香花园红得像跳动着的火环。发白的尘雾像大团的鸢尾草根,飘在喘息的空中。太阳伞颜色明艳,高高低低地跳动着,像是一只只硕大无比的蝴蝶。"

她让弟弟说说自己,讲讲希望,谈谈未来。他语速很慢,很用劲儿。他们一问一答地聊着,像赌徒赌博时发送筹码似的,一来一回。西比尔觉得有些压抑,心中的愉悦无法表达出来,一撇微微的笑意浮在她不悦的嘴上,这就是她能得到的唯一回应。一会儿之后,她也沉默了。忽然,一头金色的发和两瓣开怀大笑的嘴唇掠过她的眼底,那是道林·格雷和两位女士乘着敞篷马车飞速驶过。

她腾地站起身来:"那人就是他!"她喊。

"谁？"吉姆·范内问。

"迷人王子啊。"她答道，目光追随着敞篷马车。

他跳了起来，粗手粗脚地拽着她的手臂，"给我指一下，是哪个？指出来给我看，我要见见他。"他叫道。

正在这时，贝里克公爵（the Duke of Berwick）的四乘马车冲过来横在路上，等它留出足够的缝隙时，那敞篷马车早已一溜烟跑出了海德公园。

"他走啦，"西比尔失落地轻声说，"我真想让你见到他。"

"但愿吧，如果他欺负你，我就杀了他。这毋庸置疑，就像上帝绝对存在一样。"

她惊恐地望着他，他又重复了一遍，字字句句像把匕首划向空中。四围的人惊呆了，一位女士在她身旁嗤嗤地笑着。

"走吧，吉姆，走。"她悄声说。他跟着她在人群中穿过，对自己说的话，感到很高兴。

路过阿喀琉斯①（Achilles）的雕像时，她转过了头，一种怜惜的神情透过双眸传出来，到了嘴上变成了笑意。"你太傻了，吉姆，傻得不行。你这孩子脾气太差了，就是这样。如此可怕的话你怎么说得出口？你都不清楚自己说了什么，完全是处于嫉妒和刻薄。啊，真希望你也爱上个人吧，爱情让人变得善良，可你的话却恶意十足。"

"我都十六了，"他回答，"知道自己在干什么，妈妈帮不上你。她都不会照顾你，我现在真希望直接不去澳大利亚了。我想放弃一切。如果我还没签合同，我当真这么干。"

"噢，别当真，吉姆。像你和妈妈以前在愚蠢的闹剧里

---

① 阿喀琉斯：海洋女神忒提斯（Thetis）与国王佩琉斯（Peleus）的儿子，他是所有英雄之中最耀眼的一位，也是战无不胜的。——译者注

常喜欢演的人物一样。我不想和你吵架，刚刚我看见他了。啊，能看见他就是幸福的。别吵了，我知道你永远不会伤害我爱的人，对吧？"

"只要你还爱他，我想是的。"他阴沉地答了一句。

"我会一辈子爱他的。"她喊起来。

"那他呢？"

"也会永远爱我。"

"最好这样。"

她缩了回来，然后笑着把手搁在他手臂上，他还是个孩子。

到了大理石拱门①那儿，他们叫了辆公共马车，坐到了尤斯顿路，在他们破旧的房子跟前下了车。那时已过了五点，西比尔得在上台前睡上几个小时。吉姆坚持要她这么做。他说他宁愿道别的时候母亲不在旁边。不然母亲准会把动静闹大，他最不喜欢这样了。

他俩在西比尔房间里道别，小伙子心里起了妒意，对梗在他俩之间的外人极度憎恶。可当她的双臂环上他的脖子，用手指抚上他的头发时，他又心软了，深情地吻了她。临下楼时，泪水蒙上了他的双眼。

母亲在下面等着他。进屋时，她就唠叨他不守时间。他没答话，只是坐下来吃那顿不太丰盛的饭。苍蝇在桌边嗡嗡地飞来飞去，偶尔停在满是污渍的桌布上。在隆隆的公共马车声和嘚嘚的街车声中，他还是能听到那乏味的絮絮叨叨，正分分秒秒地吞噬着他剩下的时间。

一会儿之后，他把盘子推到一边，双手抱头。他觉着自

---

① 大理石拱门：伦敦的大理石拱门。——译者注

己有知道的权利,要是事情和他怀疑的一样,他早就该知道了。他母亲惊恐地望着他,嘴里机械地吐出话来,手指抓着镶了花边的破布手绢扯来扯去。时钟敲了六点,他站起来走向了门,随即又转身,看向他母亲。四目相对时,他从她眼神里看出了急切地恳求原谅的神情。这让他十分恼火。

"妈妈,我要问你件事。"他说道。她的双眼在屋子里盲目地转着,没说话。"跟我说实话,我有权知道,你和父亲结婚没有?"

她深深地吐了一口气,觉得一身轻松了。这一刻,她日夜担心了几周、几个月,终于来了。但她没有害怕,老实说,还有点儿失望。这话问得太直接,简直有些庸俗。所以回答也得直接,没有逐步导入的场合显得生动,让她联想到蹩脚的排练场。

"没。"她答道,对生活之简单感到诧异。

"所以我父亲是个混蛋。"年轻人喊着握紧了双拳。

她摇头:"我明白他有羁绊,我们互相爱着对方。如果他还活着,一定会养活我们。儿子,你不要说他的不是。他是你的爸爸,是个有身份的人,说实话,他出身高贵。"

他骂了一句:"我不在乎自己,"他叫嚷起来,"可西比尔不能……一个有身份的人,或一个自称有身份的人爱上她了,对不对?应该也是出身高贵吧?"

霎时间,她体会到一种可怕的耻辱,头低了下去,颤抖的双手抹起了眼角。"西比尔是有妈的孩子,"她低语,"可我不是。"

小伙子被感动了,他走向她,俯身下去吻她。"如果说到父亲让你难过了,对不起。"他说,"可我必须这么做,我得走了,再见。记住,"从现在起,你只需要照顾一个孩子了。相信我，那人要是欺负我姐姐，我准会打听到他，跟着他，像杀狗一样宰了他。我发誓。"

那威胁傻乎乎的，有些夸张，加上带了情绪的动作和闹剧般的胡言乱语，让她觉得生活似乎更生动了。这种氛围她很熟悉，连呼吸也随之畅快起来。几个月以来，她第一次夸儿子，要不是儿子把她打断了，她肯定会接着那股冲动把戏演完。不过，得把箱子拿下去，把手套找出来，宅子里的差役出出进进地忙活着，还得和赶车的讲价钱。在这俗套的零碎细节中，这一刻就这么流逝了。

儿子的马车离开时，她在窗户上挥着那块破手绢告别，一股失望之情又重新升起，她觉得浪费了一个绝佳的机会。出于自我安慰，她跟西比尔说自己的日子将会如何孤寂，因为以后需要照顾的孩子就剩下她一个了。想到这句话，她心里还挺美。而那些威胁的话，她只字不提，她说话的时候既生动又有戏剧性，觉得有一天他们都会对此报之一笑。

## 第六章

"想必你听说这个消息了吧？巴兹尔。"那天晚上，当霍尔沃德由人带领着进到布里斯托尔的小包间里时，亨利问他。房间里已经准备了三人用的餐具。

"没有，哈里，"艺术家说着把帽子和外套递给躬身作揖的侍者，"什么消息？但愿无关政治，对政治我提不起兴趣来。下议院里几乎没有一个人值得作画，虽然他们中许多都需要美化一下。"

"道林·格雷订婚了。"亨利勋爵看着他说。

霍尔沃德大为吃惊，眉头紧锁。"道林·格雷订婚！"他大叫道。"不会是真的。"

"的确如此。"

"和谁？"

"一个什么演员。"

"我不信，他是个聪明人。"

"他就是太聪明了，所以常常犯傻。亲爱的巴兹尔。

"结婚可不是常常能做的事情,哈里。"

"除了美国。"亨利勋爵慵懒地说,"可我没说他要结婚,只说他订婚了而已,二者区别很大。我自己结婚我记得一清二楚,可一点儿也想不起来有没有订过婚,我偏向于相信我压根儿就没订过婚。"

"想一想道林的家世、地位与财富,要是和一个身份和他相差甚远的人结婚,就不可理解了。"

"你要是想让他和那个女孩儿结婚,你就这么去跟他说吧,他肯定会结婚的。要是一个人做了件愚蠢至极的事,那他通常会有个无比高尚的理由。"

"希望这是个不错的姑娘,哈里,我不想看他跟一个卑鄙的家伙结婚,那会毁掉他的性情和智慧。"

"哦,她远不止不错——她是个美人。"亨利勋爵低语着,呡了一口橙汁苦艾酒。"道林说她美貌非凡,在这一点上,他一般不会出错。你画的画像为他开启了鉴赏他人外貌的能力,除去其他效果,那画儿确实催生了这种极好的作用。道林那孩子如果守约的话,今晚咱俩就会见到她。"

"此话当真?"

"当真,巴兹尔,比任何时候都认真。"

"可你同意吗?哈里。"画家问,他紧咬着唇,在房间里踱来踱去。"你应该不会同意,这也就是一时糊涂。"

"现在无论对什么事情,我都不会说同意或不同意。用非是即否的观点来看待生活是不理智的,因为上帝送我们来到世间的目的,不是为了让我们表达道德偏见。普通人说什么我从不在意,而可爱的人干的事我也从不干涉。要是我被一个人吸引,他选择用何种方式表达自我都让我赏心悦目。道林·格雷爱上了一个姑娘,那姑娘扮演过朱丽叶,他计划和她结婚,这有什么不行的?就算他娶的是麦瑟琳娜[①](Messalina),他也魅力如故。你知道我并不捍卫婚姻。婚姻让人变得无私,这是其真正的诟病,可无私的人是缺乏色彩的,毫无个性可言。不过在婚姻中,人的一些天性会变得更复杂,利己思想依旧存在,还新增了许多别的自我意识。人们不由自主地过着多面的生活,条理化程度变得极高,而高度条理化在我看来正是人生的目标所在。此外,每种体验都有其价值,你大可谈论婚姻的坏处,但它说到底是一种体验。但愿道林·格雷会和这个姑娘结婚,在半年之内爱她爱得如胶似漆,然后突然转而爱上另一个人。他会是个不错的研究课题。"

"你的话没有一句是认真的吧,哈里?你是说来消遣的。如果道林·格雷被毁掉了,你是最难过的那个。你也就是装装坏人的样子。"

亨利勋爵放声笑起来:"人们都把他人想得很善良,实际是出于自我保护的目的。乐观主义的根基完全是出于恐惧。我们自认为慷慨地去夸赞邻居的一些德行,说到底是那些德行也许对我们有益。为了去银行透支,我们赞美银行家,为了不让劫匪掏我们的口袋,我们也会找出他们的优点。这些都是我的肺腑之言,我看不起乐观主义。说到把生活给毁掉,只有一个人停滞发展时,他的生活才算是毁灭了。假如你要毁掉一个人的天性,你只需将其稍作改动即可。而婚姻无疑是愚蠢的,但男女之间还有别的更有趣的关系,自然地我会鼓励这种关系,这些关系因为流行而魅力十足。不过道林本人到了,他会告诉你更多的事情。"

---

[①] 麦瑟琳娜:罗马帝国君主克劳狄一世的第三任妻子,以阴险淫乱闻名。——译者注

"亲爱的哈里,亲爱的巴兹尔。你俩得祝贺我。"小伙子说着解下了双肩都有缎子夹里的夜用斗篷,分别和他的朋友们握手。"我从来没感到如此快乐,当然,这一切都是突然之间发生的,快乐的事不都是如此吗?我感到我找到了一生所追寻的人。"他兴奋而快乐的脸微微泛红,看起来英姿焕发。

"祝你一直那么快乐,道林,"霍尔沃德说,"你没跟我说你订婚的事,我可不要原谅你,你跟哈里都说了。"

"你吃饭迟到了,我当然也不原谅你。"亨利勋爵插了一句。把手搭在小伙子肩上,喜笑颜开地说。"快来,坐下试试这里新厨子的手艺,待会儿再说你订婚的过程。"

"其实也没什么好说的,"他们在一张不大的圆桌旁落座后,道林说了一句。"事情的过程无非是:昨天和你告别之后,哈里,我换了衣服,在鲁伯特街①的一家你推荐的意大利饭馆吃过晚饭,八点钟的时候我就去剧院了。西比尔演的是罗瑟琳,当然,场景布置得很差劲,奥兰多②(Orlando)也很荒诞,可西比尔,你们真该见见她。她穿着男装上场了,漂亮极了,上身是苔青的丝绒束身衣,带着棕黄色的袖子,下身是咖啡色的紧身背带裤,头戴一顶小巧的绿色帽子,帽子上有颗宝石还别着鹰的羽毛。外面披着一个带着兜帽暗红衬里的披风。在我看来,她真是前所未有的美艳超凡。她集中了你画室中那尊塔那格拉③赤陶小塑像的所有风韵,巴兹尔。她的秀发拥在脸旁,就像淡色的玫瑰周围簇拥着深色的叶子,而她的演技,对,今晚你们就会亲

---

① 鲁伯特街:伦敦街名。——译者注
② 奥兰多:莎士比亚戏剧《皆大欢喜》中人物。——译者注
③ 塔那格拉:希腊地名,为古代希腊市镇。自1874年起,从该地古墓以及希腊其他各地陆续发现大量陶俑。——译者注

眼目睹。她就是个艺术天才。我坐在昏暗的包厢里,被迷得神魂颠倒。我忘记了我身处伦敦,活在十九世纪。我和我的爱去到了一片人迹罕至的森林。表演一结束,我就去幕后找她聊天,我们在一起坐着,一种我从未见过的神情出现在她眼中,我把唇凑向了她,于是我们开始亲吻。我没办法跟你们表达我那时的感受,就好像我全部的生命都浓缩成一抹绝妙的玫瑰色喜悦。她的身体颤抖着,像一朵白色的水仙在摇曳,接着她跪了下去,吻起了我的手。我想我不该跟你们说这些,但我又忍不住。当然了,我们订婚是绝对保密的,都没有和她母亲说。不清楚我的监护人要说我什么,拉德利勋爵一准会大为光火。我才不管呢,不到一年我就成人了,到那时就可以随心所欲。我在诗歌里汲取了爱情,在莎剧中找到了爱人。巴兹尔,我做得太对了是不是?是莎士比亚教她那张小嘴说话的,它在我耳边倾诉着秘密,我拥着罗瑟琳,吻着朱丽叶。"

"对,道林,我想你做得对。"霍尔沃德不紧不慢地说着。

"你今天见她了吗?"亨利勋爵问道。

道林·格雷摇头。"我在阿尔丁森林和她分别,将会在维罗纳的果园里和她相会。"

亨利勋爵呷了一口香槟,显得若有所思。"你是在什么状态下说到'结婚'两个字的?道林,她又如何作答?估计你已经全都抛在脑后了吧。"

"亲爱的哈里,我并不把这件事看作是一笔交易,也没有郑重其事地提出求婚。我和她说,我爱她,她回答说自己不配嫁给我。什么配不配的!嗨,在她面前,整个世界都不值一提。"

"女人都很实际,"亨利勋爵轻声说,"远比我们实际,在那种情况下,我们常常不会想结婚的事,可她们总会让我们想起来。"霍尔沃德拉住他的手臂,"别这么讲,哈里。你已经把道林惹恼了,他跟其他男人不同。他不会带给别人烦恼,他生性善良,做不出这样的事。"

亨利勋爵的目光掠过桌子,回答说:"道林从来不和我生气,我提这个问题的理由很充分。实际上,这也是提问者唯一能被原谅的理由,那就是纯粹的好奇心。我的理论是:通常都是女人向男人求婚,不是男人向女人求婚。中产阶级的生活是个例外,但中产阶级都不是现代人。"

道林·格雷仰起头大笑起来。"你真是本性难移,哈里。可我不介意,也不可能和你置气。你见过西比尔·范内就会知道:只有牲畜,没有良心的牲口才会让她受委屈。我不懂一个人如何会想羞辱自己的心上人。我爱西比尔·范内,我要把她放到金子做的支架上。婚姻是什么?是牢不可破的誓言。你对此嗤之以鼻。啊,不要嘲笑,我所要发的就是这种誓言。她的信任让我矢志不渝,她的信任让我一心向善。和她在一起时,我会对你的教导深感遗憾。我和那个你信中的我已经全然不同。我已经变了,只要西比尔·范内的手一碰到我,你和你的一切谬论,迷人的、有害的抑或是悦耳的谬论就全被我抛之脑后了。"

"什么谬论?"亨利勋爵说着取了点儿沙拉。

"哦,你有关人生、爱情以及享乐的理论。说实话,是你所有的理论,哈里。"

"唯一配得上理论的就是享乐。"他拖着优美的腔调说。"但称其为我的理论恐怕不妥,理论是天成的,不是我的。享乐是本性的考验，可以表达她的赞赏。但我们快乐的时候，通常是好的，但当我们好的时候，却不一定总是快乐的。"

"啊，可'好'意味着什么？"巴兹尔·霍尔沃德叫道。

"对啊，"道林跟着问了一句，靠在了椅背上。桌子当中摆着蝴蝶花，道林隔着密密的紫色花朵看向亨利。"你口中的好是指什么，哈里？"

"好就是指自身达到和谐统一，"他回答，细长而白皙的手指敲了敲酒杯的细柄。"不好就意味着强制自己与他人和谐统一。每个人自己的生活是很重要的，而邻人的生活，除非你想成为道德学家或清教徒，你便可以尽情地和他人卖弄你的道德标准，否则他们和你没有任何关系。此外，其实个人主义的目的更为高尚，认同自己所处时代的标准是现代人的道德标准。在我看来，最不道德的事就是一个受过教育的人认同自己时代的道德准则。"

"不过哈里，一个人活着要是只为了自己，是肯定会付出可怕的代价的，对吗？"画家提出了异议。

"对啊，现在的东西价格都太贵了。对穷人而言，其可悲之处就在于他们只能付得起自我克制的价钱。美妙罪恶和美妙商品一样都是富人专享的特权。"

"除了金钱，人们还得用别的方法来偿还。"

"什么方法，巴兹尔？"

"哦，我想应该是悔过，痛苦……还有对自己堕落的罪恶感。"

亨利勋爵把肩一耸："我的伙计，中世纪的艺术很有魅力，可中世纪的感情早已不合时宜，当然小说中还有用。不过，能在小说里用到的，在现实生活中都不会再用了。相信我，文明的人从不为了享乐而悔过，而不文明的人从来不懂享乐是何种滋味。"

"我知道什么是享乐，"道林·格雷喊道，"就是要爱慕一个人。"

"这肯定比被人爱着要好，"他回答着，一边扒拉着水果。"被别人爱着是件令人厌烦的事。女人待我们就像是人类膜拜神灵那样，她们对我们顶礼膜拜，缠着我们满足她们的愿望。"

"我应该说她们要的东西事先都已经给了我们，"小伙子一本正经地低声说。"她们激起了我们爱的天性，也有权利把它要回去。"

"这倒是真的，道林。"霍尔沃德说。

"没什么东西是绝对真的。"亨利勋爵说。

"这个倒是，"道林插进来，"你必须承认，哈里，女人们给了男人生命中最好的东西。"

"可能吧，"他叹气道，"不过她们会一点点儿地要回来，这就不好办了。一个机智的法国人曾说：激起我们雄心壮志的是女人，而阻止我们实现志向的还是女人。"

"哈里，你太吓人了。我不懂我为什么会如此喜欢你。"

"你会一直喜欢我的，道林。"他回答，"你们二位要点儿咖啡吗？服务员，去拿咖啡和白兰地来，再拿点儿香烟。不，香烟不用了，我这儿还有。巴兹尔，我可不能再由着你吸雪茄了。你得吸香烟，香烟是种无上的享受，美到无以言表，让你欲罢不能。人还能再奢求什么呢？不错，道林，你一直都会喜欢我。我在你眼里是你不敢触碰的罪恶化身。"

"你乱说,哈里!"道林喊起来。把侍者放到桌上的口吐火焰的银龙点了火,"我们去剧院吧,西比尔一亮相,你就会对生活产生新的向往了,她代表的是你从未知晓的东西。"

"我什么都懂,"亨利勋爵说着眼露倦色,"不过我时刻准备着体验新感情,但遗憾的是,至少在我眼里,不存在什么新感情。虽然如此,你那个妙人儿还是会让我激动的,我喜欢表演,与生活相比,它显得更真实。我们现在出发吧,道林,我俩一起。抱歉,巴兹尔,我的车里只有两个人的位置,你只能再乘一辆车跟在我们后面了。"

他们起身穿上外套,站着喝了咖啡。画家沉默不语,一脸抑郁地想着其他的事,这桩婚事让他无法接受,可又觉得这似乎是可能发生的最好情况。不到几分钟,他们都走下了楼,按照之前的安排,他一个人坐车。他看着前头那辆马车闪烁的车灯,产生了一种说不清楚的失落感,他感到道林·格雷对他再也不会和以前一样了。他们之间横亘着生活……他的目光淡了下去,火光摇曳而拥挤不堪的街道在他眼中变得模糊。马车停在剧院门口的时候,他好像一下子苍老了许多。

## 第七章

那天晚上，剧院出奇地满。胖墩墩的犹太经理站在门口迎接他们，小心翼翼，满脸笑容，一副谄媚的样子。他带着他们进到包厢里，神态中带着夸张的谦卑，一只晃来晃去的肥手满是珠光宝气，还有一副大嗓门。道林·格雷比以前更加讨厌他了，感觉就像是本来去找米兰达①（Miranda），却碰到了卡利班。然而亨利勋爵倒是对他印象不错，起码他是这么讲的，还一定要和他握手。清清楚楚地和他说，他不但发掘了真正的天才，还要为一个诗人倾家荡产，能与他相见真是荣幸之至。霍尔沃德兴味颇浓地观察着正厅后排观众的每一张脸，内里空气又闷又热，硕大的汽灯像是一朵火光四射的巨型大丽花，黄色的火焰从每一片花瓣里喷出来，顶层的年轻人脱掉了外套和背心，挂在位子旁边，一面隔着老远

---

① 米兰达：莎士比亚戏剧《暴风雨》中的人物。——译者注

和熟人说着话，一面和邻座穿得花里胡哨的姑娘一起剥橘子吃，嗓门尖利刺耳。啪啪的开瓶塞声也从吧台传过来。

"在这种地方觅到了自己仰慕的人！"亨利勋爵说。

"对，"道林·格雷回答，"我就是在这儿找到她的，她比其他任何人都圣洁。看她演出你就会忘掉一切。她站在台上，这些皮肤粗糙、举止粗野、普普通通的俗人就变样了。他们坐在那里安静地看着她，随她的表演时哭时笑。她让他们都变成了富有反应的小提琴，让他们超凡脱俗，让你觉得他们也和自己一样有着血和肉。"

"和自己一样有着血和肉！哦，我可不想这样。"亨利勋爵嚷道，他正拿着剧院望远镜环视着楼上的观众。

"别管他，道林，"画家说，"我懂你在说什么，也信这个姑娘。"

"但凡被你看中的姑娘一定是很出挑的。凡是具备你所说的那种能力的姑娘，也一定是高贵典雅的。让自己所处的时代超凡脱俗是很值得一做的事。若是这姑娘能够赋予行尸走肉以灵魂，为生活在丑陋与肮脏中的人带来美的享受，能驱散他们的私心，借给他们眼泪为别人的苦难而哭泣，那她就配得上你的爱，也值得世人的仰慕。你们结婚是件好事，虽然刚开始我不这么认为，可现在我支持你。西比尔·范内是神灵为你创造的，没有她，你将不再完美。"

"谢谢你，巴兹尔。"道林·格雷按着他的手说，"我就知道你能懂我，哈里太愤世嫉俗了，他让我害怕。乐队开始奏乐了，实在是差劲儿，不过好在只有大概五分钟。之后幕布一启，你们就能看到她，我会为她献出整个生命，我已经赠予了她我最好的东西。"

十五分钟后，西比尔在阵阵哄乱的掌声中上场了。的确，她看起来很可爱，亨利勋爵想着，该是他有生以来见过的最惹人喜欢的姑娘之一。一种楚楚可怜的深情透过她羞涩的风姿和惊讶的目光中流露出来。她扫视一下坐满了热情观众的剧场，淡淡的红晕浮上了她的双颊，犹如玫瑰的影子映在一面银镜上。她向后退了几步，双唇似乎在颤抖。巴兹尔·霍尔沃德跳起来开始鼓掌。道林·格雷仿佛是梦中之人，纹丝不动地坐在那里，凝望着她。亨利勋爵在望远镜里也看到了她，低声说着："迷人，太迷人了。"

这场戏设在凯普莱特家，罗密欧假扮成香客，和默库肖以及其他的朋友已经进了屋。乐队虽然很差劲，倒也奏了几段乐曲，舞蹈开始了，西比尔飘飘然舞动着，掠过一堆衣饰破旧、演技笨拙的演员，仿佛来自一个更奇妙的世界。她摆动着身体跳着，好像摇曳的水生植物，喉部的曲线像是婀娜的白百合，双手洁白如清凉的象牙。

可让人奇怪的是她懒洋洋的，眼神停在罗密欧身上也并无半点喜悦，她念的几句台词——

信徒，莫把你的手儿侮辱，
这样才是最虔诚的礼敬；
神明的手本许信徒接触，
掌心的密合远胜如亲吻。[①]

和接下来的几句不多的对话，完全是装模作样。她的声音很不错，可音调却虚情假意，音色也出了问题。因此，全然表现不出诗歌中的活力，表达不出真实的情感。

道林·格雷看着她表演，脸色逐渐变白了，心里既疑惑又担心。他的朋友们都不敢说话，觉得西比尔·范内似乎绝

---

[①] 引自莎士比亚戏剧《罗密欧与朱丽叶》，朱生豪译本。——译者注

对不能胜任这个角色，两人相当失望。

不过他们想，真正考验演员的是发生在阳台上第二幕的一场戏。他们要等等看，如果再演不好，就只能说明她并非表演天才。

无疑，月光下的西比尔美艳动人，但拙劣的演技却让人难以忍受，而且演得越来越糟了。她的手势做作到荒诞的地步，每句台词都夸张得过分，剧中漂亮的一段——

幸亏黑夜替我罩上了一层面幕，

否则为了我刚才被你听去的话，

你一定可以看见我脸上羞愧的红晕。①

就像是一个二流的演说教授教出来的学生，一字一句，精精确确。当她倚身在阳台上，读下面的诗句时——

我虽然喜欢你，

却不喜欢今天晚上的密约；

太仓促、太轻率、太出人意料了；

正像一闪而过的电光，等不及人家开一声口，已经消隐了下去。

好人，再会吧！

这一朵爱的蓓蕾，靠着夏日暖风的吹拂，

也许会在我们下次相见的时候，开出鲜艳的花来。②

看着她一板一眼朗读的样子，就好像她从这些诗句中读不出任何意义。这并非是因为紧张，说到紧张，她倒是镇定自若。原因就是演技拙劣，她完全失败了。

甚至于正厅后排和顶层的普通观众，虽然他们没有受过

---

① 引自莎士比亚戏剧《罗密欧与朱丽叶》，朱生豪译本。——译者注
② 引自莎士比亚戏剧《罗密欧与朱丽叶》，朱生豪译本。——译者注

教育，但也对表演丧失了兴趣。一个个都坐不住了，开始大声喧哗和吹口哨。那个犹太经理在花楼后面捶胸顿足，嘴里忍不住谩骂，但姑娘无动于衷。

第二幕落幕后，剧场里嘘声一片。亨利勋爵起身离开座位，披上了外衣。"她很迷人，道林，"他说，"可她演不了戏，我们走吧。"

"我看完了才走。"小伙子答道，语气僵硬而难过。"实在对不起，浪费了你们一晚上时间，哈里，我向你们道歉。"

"亲爱的道林，范内小姐似乎是生病了，"霍尔沃德插进来说，"我们改天再看吧。"

"真希望她是病了，"道林回答，"可我觉得她丝毫不带感情，成了另一个人。昨晚她还是个非凡的艺术家，今天却成了平淡无奇的戏子。"

"别这么说你爱的人，道林，爱情比艺术美妙得多。"

"不过都是模仿罢了，"亨利勋爵评论道，"不过我们走吧，道林，再待下去就不应该了。观看蹩脚的表演于人的道德无益。而且，我觉得你应该不会让自己的妻子去当演员。因此，她就是把朱丽叶演成了木偶又有什么关系？她非常可爱，对生活和艺术的无知对她也算是一种快乐的体验。最具有吸引力的人分两类：一类是全知的人，另一类是无知的人。哎，亲爱的伙计，别这么伤心，远离不良情绪是青春永驻的秘密。随我和巴兹尔去俱乐部吧，抽会儿烟，为西比尔·范内的美貌而举杯。她如此美丽，你还奢求什么呢？"

"走开，哈里，"小伙子喊起来，"我要一个人留下，巴兹尔，你得离开。啊，你们没看见我伤心欲绝吗？"他跑到包厢后面,双手抱头靠在了墙上。

"我们走,巴兹尔。"亨利勋爵说着,语气出奇地温柔。然后两个年轻人都离开了。

一会儿,角灯亮起,第三幕开始了。道林·格雷坐了回来。他面色煞白,一脸骄傲和冷漠。演出拖了很久,演个没完的样子。观众走了一半,他们笑笑嚷嚷,响亮地蹬着靴子。整个演出彻底失败了。最后一幕的表演面对着几乎空着的观众席,落幕时,有人嗤嗤地笑,还有人在抱怨。

戏刚完,道林·格雷就直奔演员的幕后休息室。姑娘一个人立在那儿,面带得意,目光灼灼,神采奕奕。正为他俩的秘密张嘴笑着。

她看着道林走了进来,脸上满是无穷的欢喜。"今晚我演得真糟糕,道林。"她喊道。

"糟透了!"他回答,吃惊地盯着她——"糟透了,甚至可以说是可怕。你生病了吧?你不知道这有什么后果,也不清楚我有多痛心。"

姑娘面露微笑。"道林,"她回答,用旋律般的长音喊他的名字,这名字对她红若花瓣的双唇来说胜似蜜糖。"道林,你应该懂的,可你现在懂了,是吗?"

"懂了什么?"他恨恨地说。

"为什么我演得那么糟,为什么我将一直糟下去,为什么今后我无法再演好了。"

他把肩一耸。"我觉得你病了,生病了就不能表演,你让自己出丑了,我的朋友们都烦了,我也烦了。"

她好像没有听他说话,欢乐把西比尔改变了,无限的幸福将她包围其中。"道林,道林,"她喊,"在与你相识之前，我仅有的现实生活就是演戏，我的生活就是只在剧院里，我想那就是现实。今晚我演罗瑟琳，明晚我又是波西亚（Portia）①。比阿特丽斯（Beatrice）②快乐我就快乐，考狄利娅（Cordelia）③哀伤我就哀伤。我相信一切，认为和我站在台上表演的凡人好像都是神灵。我的世界就是画成的背景，除了我的影子以外，我什么都不懂。还把影子当成是真的。这时你来了，我英俊的爱人！——你把我的灵魂从监牢里释放出来，你把真正的现实交给了我。今夜，是我人生中第一次看透了，我参与的演出是如此空洞、虚假和荒谬。果园里的月光是不真实的，布景很艳俗，我口中的台词是虚假的，并非是我自己的话，也并不能表达我想说的。你给我的东西更加高尚，艺术仅仅是它投射的影子。你让我懂得了什么是爱情。我的爱人！我的爱人！迷人的王子！生命的王子！我已经受够了影子。你对我而言，高于所有艺术。因此，戏中的玩偶与我何干？今晚我一站上舞台，不知道为什么所有感觉都消失了。我原想演出会大获成功，但意识到自己身不由己。我顿时明白了其中的原因，我感觉这种顿悟妙极了。他们的嘘声我都听到了，可我不屑一顾，他们如何能懂我们之间的爱呢？带我走吧，道林。把我带到没人能打扰我们的地方。我厌恶舞台，我能够模仿心中没有的激情，但在我心里灼如火焰的激情我装不出来。道林呀，道林。你现在懂了它们的意义了吧，即使我可以演出来，在我心里，戏台上的热恋本身就是一种对爱的亵渎。"

---

① 波西亚：莎士比亚戏剧《威尼斯商人》中的女主人公。——译者注
② 比阿特丽斯：莎士比亚戏剧《无事生非》中的女主人公之一。——译者注
③ 考狄利娅：莎士比亚戏剧《李尔王》中李尔王的女儿。——译者注

道林坐倒在沙发上，别过了脸。"你杀死了我的爱情。"他低语。

她诧异地看着他笑，他没理她。她走过去用细长的手指抚上他的头发，接着跪下来，把他的手拉到自己唇上。他抽回了手，打了个哆嗦。

接着他惊跳起来，走向门口。"对，"他喊着，"你杀死了我的爱情，你曾经激起了我无限的向往。现在我对你连好奇心都没有了，你简直什么都不是。因为你了不起我才爱你，因为你有天赋、有才智，因为你让伟大诗人的梦想成真，让艺术之影变得有血有肉。可你把这些都扔掉了。你既浅陋又愚蠢。天啊，我是疯了才会爱上你。我太傻了。你对我来说没有意义了，我不会再见你，也不会再想你，更不会提到你的名字。你都不知道你对我意味着什么。为什么，曾经……啊，我都不忍去想。我真希望从未见过你，你把我生命中浪漫的事给糟蹋了。你说爱情破坏了艺术，你对爱情太无知了。没有了艺术你不名一文。我原本能让你大获成功，绽放光彩。世界也原本会为你倾心。你也原本可以署上我的名字，可你现在是什么呢？一个脸蛋漂亮的三流演员。"

姑娘的脸刷地白了，颤抖起来。她攥紧了双手，声音似乎卡在了喉咙里。"你不是认真的吧，道林？"她轻声说，"你是在表演。"

"表演！演戏还是你来吧，你比较擅长。"他愤愤地说。

她站了起来，表情虔诚而痛苦，她穿过屋子走向他。用手按住他的手臂，看着他的眼睛。他一把推开了她，"别碰我。"他喊道。

她低低地呻吟一声，伏在他的脚下，趴在那儿，像一朵被踩了的鲜花。"道林，道林，别离开我。"真抱歉我演砸了。我一直在想你，不过我会努力——真的，我一定会努力的。我爱你爱得那么突然。如果你没有吻我，如果我们没有亲吻彼此，我想我将永远不会明白爱情。再吻我吧，我的爱人。别离我而去，我忍受不了。啊，别离开。我弟弟……不，没关系，他不是认真的，他是乱说的……可你，啊，难道你一个晚上都不能原谅我吗？我会加倍努力，演得更好。别这么狠心地对我，我对你的爱超过了一切。毕竟我让你不满意只是这一次。但你是对的，我应该表现得像个艺术家。我太傻了，但我没办法。啊，别走，别离开我。"她哭得太激动以至于喘不上气来。趴在那儿像受了重伤。道林·格雷低着漂亮的眸子看着她，线条清晰的双唇不屑一顾地一撇。如果你不再爱一个人，那么那人的哭泣总会显得滑稽可笑。他觉得西比尔·范内像是在演一场荒谬的闹剧。他对她的泪水和哭泣十分厌烦。

"我要走了，"他用绝情而清晰的语调最后说了一句。"我不愿意对你太狠，可我不会再见你，我对你太失望了。"

她静静地哭着，没有回答，却爬到离他更近的地方。她茫然地伸出纤细的小手，像是在找他。道林转身走出了房间。不一会儿，他离开了剧场。

他不知道自己到底要去哪儿。后来他只记得，他徘徊在光线昏暗的街道上，路过罩在黑影里的长长的拱道和一些面目恐怖的房子。在他身后，喉咙沙哑的女人在叫喊，笑声很是刺耳。醉汉一晃而过，嘴里骂骂咧咧地自言自语，就像狰狞的大猩猩。他看到怪异的孩子们聚在门口的台阶上，听到尖叫声和咒骂声从阴暗的院子里传来。

天快亮时,他已经来到了科文特加登广场①附近。夜幕升起来了,红如火焰的微光露了出来,天空犹如一颗空心珠子。一辆大车载满了百合花,隆隆地响着,在空旷的马路上慢慢腾腾地开过去。浓浓的花香在空气里飘着,漂亮的花朵于他似乎成了一剂镇痛药。他随着那些人走进市场,看他们从车上卸货。一个身穿白罩衫的马车夫给了他一些樱桃,让他尝尝。他谢过了那人,不知道他为什么不要他付钱。他开始懒洋洋地吃起了樱桃。这樱桃是在半夜里摘的,上面还带着月光下的寒气。一长列小男孩儿举着一篮篮条状的郁金香和黄的红的玫瑰花,在他面前列队而过,从一大堆翠绿的蔬菜堆里挤了过去。门廊下的柱子被阳光晒得没了颜色,周围一群没戴帽子的邋遢姑娘在等拍卖结束②。剩下的人在广场咖啡厅的旋转门周围。高头大马拉着车,脚底打着滑,在粗糙不平的石子上踩着,马铃和马饰跟着摇晃。一些马车夫在一堆麻袋上睡着,有斑斓的脖子和粉红色小脚的鸽子来回地跳着,吃着谷子。

一会儿后,他叫了辆车回家了。在家门口,他又逗留了一会儿。举目四望,静谧的广场和四周,窗子悄无声息地紧闭着,百叶窗惹人眼目。此时,天空一片乳白色,在天空的映衬下,屋顶闪闪发亮。一缕青烟从对面的烟囱里升起来,绕成了紫色的条带,升向了珠白色的天空。

宽大的门厅里,贴着橡木制的护墙板,一盏镀了金的威尼斯吊灯在天花板上悬着,那是从某艘总督游艇上掠夺来的。吊灯上有三个喷嘴,一闪一闪地燃烧着,白焰包着几

---

① 科文特加登广场:当时伦敦最大的蔬果花卉市场,以前曾是一座修道院花园。——译者注
② 市场上的货物由批发商通过拍卖形式倒卖给零售小贩。——译者注

缕细细的蓝光从里面冒出来。他灭了灯，把帽子和披肩往桌子上一扔，路过书房走向卧室。他的卧室在楼下，是个八角的大房间。受了一种最近才有的奢侈心驱使，他刚把它装点了一番。墙上挂的古怪壁毯，属于文艺复兴时期，是在塞尔比庄园①的一个没人用的阁楼上发现的。他拧动门把手时，看了一眼霍尔沃德画的画像，惊得退了一步，接着又继续朝前，进了卧室，脸上露出疑惑不解的表情。他取下外套上插的花，好像有点犹豫。然后又折了回去，靠近画像，仔细观察起来，昏暗的光线艰难地透过乳白色的丝绸百叶窗照了进来，画像的面孔在光线下显得有些变形，表情似乎不一样了。可以说是嘴角微露凶相，这着实有些怪异。

他转身走到窗前拉开了百叶窗，明媚的晨光洒进了房间，奇妙地把影子逼到了昏暗的角落，让它在那里不停发抖。可他之前注意到的画像上的怪异表情好像还留在那儿，甚至更明显了。阳光热烈地抖动着，将画像嘴边的凶意照得明明白白，清楚得就好像是他做了坏事后站在镜子前的影像。

他缩了回去，拿起桌子上的一面椭圆镜子，透过光亮的镜面急忙朝里看。亨利勋爵送过他无数的礼物，这是其中之一。好几个用象牙制的丘比特饰镜框，镜子里他的红唇线条并无变化。这到底是怎么回事？

他揉了下眼睛，再次走近画像细查起来。经他审视，并没有在画像上发现任何变动的痕迹。但整个表情无疑不一样了，这不是他的错觉，而是令人心惊胆寒的，清清楚楚的事实。

---

① 塞尔比庄园：书中塞尔比家族的庄园。——译者注

他颓坐在椅子上,思考起来。突然他想起来,在这幅画画完的那天,在巴兹尔的画室里他说的话。没错,他清清楚楚地记得,他许了个很邪恶的愿望,他想要永远年轻,让画像替他变老,他希望自己美貌永驻,而画像的脸替他表现情欲和罪恶。希望痛苦和思考让画像中的人干枯,而他刚理解到的青春的温润和可爱则在自己身上永存。他的愿望肯定不会成真,那是不可能的,想想都觉得恐怖。但那画像摆在他面前,嘴角凶意微露。

凶意!难道他很凶狠?这事错在那个姑娘,而不在他。他曾梦想让她成为一个非凡的艺术家,因为他觉得她很了不起,所以他献上了自己的爱。后来他对她失望了,她粗鄙而不可取。但想到她趴在自己脚边,哭得像个孩子,无限的悔意便涌上他的心头。

他想起来自己是多么无情地看着她。他怎么变成了那副模样?他怎么会有这样的灵魂?可他自己也够难过了。在演戏的那三个痛苦的钟头,他忍受了漫长的煎熬,挨过了无边的折磨。和西比尔一样,他的生命一样有价值,要是他给西比尔的伤害是终身的,那西比尔也毁掉了他一生的幸福。更何况,与男人相比,女人更善于忍受痛苦。她们的生活只靠感情,心里只有感情。她们爱上某个人,只是为了能有个人让她们吵吵闹闹。亨利勋爵就是这么说的,而他对女人十分了解。为什么要让西比尔·范内来烦他呢?她对于他什么都不是了。

可这幅画呢?他该怎么说?这幅画藏着他生命的秘密,讲述着他的故事。它教会他爱上自己的美貌,会不会也教他厌恶自己的灵魂?他还会再看它吗?

不,这仅仅是心烦时的幻象,是刚刚度过的那个糟糕的夜晚留下的。突然，一个令人疯狂的小红点闪过他的脑海，画像没有变化，只有疯了才会那么想。

可画像盯着着他，英俊却扭曲的面容带着残酷的微笑。在清晨的阳光下，浅色的头发闪闪发光。画中的蓝眼睛和他自己的目光交汇，一种无限的遗憾涌上心头，不为自己，却是为了那幅画像。它变了，以后还要变得更多。金色会褪成灰白，如红白玫瑰一样的容颜会逝去。每当他犯下一种罪孽，画像上就会呈现污点，把它白皙的面容毁掉。可他不会犯罪的，无论画像变或不变，对他而言都是良心的写照。他会抵制诱惑，再也不去见亨利勋爵了——至少不再去听他有毒而难懂的理论。在巴兹尔·霍尔沃德的花园里，那些话曾激起了他浮想联翩。他会回到西比尔·范内那里，跟她讲和，娶她为妻，试着重新爱她。对，这是他的责任。她绝对比他伤心，可怜的孩子！他对她太自私、太无情了。西比尔还会重现曾经的魅力，他们会幸福地在一起，他们的生活会美好而纯净。

他从椅子上起身，扯过一块大屏风把画像遮住了，扫画儿一眼就让他打个哆嗦。"太恐怖了！"他低声自言自语，走向窗户推开窗子。当他走到外面的草地上时，深吸了口气。一切灰暗的思绪都被清晨新鲜的空气赶跑了。他一心想着西比尔。爱的回音又回到了他身边，他反复念着西比尔的名字。鸟儿在露水浸透的花园里唱歌，好像在跟花儿讲西比尔的故事。

## 第八章

他一觉睡醒时已是午后。侍者好几次轻手轻脚地进来看他有没有醒,好奇是什么让小少爷这么晚了还不起床。终于,他打铃了。维克多端着老式的塞夫勒①瓷盘,轻手轻脚地走了进来,瓷盘上放着一杯茶和一叠信。他拉开了三扇高大的窗子前,带着闪光的蓝色里子的橄榄绿的缎子窗帘。

"先生今早睡得很沉。"他说道,微笑起来。

"几点了,维克多?"道林·格雷睡意朦胧地问。

"一点一刻了,先生。"

都这么晚了!他坐起来呷了几口咖啡,翻了几下信件。其中有亨利勋爵的一封信,是今早派人送来的。他想了想放到了一边,懒洋洋地拆起了其他的信。照例里面都是些卡片、饭局请柬、私人画展的入场券、慈善演奏会的节目单,以及类似的东西。这个社交的季度②每天清早都会有此类信件

---

① 塞夫勒:法国城市。——译者注
② 伦敦社交活动最繁忙的季节为每年初夏。——译者注

源源不断地送向时尚的年轻人。其中还有一张开销很大的账单，买的是一套银质的雕花梳妆用品，有路易十五时期的风格。他不敢给他的监护人送这张账单，那人很守旧，理解不了在我们所处的时代，必需品恰恰是不需要的东西。另外，还有几封言辞客套的信，来自杰明街①的放债人，说是可以随时提供不限数额的贷款，利息相当合理。

约莫过了十来分钟，他起床了，披着一件精致的刺绣开士米羊毛衬衣，进了铺着玛瑙的浴室。睡了这么久，凉水让他神清气爽，似乎让他忘记了发生的一切事情。有那么两次，他隐约觉得自己曾身陷一场不明不白的悲剧，不过它虚幻缥缈，似幻似真。

穿好衣服后，他进了书房，在开着的窗户旁边的小圆桌那里坐下来，吃起了简单的法式早餐。天气很不错，温暖的空气中似乎飘着香气。有只蜜蜂飞进来，围着他跟前装着黄玫瑰的青瓷碗嗡嗡地转着，他高兴极了。

突然他看到了挡着画像的屏风，不禁大为吃惊。

"太冷了吗，先生？"侍者说，把煎蛋卷放到桌上。"关上窗子吗？"

道林摇头。"不冷，"他喃喃地说。

这都是真的？画像难道真的变了？或者，这只是他的想象，让他把喜色看成了凶意？已完成画肯定不会变吧？这太荒唐了，某天可以当作他和巴兹尔的谈资，会让他觉得可笑的。

然而，整件事情在他记忆里如此清晰！他看到了在线条扭曲的嘴唇露出的凶意，起初是在昏暗的黎明，然后是在明

---

① 杰明街：伦敦西敏区街名。——译者注

亮的晨光中。他几乎不敢让侍者离开这里了。他知道要是他一个人，他会仔细看那幅画像，他害怕得出确切的结果。侍者送上咖啡和香烟后，转身要走，他极力想留下他。侍者正关门时，他叫他回来。于是这人站在那里等待他的吩咐。道林看着他，一会儿说："不管谁来都说我不在，维克多。"他说着叹了口气。侍者作揖退了出去。

接着，他从桌边起身，点上了烟，蓦地躺在屏风对面放着精致坐垫的睡椅上。那屏风有些年头了，由烫了金的西班牙皮革制成，上面印着华丽的图案，属于路易十四时期的风格。他好奇地扫视着屏风，猜想之前它是否曾掩藏过他人生活的秘密。

要把屏风拉开吗？动它做什么？知道了又有何益？若是果真如此就太恐怖了。如果不是真的，为何要自找麻烦？可要有人鬼使神差地悄悄窥探，发现了那可怕的变化呢？如果巴兹尔·霍尔沃德要来看自己的画，他该如何是好？巴兹尔无疑会这么做。不行，得仔细瞧瞧这画，而且得马上。没什么能比这种心怀鬼胎的情况更糟了。

他起身关上两扇门。至少这么一来，只有他一人能看到他耻辱的面具。然后他拉开屏风，面对面看着自己。画像是真真切切地变了。

他发现自己起初是带着一种对科学研究的兴趣来打量这幅画的，后来他还时常想起当时的情景，惊奇之情并未减少半分。这样的变化让他难以置信，可那又是不争的事实。难道在那些画布上的化学分子，在组成图像和颜色的同时还和他身体里的灵魂有着神秘的联系？是不是灵魂所想的都会被它们变成现实？实现自己灵魂的梦想？不然还有什么别的更恐怖的原因？他不禁打了个哆嗦，害怕起来，他回到睡椅上，躺在上面，憎恶而畏惧地盯着画像。

不过，他的画像倒是替他做了件事。它让他感觉到自己对西比尔·范内太不公平了、太残酷了。现在挽回不算晚，他还可以娶她为妻。他那虚假而自私的爱会屈服于一种更高尚的影响，变成一种更崇高的激情。这幅霍尔沃德画的画像会指导他的人生，对他而言，它会变成像圣灵和良心一样的东西，会像所有人敬畏的上帝一样影响着他。后悔药是有的，它能将道德感催眠。可眼前的东西就是明显的道德陨落的标志，永远标记着人们灵魂的自我毁灭。

时钟报了三点、四点和四点半，道林·格雷一直没有动弹。他竭力想找到生活中的红丝线，把它编织成幅图，在感情的快乐迷宫中找到方向，他在其中已经徘徊许久。他不晓得该做什么、该想什么。最后，他来到桌旁，给他爱过的姑娘写了一封激情洋溢的信，请求她的原谅，谴责自己的愚蠢。一页又一页，他写下了狂热的话以表伤心和更加狂热的话以示痛苦。他慷慨地责备自己。在责备自己的时候，我们总以为别人无权来责备我们。赦免我们的是忏悔，不是牧师。写完信后，道林便觉得自己被原谅了。

突然一阵敲门声响起，亨利勋爵的声音从外面传进来。"小伙子，我得见你。快让我进来，我受不了你这样把自己锁在里面。"

刚开始他并不回答，仍然坐着不动。但敲门声越敲越响，嗯，那就让亨利勋爵进来好了，跟他解释自己想过全新的生活，有必要还可以和他吵吵，实在不行就分道扬镳。他跳起来，匆忙拉上屏风把画像遮好，用钥匙打开了门。

"太遗憾了，道林，"亨利勋爵一进门就说，"可你也不必为之想得过多。"

"你是说西比尔·范内吗?"小伙子问。

"对啊,当然了,"亨利勋爵答道,他坐在一把椅子上,慢腾腾地把黄手套脱了下来。"从某种角度上讲,这事很可怕,但那不是你造成的。跟我说说,戏结束了你上后台去找她了吗?"

"去了。"

"我就知道你去了。你们吵架了?"

"我很无情,哈里——无情无理。不过现在没事了。对于发生的事我并无遗憾,让我更理解自己了。"

"啊,道林,你这种心态让我很高兴,我还担心你会深陷懊悔之中,撕扯那一头好看的鬈发呢。"

"我经受了那一切,"道林摇头,微笑着说,"现在我心情好极了。我知道了什么是良心,它跟你说的不一样,良心是我们身上最圣洁的东西。别再嘲笑良心了,哈里,别在我面前这么做。我想当个好人,我受不了让自己的灵魂堕落下去。"

"真是非常有趣而艺术的伦理学基础,道林。恭喜你,可你打算如何开始呢?"

"娶西比尔·范内为妻。"

"娶西比尔·范内为妻!"亨利勋爵大喊一声,站起来错愕地看着他。"可是,亲爱的道林——"

"对,哈里,我明白你想说什么,关于婚姻是如何可怕。别说了,这些东西以后都别再跟我说了。两天前,我向西比尔求婚。我不想反悔,西比尔将会成为我的妻子。"

"你的妻子!道林!……你收到我给你的信了吗?我今早写的,派自己的人送来的。"

"信?啊,对,想起来了。我还没看,哈里。我怕信里会有我不愿意看的话。你的格言把生活都搞得支离破碎。"

"那你什么都不知道吧？"

"什么意思？"

亨利勋爵穿过屋子，坐在道林·格雷身边，拿起他的双手紧紧地握了起来。"道林，"他说，"我写信——别怕——是通知你西比尔死了。"

痛苦的呻吟在小伙子嘴里响了起来，他跳了起来，抽出了亨利勋爵紧握的手。"死了！西比尔她死了！这不是真的，是可怕的谎言！你怎么会这么说？"

"千真万确，道林，"亨利勋爵沉重地说，"所有的晨报都报道了。我给你写信是要你在我来之前不要见任何人。肯定会验尸，可你不能被卷进去。这种事要是在巴黎，是会大受欢迎的，但是在伦敦，人们都偏见太深。在这儿，一个人千万不能在丑闻中抛头露面，这种兴趣应该留给老年生活。我猜，剧院的人不知道你的真实姓名吧？要是这样，就没什么大碍了。有人看见你去了她的房间吗？这很重要。"

道林许久都没有回答，他惊呆了。最后他期期艾艾，强忍着说："哈里，你刚刚说验尸吗？什么意思？是西比尔——？啊，哈里，我受不了！赶快，全都告诉我吧。"

"不用说，这不是意外事故，不过对外肯定得这么讲。她和她母亲从剧院离开时，大概在十二点，她说有东西落在楼上了。他们等了一阵儿，可她没再下来。最后他们在化妆室找到了她，她倒在地上，死了。她误吞了某种可怕的东西，剧院里会用到，我不知道那是什么。要么是氢氰酸，要么是白铅，我猜是氢氰酸，因为好像她立刻就死了。"

"哈里，哈里，这太恐怖了！"道林·格雷喊起来。

"是,非常悲惨,不过你千万别掺和。《标准报》①上说,今年她十七岁,我以为她还要年轻一些。她看起来就是个孩子,几乎不懂表演。道林,这件事可不能刺激到你。你得和我去吃饭,然后去看歌剧。今晚帕蒂(Patti)②是主演,所有人都会出席。你可以来我姐姐的包厢,有几个漂亮女人和她一起。"

"所以是我谋杀了西比尔·范内,"道林·格雷多半是在自言自语。"就像拿刀子割断她细细的脖子一样,就是谋杀。可是这并没有让玫瑰失掉颜色,鸟儿仍在我花园里愉快地唱歌。晚上我会和你去吃饭,去看歌剧,之后,我猜,再去个地方吃点宵夜。生活真是充满戏剧性!要是我从书里读到这些,哈里,我想我会痛哭流涕。不知为何,当这种事发生在现实生活中时,却奇妙得让我流不出泪来。有生以来,我第一次写如此激情澎湃的情书,怪异的是,这第一封充满激情的情书却是写给了一个已经死去的姑娘。我想,他们有感觉吗?那些我们称为白色默者的死去的人?西比尔!她有感觉吗?能知道吗?能听见吗?啊,哈里,曾经我多么爱她!现在,那好像是发生在几年前的事了。她曾经是我的全部。接着那个可怕的夜晚——那真的是昨晚吗?——她演得如此糟,我的心都要碎了。她跟我解释了所有,非常哀婉,但我不为所动,反过来觉得她粗浅。突然发生的一件事让我十分恐惧,我没有跟你具体说,但的确很恐怖。我说要重新回到她身边,我觉得我做了坏事。然后现在她死了。上帝啊,上帝,哈里,我该如何是好?你不懂我正身处险境,没有人能拯救我。西比尔原本能帮我,她没有权利自杀,她这

---

① 《标准报》,即《伦敦标准晚报》。——译者注
② 帕蒂,意大利著名歌剧演员。——译者注

么做很自私。"

"亲爱的道林,"亨利勋爵一边回答,一边从烟盒里拿出一只香烟和一个镀金的火柴盒。"让男人彻底厌倦,是女人重塑男人的唯一途径,这样他对生活就失去了所有兴趣。你要是娶了那个姑娘,你就完了。你肯定会对她很好,对那些毫不关心的人,我们总会照顾得很好。不过很快她就会意识到你对她很冷淡。女人一觉察到丈夫的这种态度,不是变得邋里邋遢,就是开始戴别人的丈夫给她买的时髦帽子——关于社会的弊病我不想多说,那很卑鄙下流,我也当然不能容忍——但我可以肯定的是,整个婚姻最终会走向彻底的失败。"

"我猜会是这样,"道林·格雷在屋子里踱来踱去,喃喃地说着,脸色惨白。"可我觉得这是我的责任。这个惨痛的悲剧让我没法儿做该做的事,这不是我造成的。我记得你曾说,良好的决心都是致命的,也就是良好的决心都下得太晚。我肯定就是这样的。"

"良好决心的目的都是要干涉科学规则,做的都是无用功。从根本上讲就是纯粹的虚荣,结果只能是徒劳无益。这种决心时不时地带给我们慷慨而无用的感情,弱者常常受其吸引,仅此无他。良好的决心就是一张空头支票。"

"哈里,"道林·格雷喊道,走到亨利勋爵旁边坐下。"为什么这个悲剧对我的感触不像我想象的那么深刻呢?这不是因为我心狠,对不对?"

"上两周你干了太多的傻事,因此算不上'狠心',道林。"亨利勋爵微笑着,表情亲切而忧郁。

道林·格雷眉头一皱。"我不满意这个解释,哈里,"他说,"不过你不觉得我心狠让我很高兴吗?我不是那样的人。这点我清楚。不过我必须承认,发生了这样的事对我并没有产生该有的效应。我觉得这就像是一出好戏的绝妙结局,具有动人的希腊式悲剧之美,而我参与其中,却并未受到伤害。"

"这个问题很有意思,"亨利勋爵说,对于玩弄道林·格雷毫无意识的自私心理,他觉得十分有趣。——"相当有意思。我觉得正确答案就是:在生活中,真正的悲剧在发生的时候,其形式都是非艺术的,它毫不遮掩的暴力、极端的混乱、荒谬的空洞和绝对的无定式,都会伤到我们。跟庸俗的行为一样,悲剧也会对我产生坏的影响。它给我们一种完全赤裸的暴力印象,让我们对其极端憎恶。不过,有时候,生活中也会出现拥有艺术之美的悲剧。如果这种美都是真的,就会对我们有着戏剧性的吸引力。我们会突然发现自己已不是演员,而变成了观众,或者身兼这两种身份。观看自己的表演本身已经足够神奇到让我们痴迷的程度了。在这件事当中,到底发生了什么呢?一个姑娘出于爱你而自杀了。我要是有这种经历就好了,这样我的余生就会用真心去爱。爱着我的人——虽然不多,但总是会有的——总想一直活下去,尽管我早已对她们不感兴趣,或者她们对我也早已厌烦。她们变得粗笨而无聊,一遇到她们,她们就马上开始怀旧。女人的回忆太糟糕又太可怕!彻底暴露了其停滞不前的智商!人应该吸取生活的色彩,而不应该去记它的细节,细节总是很俗套。"

"那我必须在花园里种些罂粟[①]。"道林叹了口气说。

"用不着,"他的同伴说,"生活之手始终握着罂粟

---

① 象征遗忘。——译者注

花。当然,有时一些事情总会留在记忆里。我一度戴了三个月的紫罗兰,用艺术的形式哀悼一段不愿消逝的浪漫史,可最终它还是逝去了。我不记得是什么驱散了它。我觉得是她提出来要为了我而牺牲一切的时候。那个时刻总是十分可怕,对永恒的恐惧占据了人的心。嗯——你信吗?一周之前,就在汉普希尔夫人(Lady Hampshire)家,我发现我就坐在我们说的这个女人旁边,她坚持要旧事重提,挖出陈年往事,拼凑未来。我早把那段情史葬在了长春花①圃下,可她却把它拽出来,硬说是我毁掉了她的人生。我必须先说明白,晚宴上她大吃了一顿,所以我一点儿也不担心她。可她太没品位了!往事之所以吸引人就在于它已经过去了。而落幕的时候,女人们从来都意识不到。她们总想要个第六幕,戏剧的精华一结束,她们就开始要求继续演下去。要是让她们如了愿,所有喜剧都会以悲剧结尾,而所有悲剧无一不以闹剧而终。这虽然也有点儿吸引人,但都是装模作样,没有丝毫戏剧性。你可比我幸运啊。说实话,道林,所有我遇到的女人,都不会为我做西比尔那样的事。一般的女人总会安慰自己,其中一些还会寻求感情色彩的帮助。千万别信那些穿淡紫色衣服的女人,不论她们多大年龄。超过三十五岁还喜欢戴粉色缎带的女人,你也千万别信。这通常说明她们曾有一段故事。有的女人会突然发觉丈夫的美德,从而安慰自己。当着他人的面,她们卖弄着自己婚姻的幸福,仿佛那是最迷人的罪恶。还有的人靠宗教来慰藉自己。一个女人曾跟我说,宗教的神秘感和情调有着类似的魔力,对此我可以充分理解。何况,被说成是罪人是最让人得意的事了。良心的驱

---

① 象征死亡。——译者注

使下，我们都成了以自我为中心的人。确实，女人们能在现代生活中得到无穷无尽的安慰。说实话，最重要的安慰方式我还没说呢。"

"那是什么，哈里？"小伙子无精打采地说。

"哦，最明显的安慰方式就是，如果失去了自己的仰慕者，那就把别人的抢过来。上流社会里，这往往会美化女人。但说真的，道林，西比尔·范内和那些常见的有着天壤之别！她的死对我来说是非常美的。能在我所处的时代发生这种奇迹让我很高兴。它让人相信那些我们玩弄的东西，例如浪漫史、激情与爱情。"

"你忘了我对她残酷至极。"

"冷酷，极端的冷酷，恐怕是女人最欣赏的东西了。她们有种十分奇特的原始冲动。我们把她们解放出来，可她们依旧禁锢着自己，寻找自己的主人，她们喜欢被统治的感觉。我肯定你当时一定光彩照人。我从未见过你真正极度生气的样子，但我能想到你看起来会是多么地招人喜欢。前天你和我说了一些话，我当时觉得你在胡言乱语，可现在我知道，那都是绝对的真情实感，是能开启一切的钥匙。"

"我说什么了，哈里？"

"你说，你心中的西比尔·范内，就是集所有浪漫的女主角于一身的代表，——今晚是苔丝狄梦娜[①]（Desdemona），明晚是奥菲利娅[②]（Ophelia）；她死的时候如果是朱丽叶，那她活过来的时候就是伊摩琴。"

"现在她再不会活过来了。"小伙子低语道，把脸埋在了手里。

---

[①] 苔丝狄梦娜：莎士比亚戏剧《奥赛罗》中的女主角。——译者注
[②] 奥菲利娅：莎士比亚戏剧《哈姆雷特》中的女主角。——译者注

"对,她不会再活过来了。她演绎了最后的角色。她一个人俗丽地死在了更衣室,你得把这件事看成是詹姆斯时代①某个悲剧中的一段离奇而吓人的片段。看成是韦伯斯特②(John Webster)、福特③(John Ford)、西里尔·图尔纳④(Cyril Tourneur)的戏剧中其中一场。这位姑娘并不存在于现实生活中,所以她并不会死掉。她对你至少总会是个梦,是个幽灵,在莎士比亚戏剧中游荡,让其更加鲜活动人;是支芦笛,让莎剧中的音乐更加丰富而欢快。一旦她触及现实,生活就被毁掉了。同样她也被现实生活毁了,因此她便离开了。要是你想,你可以哀悼奥菲利娅,可以为了被绞死的考狄利娅在头上撒灰⑤,为死去的勃拉班修⑥(Brabantio)的女儿诅咒上帝。但别为西比尔·范内浪费泪水,她不像她们那么真实。"

两个人沉默了一会儿。暮色渐渐让房间昏暗下来。黑影带着银色的双脚悄悄地从花园里爬了进来,事物疲倦地退下了。一会儿之后,道林·格雷抬起头低声说。"你把我解剖开来给我看,哈里。"好像松了口气。"你说的正是我所感觉到的,但我总是莫名其妙地害怕,我自己也说不清楚,我很好奇生活是否还给我安排了如此奇妙的东西。"

"生活为你安排了一切,道林。有了你那英俊非凡的外貌,没有什么是你做不到的。"

---

① 指詹姆斯一世(1566~1625):建立了斯图亚特王朝。——译者注
② 韦伯斯特(1580~1634):英国剧作家。——译者注
③ 福特(1894~1973):英国剧作家。——译者注
④ 西里尔·图尔纳:英国外交官,剧作家。——译者注
⑤ 古犹太人为表示悲哀或忏悔在自己头上撒炉灰或尘土,见《旧约·约伯记》第二章第十二节。——译者注
⑥ 勃拉班修:莎士比亚戏剧《奥赛罗》中人物。——译者注

"但你设想一下,哈里,要是我面容枯槁,又老又皱?又会是一种什么情况呢?"

"啊,这样,"亨利勋爵说着起身准备离开——"这样的话,亲爱的道林,你就需要为胜利而努力了。实际情况是,胜利不请自来了。不,你得留住你的美貌。在我们所处的时代,如果书读得多了就会失去理智,而考虑得多了就会失去美貌。你也不例外。现在你还是穿好衣服,坐车去俱乐部吧,这个时间我们已经迟到了。"

"我想我还是和你们去看歌剧吧,哈里,我太疲倦了,什么也吃不下,你姐姐的包厢是几号?"

"二十七号吧。在豪华看台,你会在门上看到她的名字。但你不能来吃饭,这很遗憾。"

"我吃不下,"道林·格雷无精打采地说。"不过你能和我说这些话,我十分感激。你绝对是我最要好的朋友,从没有人能像你一样懂我。"

"我俩的友谊才刚开始,"亨利勋爵说着和他握了一下手,"一会儿见。希望在九点半之前能看见你。别忘了帕蒂会来演唱的。"

亨利勋爵关门离开了,道林·格雷按了按铃。过了几分钟,维克多带着灯进来了,关上了百叶窗,道林·格雷不耐烦地等维克多离开,这人做什么事都拖拖拉拉。

维克多一走,道林·格雷便直奔屏风,将它一把扯开。嗯,画像没再改变。在他得知西比尔·范内的死讯之前,画像就知道了,它对生活中的一切都清清楚楚。不用问,正当姑娘喝毒药的时候,那恐怖的凶意就开始破坏嘴边优美的线条了。难道它能对这种结果毫无反应?它只是留意了灵魂的变化吗?他疑惑了,希望能有一天亲眼看它变化的样子,想到这儿他不禁又打了个寒噤。

可怜的西比尔！真是太浪漫了！她总是在舞台上表演死亡，然后死亡碰了碰她，带她离开了。最后那可怕的一幕，她是怎么演的？她在临死前诅咒他了吗？不，她是因为爱他而死的。以后爱情对他永远都是神圣的。她为了赎罪献上了自己的性命，他再不会去想在那可怕的夜晚，她让他在剧院经受的一切。他再想起她时，会把她看作悲剧中的人物，她来到世界的舞台，就是为了证明那种至高无上的爱情。一个奇特的悲剧人物？想到她稚气的容貌，可爱奇妙的举止，羞涩腼腆的气质，他的眼泪就抑制不住地流出来。他匆忙揩去泪水，再去看了看画像。

他觉得真到了做选择的时候了，或者，他已经有了选择。对，生活和他对生活无穷无尽的好奇心替他决定了。永驻的青春、无尽的激情、奇妙而神秘的乐趣、狂野的享受和更加狂野的罪恶，这些他都将拥有。画像会替他背上羞耻的重担，就是这样。

想到画布上那精致的脸庞将被玷污，痛苦之情便爬上他的心头。有那么一次，他幼稚地仿照那喀索斯，吻了一下，或是假装亲了一下画中现在正对他残酷微笑的嘴唇。一连几个早晨，他都坐在像前，惊叹于他的美，正像有时感觉到的那样，他几乎为它心醉。难道他每次屈服于一种感情，画像就会发生变化？难道它要变成面目狰狞，让人恶心的东西，只配被锁在屋里，与曾照耀着它秀美的淡金色卷发的阳光隔离开来？可惜，太可惜啊！

有一阵儿，他想要通过祈祷让自己与画像之间的交感消失。之前就是应了他的祈祷，画像产生了变化。也许他再祈祷一次，画像就会恢复原貌了。然而凡是对生活有点儿了解的人，谁愿意放弃青春常驻的机会呢？不论这个机会是如何古怪离奇，或是潜藏的后果有多么危险致命，都不在意。而且，他真的能掌控这幅画像吗？是他的祈祷产生了这样的效果吗？有没有什么奇特的科学道理来阐释这一切呢？如果思想能对有生命的机体施加影响，那它可不可以影响死去的无机体呢？不，我们外界的东西，没有思想、没有欲望，会和我们的感情和激情产生共鸣吗？会不会因为某种神秘的爱或奇特而密切的关系拉近了原子和原子之间的距离呢？不过原因并不重要，他再不会试着祈祷获得其他的可怕能力了。画像想变就变吧，探究那么细有什么意义？

观察画像的确是一种真正的乐趣，他可以跟随着自己的意念，进入到最隐蔽的地方。那幅画就是他最具魔力的镜子。它可以向他展示自己的身体，还会向他展示自己的灵魂。当画像经历冬日的严寒时，他自己仍站在春夏颤抖交接的边缘。当红润的血色从它的脸上悄悄溜走，只剩下苍白的白粉面壳和呆滞的眼神时，他自己则留存着年少的光辉。青春那可爱的花朵永远不会在他身上褪色，生命的脉搏会在他体内长盛不衰。像希腊的诸神，他会永远健美、敏捷、快乐……画布上面彩色的图案变了又有什么关系，只要他自己是安全的，才是最重要的。

他微笑着把屏风拉回原状，遮住了画像，回到了卧室，仆人已经在里面等他了。一小时后，他已经在剧院里，亨利勋爵正靠在他椅子上并凑了过去。

## 第九章

第二天早上,他坐在那里用餐时,仆人领着巴兹尔·霍尔沃德走了进来。

"总算找到你了,道林,我很高兴。"他严肃地说,"昨晚我上门来找你,他们说你去看歌剧了。当然我知道你不可能去那儿,不过我真希望你留下了话,解释你到底去了哪里。整晚我都没睡好,担心另一个悲剧会接着发生。我以为你一接到这个消息就会发电报给我。我在俱乐部翻阅《环球报》最新版的时候得知了这件事,然后立马就来找你,让我焦虑的是你不在。我无法表达对这件事有多痛心,我明白你经受着怎样的痛苦。可你去了哪儿?你去探望那姑娘的母亲去了吗?那阵儿我还想着跟着你去那儿,报纸上登了地址。是在尤斯顿街的某个地方是吧?可我怕自己不但不能安慰你们,反而会打扰你们伤心的心情。可怜的女人。她是处于怎样的境地啊!而且还是她的独生女儿!对此她怎么说的？"

"亲爱的巴兹尔，我怎会知道？"道林·格雷喃喃地说，从一个精致的威尼斯酒杯里，抿了一口飘着金珠小泡的淡黄色酒，看起来极度不耐烦。"我去了歌剧院，要是你在就好了。我见到了哈里的姐姐，我第一次见她。我们是在她的包厢看的，她迷人极了，帕蒂唱得非常棒，别再说恐怖的事情了，你不说，就相当于它从未发生过。正如哈里说的，事物实现其存在感的方式就是简单的表达。顺便告诉你，西比尔不是那个女人唯一的孩子，她还有个儿子，我想是个可爱的家伙。不过他不以演戏谋生，而是个水手之类的。好了，跟我说说你吧，最近你在画什么呢？"

"你去了歌剧院？"霍尔沃德缓慢地说，声音僵硬而含有一丝痛苦。"西比尔的尸身还躺在一个肮脏污秽的地方，可你却去了歌剧院？你所爱的姑娘都还未曾安葬，你就居然可以在我面前谈论别的女人怎样迷人，帕蒂的歌声如何动听？为什么会这样，伙计，她那白色的小身躯将面临着危险。"

"别说了，巴兹尔！我不想听！"道林大叫着，跳了起来。"你不要教训我。做了的事都已经做了，而过去的事已经过去了。"

"你把昨天叫作过去？"

"这和时间的流逝有什么关系？那些浅薄的人才会花几年的时间走出一段感情，而能够掌控自己的人，不仅能创造快乐，还会同样轻易地摆脱悲伤。我不想被我的感情所支配，我要运用感情，享受感情，然后掌控感情。"

"道林，太可怕了！有什么东西把你彻底改变了。虽然你看上去还是那个神奇的孩子，和那个一天又一天到我画室里，端坐着让我作画的孩子一样，可那时的你单纯，自然，饱含深情，是世界上最纯净的人了。现在，我不知道你到底受了什么蛊惑，说话没心没肺，没有一丝怜悯，没有同情心。看得出这都是受了哈里的影响。"

道林的脸刷地一下变得通红。他来到窗前望着窗外阳光遍地，绿色油油的花园，过了一会，他终于开口："我深受哈里之恩，我得益于他胜过得益于你。你只教会了我……你只是让我学会了虚荣。"

"好吧，我也因此受到了惩罚，道林——或者总有一天会被惩罚的。"

"我不懂你的意思，巴兹尔，"他高声说着回过头来，"我不懂你想要的是什么，是什么呢？"

"我想要那个曾为其作画的道林。"艺术家难过地说。

"巴兹尔，"小伙子说着走到巴兹尔身边，把手搭在他的肩上。"你来迟了，昨天，当我得知西比尔·范内自杀——"

"自杀！天哪！确定如此吗？"霍尔沃德叫道，抬起头来看道林，满脸惊恐的表情。

"亲爱的巴兹尔！你不会真觉得这就是个普普通通的事故吧？她当然是自杀。"

霍尔沃德把脸埋在了手里，"太恐怖了。"他低低地说道，不禁打了个寒噤。

"不，"道林·格雷说，"没什么好怕的，这是发生在我们时代最了不起的浪漫悲剧之一。通常来说，演戏人的生活都是再寻常不过的，他们会是不错的丈夫，忠诚的妻子，或者别的无聊角色。你明白我在说什么——就是中产阶级的美德以及诸如此类的一切东西。西比尔就完全不同了！

她活出了最精彩的悲剧。她将永远是剧中的女主角。在她演出的最后一晚——就是你看到她的那天晚上——她演砸了，是因为她体会到了真切存在的爱。当她明白爱已不在时，她就死了，和朱丽叶死于同样的理由，由此她得以再次进入艺术的领域。她有一种殉道精神，她的死，和所有殉道行为一样，荡气回肠却徒劳无益，有种被荒废掉的美感。不过，你别以为我这么说，就意味着我没有痛苦。如果你昨天来的时间在五点半或五点三刻，你就会发现我在哭泣。甚至是哈里，他当时在场，给我带来了那个消息，事实上，他也不了解我所经历的痛苦。我伤心欲绝，然后这种情绪就过去了，我没办法让我的感情再来一遍。除了多愁善感的人，也没人能做到。可你太不公正了，巴兹尔。你能来安慰我，这是你可爱的一面。然后你发现我已经得到了慰藉，你就大发脾气。真是太富有同情心了！你让我想起哈里给我讲的某个慈善家的故事。那个慈善家一辈子花了二十年想要纠正某种不公，或改变某些不公正的法律——具体是什么我忘了。最后他倒是大获成功了，可却也失望透顶。他没事可做了，差点儿烦死，成了一个坚定的遁世者。再说了，亲爱的老巴兹尔，你要是真想安慰我，就教教我该怎么把发生的事情忘掉吧，或者教我用另一种恰当的艺术视角来看待它。戈蒂叶①（Gautier）不就写过关于艺术的安慰性吗？我记得有一天我在你画室里拿起一本牛皮封面的小册子，不经意间看到了那句让人愉快的话。不过，我和你们在马洛②时你跟他说过的那个年轻人不一样，那人曾说，杜松子金酒能安慰人生中的

---

① 戈蒂叶：法国画家、作家及诗人，首次提出"为艺术而艺术"。——译者注
② 马洛：英国地名。——译者注

一切痛苦。我爱的是可以碰触、可以把握的美。年代久远的织锦，绿色的青铜器，漆器、象牙雕刻、精致的环境、奢华品、盛大的场面——这些都让人大受其益。但这些东西产生的，或者在某种程度上揭示的艺术气息，这对我才更为重要。正像哈里说的，做生活中的旁观者就是逃避生活的苦难。我知道，我让你大为惊讶，你没感觉到我已经成长了。你认识我的时候，我还是个小学生，可我现在已经成人了。我有了新的激情，新的想法，新的观念。我不一样了，但你对我的喜欢不能因此而减少半分。我是变了，可你要永远做我的朋友。当然了，我十分喜欢哈里，但我知道你要比他更优秀，不是你更强大——你太畏惧生活了——但你还是更优秀。我们在一起的日子多么快乐啊！不要离我而去，巴兹尔，别和我吵架。我还是我，我说完了。"

画家觉得自己莫名地被打动了。他十分珍视这个小伙子，他艺术道路上的伟大转折就是这个小伙子的人格造成的。他再不忍心去谴责他。毕竟，他的冷漠之情或许只是一时的，最终将会消退。在他身上还有许多善良的天性，许多高贵的品质。

"好吧，道林，"他最后苦笑道，"从今往后，我再也不会向你提及这件恐怖的事了。我只期望你的名誉不会因此受到牵连，今天下午就要验尸了，他们传你去了吗？"

道林摇摇头，一提到"验尸"二字，厌恶的表情就袭上他的脸庞。这种事情从头到尾都是充满了野蛮与庸俗。"他们不知道我叫什么名字。"他答道。

"不过她肯定知道吧？"

"只知道我的小名，而且我确定她从未向人说起过。她曾告诉我，别人都对我的身份相当好奇，而她无一例外地告诉他们我叫迷人王子。她真聪明。你一定要给我画一幅西比尔的画像。除了记忆里的几次亲吻和几句让人断肠的只言片语,我还想要更多关于她的东西。"

"如果这样你就能高兴,道林,我会想方设法去做的。但你也得来当我的模特,你不来我画不下去。"

"我不能再给你当模特了,巴兹尔。不可能了!"他大喊一声,大吃一惊地退后几步。

画家睁大眼睛看着他。"亲爱的孩子,你说什么胡话!"他叫道。"你是说你不喜欢我画的像吗?它在哪?你怎么在前面挡了块屏风?让我看看。这是我最好的作品。把屏风移走,道林,你的仆人太无礼了,竟把我的画这么挡上了。难怪我进门的时候感觉屋房间都不一样了。"

"不是我的仆人干的,巴兹尔。你不会想着我会允许他来布置我的屋子吧?他只不过偶尔帮我插插花罢了。不,是我遮上的。打在画上的光太强烈了。"

"太强了!怎么会呢,我亲爱的孩子。这是个绝佳的位置,让我看看它。"说着霍尔沃德走向那个角落。

一声惊恐的叫声从道林·格雷嘴里破口而出,他猛地冲到画家和屏风之间,"巴兹尔,"他面无血色地说:"你不能看,我不想让你看。"

"我自己的画都不能看!你开玩笑呢。为什么不能看?"霍尔沃德大声说,笑了起来。

"如果你硬要看的话,巴兹尔,我以名誉担保,我这一辈子就再也不和你说话了。我现在没跟你开玩笑。我不会和你解释,你也别问。可你记住,只要你一碰这块屏风,我们的友谊就结束了。"

霍尔沃德极为震惊,他错愕地看着道林·格雷。他从没见过他这副模样,小伙子气得脸色煞白,双手紧握,蓝色的眼珠像燃烧着灼灼火焰,浑身颤抖不已。"

"道林!"

"住嘴!"

"可这是怎么了?如果你不让我看,我当然是不会看的。"他的声音异常冷静,边说边转身走向了窗子。"只不过,自己的作品都不能看,这确实太不可理解了,特别是我还想等秋天的时候拿它去巴黎展览。在此之前,我可能得再给它上一次清漆,所以有天我肯定得来看看,为什么今天就不行呢?"

"展览,你想拿它去展览?"道林·格雷大喊一声,莫名的恐惧爬上他的心头。"把他的秘密暴露给全世界吗?要让外人看着他的秘密目瞪口呆吗?不可能,他得做点什么——他也不清楚——但必须马上就做。"

"对,我猜你不会不同意的。乔治·柏蒂①(Georges Petit)要集齐我最棒的作品到塞兹街②举办特别展览会,正式开幕的时间是十月的第一周。画像就用一个月时间,我觉得你留出那点儿时间应该不难,事实上,你到时候都不在城里。而且你一直用屏风挡着它,想必你肯定也不在乎它了。"

道林·格雷抬手摸了一下自己的额头,上面满是汗珠。他感觉自己已经濒临绝境。"一个月以前你还跟我说,永远都不会把画儿拿出去展览。"他大声说,"怎么你又变主意

---

① 乔治·柏蒂(1856~1920):法国知名画商,巴黎艺术界重要人物,发掘了很多印象派画家,开设了乔治画廊Galerie Georges Petit。——译者注
② 塞兹街:乔治画廊所在的街道。——译者注

了呢？你们这些追求始终不渝的人，和别人一样朝三暮四。唯一不同的就是你们的情绪更加索然无味。你信誓旦旦地和我保证说，这世界上没什么能让你产生把画拿去展览的念头，你不能忘了啊。你和哈里也是这么说的。"突然，道林停住了，眼里闪过一道光芒。他想起亨利勋爵曾半开玩笑半认真地和他说，"如果你想感受奇特的一刻钟，就让巴兹尔跟你解释为什么他不会展览你的画像。他已经跟我说过了，我深受启发。"对，或许巴兹尔也有自己的秘密，道林要试试问问巴兹尔。

"巴兹尔，"他说着走近巴兹尔，眼睛直视他的脸，"我俩都有各自的秘密，你把你的告诉我，我告诉你我的。你为什么拒绝把画像拿去展览？"

画家不禁一颤，"道林，如果我说了，你就不会这么喜欢我了，而且还会笑话我。这两样都让我受不了，如果你再也不想让我看这幅画，我答应了。我以后都可以看你。你想让我迄今为止最棒的作品不见天日，我也知足了。你的友谊对我而言比名誉和声望更加珍贵。"

"不，巴兹尔，你必须告诉我，"道林·格雷坚持道，"我想我有知道的权利。"他的恐惧已被好奇心打败。他打定主意要发掘巴兹尔·霍尔沃德的秘密。

"我们坐下吧，道林，"画家忧虑的说。"坐下，然后只回答我一个问题，你有没有注意到这幅画奇怪的地方？——起初或许没有给你留下印象，然而突然就出现在你面前了。"

"巴兹尔！"小伙子叫起来，双手紧紧地抓着椅子的扶手，颤抖着，吃惊地瞪大了眼睛盯着他。

"看来你注意到了，别说话，等我讲完。道林，从和你相遇的那一刻开始,你的人格就对我产生着非比寻常的影响。我被你主宰着,我的灵魂、思想和精力都是如此。你是我无形理想的有形化身。对我们艺术家来说,那理想就像美妙的梦境,在记忆里如影随形。我膜拜你。每个和你说话的人我都嫉妒他,我只想让你属于我一个人,只有和你在一起我才感到快乐。就算你不在我身边,你也依然存在于我的艺术之中……当然,我从未跟你提及过这些,我本不可能这么做,你不会了解的,连我自己也不明白。我只知道我和完美面对面站在一起,世界在我眼中变得美妙绝伦——或许美妙得过分,因为这种狂热的膜拜隐含着一种危险,那就是失去它的危险,这种危险并不亚于偶像崇拜本身的危险……时间一周一周地流逝,我也越来越深地被你吸引。之后新的变化产生了,我把你画成帕里斯①(Paris),身穿精致的铠甲;画成阿多尼斯,身披狩猎的斗篷,手持锃亮的猎镖;画成哈德良皇帝②,戴着沉重莲花王冠的你坐在船头,纵览碧绿浑浊的尼罗河。还画你俯身在希腊森林的一汪静水旁,在静谧的银色水面上看到自己惊世的脸。这些都是艺术,没有意识,完美而遥远。有一天,有时我会觉得那是致命的一天,我打算给真实的你画一幅精美的画像,不穿古装,而是穿着你自己的衣装,处在自己的时代。不知道究竟是现实主义的手法,还是你个人性格的魅力,我无法分辨,展现在我面前,如此直接,无遮无挡。但在我作画的时候,我知道画上的每一抹、每一层色彩都似乎在揭示着我的秘密,我变得害怕

---

① 帕里斯:希腊神话中的特洛伊王子,因其拐走了美人海伦挑起了十年的特洛伊战争。——译者注
② 哈德良(76~138):罗马帝国安敦尼王朝的第三位皇帝,五贤帝之一,117年至138年在位。——译者注

有人会知道我崇拜偶像。我感觉，道林，我在画里表达得太多了，倾注的自我也太多了。所以我打定主意不把它拿去展览，当时你不太高兴，因为你并不了解它对我的意义。我曾和哈里谈论过此事，他还嘲笑我，不过我一点也不介意。画像画完之后，我一个人坐在它旁边，觉得自己是正确的……不过，几天之后，画像搬离了我的画室，它的存在对我有种让人受不了的魔力，而一旦我摆脱了这种魔力，我就感到自己好像很傻，竟会幻想在画像中看到除了你英俊非凡的外表和我的作品之外什么别的东西。到现在，我都忍不住觉得，艺术家的切身情感并不能在其作品中体现。艺术比我们想象的要抽象得多。形状和色彩带给我们的不外乎就是形状和色彩，仅此而已。我总是认为，艺术把艺术家掩饰得很彻底，远比它所暴露的彻底。因此当我得到来自巴黎的邀请时，我决定将你的画像当作本次展览的主打作品。我从没想过你会不同意。现在看来你是对的。这画不能拿去展览，你千万别因为我的话而生气，道林。我之前就和哈里说过，你天生就是人膜拜的对象。"

道林·格雷长舒了口气。他的双颊恢复了光彩，玩味的微笑浮上嘴角。危险过去了，现在他安全了。然而画家刚刚那通奇特的坦白，他不禁产生了极度的同情，心里猜想自己会不会也如此被一种人格或一个朋友所主宰。亨利勋爵的魅力在于他极度危险，再无其他了。他过于聪明伶俐，过于愤世嫉俗，人们不会真正的喜欢他。这世上会有一个人让他心生如此奇特的膜拜之情吗？生活有没有为他安排这样的事呢？

"这太不可思议了，道林，"霍尔沃德说，"你居然也看出来了，你真看到了吗？"

"我看到了一些东西，"他回答，"一些让我百思不解的东西。"

"那么，你现在不介意我看看画了吧？"

道林摇头，"你不能要求我这么做，巴兹尔。我不会让你站在那幅画前面的。"

"以后肯定会让我看吧？"

"再也不会了。"

"哦，也许你没有错。那么再见了，道林。你是我生命中唯一真正对我的艺术有影响的人。我所画的一切好作品，都是你的功劳。啊！你不明白，我付出了多大的努力才说出了这一番话。"

"亲爱的巴兹尔，"道林说，"你都说什么了？也就是你觉得你太崇拜我了，这连夸奖都不是。"

"我本来就不是要夸奖你，我是在表白。这通表白似乎让我失去了某些东西。或许，一个人根本不该用语言表述他的崇敬之情。"

"这种表白太让人失望了。"

"什么？那你期待会是什么呢？道林，你在画上看出了别的什么吗？也没什么别的可看了吧？"

"没有。没什么可看了，你问这个干什么？不过你可再别提崇拜这回事了，太愚蠢了。我们是朋友，巴兹尔，以后得永远如此。"

"你有了哈里。"画家伤心地说。

"哦，哈里！"道林叫道，接着是一串大笑。"哈里的白天都用来说一些难以置信的事儿，而他的晚上都用来干一些不太可能的事儿。这才是我想要的生活。不过，如果我有了困难，仍然不会去找他。我宁愿去找你，巴兹尔。"

"那你会坐下来让我作画啦？"

"不可能！"

"你的拒绝把我作为艺术家的生命给毁了，道林。没有人会碰上两件完美的事，碰上一件的也不多。"

"我没办法跟你解释，巴兹尔。可我不会再给你当模特了。一幅画像中隐含着致命的东西，它有自己的生命。我会去找你喝茶的，那也同样很愉快。"

"我恐怕是对你而言更愉快吧，"画家满是遗憾地低语。"那么再见吧！我很难过，你再也不让我看那幅画了。可这也无法避免，我十分理解你的心情。"

巴兹尔一离开房间，道林·格雷就暗自微笑起来。可怜的巴兹尔！他根本不知道真正的原因！他并没有被迫暴露自己，反而无意中发掘出了朋友的秘密！那段奇怪的表白多么重要。那一阵阵荒诞的妒忌，狂野的忠诚，夸张的美言，怪异的沉默——他现在全都明白了，并觉得很遗憾。他感觉他们之间的友情在充满浪漫的同时也略显悲哀。

他叹了一口气，碰了碰铃。必须不惜一切把画像隐藏起来，再不能冒险被人发现了。他肯定是疯了才会让这幅画继续留在这个朋友们都能随便出入的房间里，哪怕是一个小时。

## 第十章

仆人进来的时候,道林死死地盯着他,猜测他是否有念头偷看屏风后面的画像。那人面无表情地等着他的命令。道林点了一支烟,走到镜子前朝里看了一眼。镜子里维克多的面容照得一清二楚。那是一张宁静平和,曲意逢迎的面孔,没什么可怕的。不过他还是谨慎为妙。

他慢吞吞地跟仆人交代,通知管家来见他,然后去相框店,叫他们立刻派两个人来。仆人离开的时候,道林似乎觉得他的眼睛朝屏风的方向扫了一下,或者,这仅仅是他的幻觉?

不一会儿,利夫太太匆匆忙忙地走进了书房,她身着黑色的绸缎裙,双手已经有了皱纹,戴一副旧式线绒手套。道林问她要书房的钥匙。

"那间旧书房吗?道林先生?"她惊呼,"为什么呢?里面满是尘土。你去之前我得安排安排,整理一下。现在那里可不适合您看,不行,真的。"

"不用整理,利夫,我只想要钥匙。"

"好吧,先生。你进去了会浑身沾满蜘蛛网的。为什么呢?那个房间差不多有五年没开过了,爵爷过世之后就没打开过。"

一听到他的外祖父,他不由眉头一皱。关于外祖父的记忆都是令他憎恶的。"不要紧,"他说,"我就是去看看,把钥匙给我。"

"钥匙在这儿,先生,"老妇人说着,双手不确定地颤抖着查看了一遍钥匙圈,"这就是钥匙,我立刻就把它从上面解下来,不过您不会是想在那儿住吧,先生,您在这里这么舒服。"。

"不,不,"他暴躁地叫道,"谢谢,利夫。行了。"

她又在房间里停了一会儿,絮絮叨叨地说了一些家长里短。道林叹了口气,让她按自己的意愿整理房子。她满面春风地离开了。

门关上了,道林把钥匙装进口袋里,环视四周。他的眼睛停在了一块巨大的紫色锦缎布罩上,这块布罩绣满了金线,是一件威尼斯十七世纪晚期的杰作,他外祖父在博格尼亚周围的一个女修道院找到的。嗯,这块布罩可以把那件可怕的东西裹上。或许它以前一直是用来遮盖死人的柩衣。而现在它要去掩盖一种能自我腐败的东西,比死亡的腐败更加可怕——能滋生恐怖却永不消亡。他的罪孽会像尸体上的蛆虫那样啃食画布上的形象,腐蚀它的美貌,糟蹋它的魅力,会玷污它,让它蒙羞。但它会一直存活下去,永不毁灭。

他不禁一颤,一时后悔没有告诉巴兹尔遮盖画像的真正原因。巴兹尔本可以帮他抵制亨利勋爵的影响,抵御来自他自身的更剧烈的毒害。巴兹尔对他那种爱——因为是真爱——是崇高而理智的。这种爱慕不限于肉身的美,不因感官的刺激而生,或随感官的倦怠而死。这种爱是米开朗基罗、蒙田[①](Montaigne)、温克尔曼[②](Winkelmann)和莎士比亚所了解的爱。没错,巴兹尔本可以拯救他,可现在为时已晚。往事总是被悔恨、否定、遗忘化为乌有。但未来是不可避免的,他身体里的激情总是会可怕地爆发出来,他的梦想总能让邪恶的暗影变成现实。

他从睡椅上去下了那块巨大的紫金色布罩,捧着它来到屏风背后。那张画布上的脸是不是更邪恶了?他觉得好像没有变化,但却让他恶之更甚。金发、蓝眼、玫瑰色的红唇——全都没变,只是表情扭曲了,残酷得令人恐惧。相比画像表现出的对他的谴责和训斥,巴兹尔因西比尔·范内对他的呵斥要轻得多——轻描淡写,微乎其微。他的灵魂在画布上朝他看过来,呼唤他接受审判。痛苦的表情袭上他的脸庞,他把那块艳丽的柩衣一挥,遮到了画像上。这时,敲门声响起,仆人进来了,他走了过去。

"人派来了,先生。"

他感觉必须马上摆脱这个仆人,绝对不能让他得知画像被运到哪儿去。他有一种狡猾的气质,眼睛深沉而奸诈。道林坐到写字台前,匆匆给亨利勋爵写了个便条,让他送一些书来读,提醒他当晚八点一刻的时候见面。

"等着回复,"说完他把便条交给仆人,"带那些人进

---

① 蒙田(1533~1592):法国文艺复兴后期、十六世纪人文主义思想家。——译者注
② 温克尔曼(1717~1768):德国考古学家与艺术学家,以研究古代希腊文物著称,为十八世纪古典主义美学的代表人物。——译者注

来吧。"

不到两三分钟,又有人敲门。哈伯德先生亲自来了,他是南奥德利街①出了名的裱画匠。他还带来一个外表粗放的年轻助手。哈伯德先生个子不高,脸色红润,蓄着红色的络腮胡。大多数和他来往的艺术家都穷困潦倒,这让他对艺术的热情日益增加。一般他不会离开他的铺子,总是等着别人上门找他,不过他偏爱道林,总是为他破例。道林对每个人都有一种吸引力,连见他一面都是种享受。

"我能为您做什么呢?格雷先生。"他搓着长着斑的胖手说。"我觉得我还是亲自来为你服务比较好。我刚刚入手一个精美的画框,先生,特价销售时买的。古佛罗伦萨风格,我想是出自芳特山庄②,特别适用于宗教题材。格雷先生。"

"抱歉了,哈伯德先生,还麻烦你亲自跑一趟。虽然我现在不钟情于宗教艺术,不过我会抽空去看看那个画框的。不过今天我想请你们为我搬一幅画到顶楼上。画很重,所以我刚刚想请你多派几个人手来帮忙。"

"没什么麻烦的,格雷先生。为您效劳我很乐意。是哪幅作品呢?先生。"

"这件,"道林说完移开了屏风,"你们能在它被完全盖住的情况下把它搬走吗?我不想上楼的时候把它给划破了。"

"一点儿问题也没有,先生。"这裱画匠温和地说。接

---

① 南奥德利街:伦敦街名。——译者注
② 芳特山庄,位于英格兰南威尔特郡的一座哥特式建筑,为英国贵族威廉·贝克福德的豪宅。山庄于1822年易主,曾有大量艺术品出售。——译者注

着助手开始帮助他把画从垂着的长铜链上取下来。"那么，现在我们要把它搬到哪里去呢？格雷先生。"

"我带路，哈伯德先生，请跟我来。不然，你们最好还是走在前面吧。就在房子的最顶层，我们走前面的楼梯，那儿更宽。"

道林给他们扶着敞开的门，他们移出了房间，进到走廊开始爬楼梯。质地精美的画框让画像变得非常笨重，所以尽管本着真正的工匠精神，哈伯德先生极不愿意让绅士来帮他的忙，一味地回绝着，但道林还是得时不时地扶一扶帮帮他们。

"这东西挺重的，先生。"他们到达顶层楼梯平台时，小个子哈伯德先生喘着气说道，一边抹了抹亮闪闪的额头。

"恐怕是这样。"道林低声说着打开了房门，这个房间将会保守他生命中奇特的秘密，避开世人的眼睛，隐藏他的灵魂。

四年来，他都没有进过这间屋子——确实没有，童年时期他用它作游戏室，年龄稍大一点儿时，他用它作书房，后来他就再也没进去过。这个房间很大，结构很匀称，是最后一位科尔索勋爵特意为他的小外孙建的。因为道林与他母亲出奇地相似，以及其他的一些原因，科尔索一直不喜欢他，并希望与他保持距离。道林似乎没觉得房间有什么变化，那儿有个意大利箱子，上面画着奇离古怪的图案，镀金的线条已经褪色。他小时候常常躲在这个箱子里。那边有个椴木书橱，上面摆着书角卷曲的教科书。那块破旧的佛兰芒挂毯依然悬在书橱后面的墙上，挂毯上褪色的国王与王后正在花园里对弈，一群鹰贩子骑着马经过，腕上戴了长手套，上面挽着用布罩起来的鸟儿。他记得真真切切啊！他环视周围，想起了童年中孤独的时刻。他纯洁无暇的童年记忆,让他觉得把这幅要命的画像藏在这里是件很可怕的事。在那些逝去的日子里,他怎会想到生活给他安排的一切!

但在这栋房子里,再没有比这里更能避人眼目的安全之地了。钥匙在他这里,别人都进不来。画布上的脸被紫色的柩衣遮着,可能会变得残忍野蛮、呆头呆脑、污秽肮脏。那又怎么了,谁也不会看到。他为什么要看自己的灵魂无比丑恶地堕落下去呢?他会永葆青春,这就够了。再说,他的天性难道就不能变好吗?说他的未来会恶贯满盈是没有道理的呀。他的生活中可能还会出现一种爱,净化他,让他远离那些已经在他的灵与肉中躁动不安的罪孽——这种罪孽无以名状,正是这种神秘感让它们变得微妙而迷人。或许有一天,那种残忍的表情会离开那张敏感的红唇,他就可以将巴兹尔的杰作公诸于世了。

不,不可能,画布上的东西会一小时接着一小时,一周接着一周地苍老下去。它或许能免受骇人的罪孽,但却逃不过可恶的时间。它的双颊会变得干瘪或松弛,黄色的鱼尾纹会爬上眼角,让昏花的双眼更加可怕。它的头褪去光泽,嘴巴会咧开或下垂,像所有老人的嘴一样,变得蠢笨而粗糙。它的脖子会长上皱纹,双手冰凉,青筋突起,腰身佝偻。他想起了从小就对他极度严厉的外祖父,他就是这副模样。因此不得不把画像藏起来,这是迫不得已的。

"请搬进来吧,哈伯德先生,"他消沉地转身说,"抱歉让你等了这么久,我刚刚在想别的事。"

"我总是很高兴能歇一歇,格雷先生,"裱画匠喘着气回答,"放在哪儿呢,先生?"

"哪儿都行,这儿吧,这里可以。不用挂起来,靠在墙上就行,谢谢。"

"能有幸目睹一下真品吗,先生?"

道林吓了一跳。"哈伯德先生,你不会感兴趣的,"他盯着那个人说,如果他胆敢掀开那块华丽的布罩,窥视他攸关性命的秘密,他随时会朝他扑过去,把他按倒在地。"现在我不能继续麻烦你了,感谢你亲自来这儿。"

"不客气,不用客气,格雷先生。随时准备为您服务,先生。"哈伯德先生踏着沉重的步子下楼了,他的助手在后面跟着。那个助手回头瞄了道林一眼,粗糙而丑陋的脸上,表情羞涩而惊奇,他从没见过这么美的人。

他们的脚步声渐渐消失了,道林锁上了门,把钥匙装进了口袋。他觉得现在自己安全管理,没有人会看到那幅可怕的东西。除他之外,没有人的眼睛会看到他的耻辱。

回到书房时,他发现时间刚过五点,茶已经送来了。一张黑色的茶几上,有张亨利勋爵写的便条,那茶几是香木质地,上面镶了很多珠母贝,是他的监护人的妻子——拉德利夫人(Lady Radley's)送的礼物。这位夫人很漂亮,但却是个病秧子,去年整个冬天都待在开罗。亨利勋爵的便条旁边放着一本书,黄纸装的封面,有点磨损,书角有点脏。茶盘上放着一张《圣詹姆斯公报》①,是第三版了。很明显,维克多已回来了。他猜想他有没有碰到走廊里那些离开的人,是不是已经打听到他们都干了什么。他肯定会想到那幅画——上茶点的时候肯定就在想了。屏风没有放回原地,墙上的空白十分显眼。或许某天的晚上,他会觉察到维克多悄悄地爬上楼,试着撞开那扇门。家中有间谍是十分可怕的,他听说

---

① 《圣詹姆斯公报》:英国报纸。——译者注

有些富人一辈子都被原来的仆人敲诈,那些仆人就是偷看过一封信,或偶然听到一段对话,或是捡到了一张有地址的卡片,或是在枕头下面发现了一朵凋谢的花抑或一段折皱的蕾丝。

他叹了口气,给自己倒了些茶,打开了亨利勋爵的条子。上面只是说他把晚报送来了,还有一本书,可能会让道林感兴趣,他八点一刻到的俱乐部。道林懒洋洋地打开了《圣詹姆斯公报》,从头到尾翻了一遍。他的眼睛停在了第五版的用红笔画的记号上,记号提醒他看下面的一段文字:

女演员的死亡尸检——今晨,本地区验尸官丹比(Danby)先生在霍克顿路①贝尔旅馆检验了西比尔·范内的尸体。死者是霍尔本皇家剧院新近签约的年轻女演员。检验结果为意外死亡。在提供证词和法医比勒尔(Birrel)做验尸报告时,死者的母亲悲痛万分,公众纷纷表示同情。

他眉头紧锁,将报纸一下撕成了两片,他走到房间的另一头,将碎片扔掉。这件事太丑恶了!也正因其丑恶而显得更加真实生动。他有点生气了,亨利勋爵偏偏送来了那份报道,还拿红铅笔标了出来,实在是愚蠢。维克多很可能已经读到了,他懂的英语足够让他看明白。

或许他读完之后就开始怀疑了,可是,那又怎样?没什么好怕的。不是道林·格雷谋杀了她。

他的目光停在了亨利勋爵送来的黄皮书上。写的什么呢?他很好奇。于是他走到那个珍珠色的小八角桌旁,他总觉得这张桌子像是一群奇特的埃及蜜蜂用银打造的。他拿起那本书,一下子陷入了扶手椅里,开始翻了起来。几分钟后

---

① 霍克顿路:英国伦敦街名。——译者注

他就被迷住了。这是他所读过的最奇特的书了,他感到世界上的罪孽都身披精致的古装,和着悠扬的长笛,在他面前上演着一出哑剧。他曾经朦胧的梦想,忽然间变得清晰起来,而那些从未想象的事物,也逐渐展现在他面前。

这本小说没有情节,人物也只有一个,其实就是对一个巴黎年轻人的心理研究,这个身处十九世纪的年轻人耗尽毕生精力想要体验所有其他时代的一切激情和理念。也就是说要集有史以来所有的感情于一身。若只喜欢那些做作的克己精神,愚蠢的人则称其为道德,也同样热爱自然的反叛精神,聪明人仍称其为罪恶。这本书的文笔出奇地华美,既生动又晦涩,有很多隐语和古话,还有不少术语和细致的阐述,有一些法国象征主义杰作的特点。一些比喻兼具兰花的奇与妙。神秘的哲学术语描绘着感性的生活,有时会让人搞不清楚自己读的到底是某一个中世纪圣者的精神极乐世界,还是一个现代人犯罪之后病态的自白书。这本书是有毒的,纸张中似乎夹带着浓烈的熏香,扰乱着他的头脑。他看了一章又一章,句子的韵律是单一的,却又很微妙,充满了复杂的叠句和精心的一唱三叹,在他脑海里产生了一种幻觉,一种梦魇,让他意识不到天色渐晚,夜幕西沉。

青蓝色的空中万里无云,一颗孤星划破苍穹,天光从窗户透了进来。他在暗淡的灯光下一直读着,直到再也看不见任何字了。之后,仆人几次来提醒他时候不早了,他这才站起来,来到隔壁的屋子,将书放在了长期摆在床头的佛罗伦萨式的小桌子上,然后开始为晚宴换装。

快九点的时候,他才赶到俱乐部,看到亨利勋爵一个人坐在晨间起居室里,看起来很是无聊。

"真对不起,哈里,"他高声说,"不过这真的全怪你,你给我送来的那本书完全把我迷住了,都让我忘了时间。"

"是啊,我就知道你会喜欢的。"这位东道主一边回答一边从椅子上站起身。

"我可没说喜欢,哈里。是吸引,两者差别很大。"

"哦?你发现了?"亨利勋爵低声说着,两人一起进了餐厅。

## 第十一章

很多年之后，道林·格雷还是摆脱不了这本书的影响，或者更准确地说，是他从没想这么做。他从巴黎买来了它的第一版，不下九册，是大开本，每本的封皮颜色不同，适合他在不同的心情下阅读，也适合他那些偶尔自己也无法掌控的奇思妙想。书中的男主角，那个奇特的巴黎年轻人，身上怪异地融合了浪漫气质和科学气息，道林把他当作自己的写照。确实，对他而言，整部作品都包含了他自己的人生，只是写在他亲临其境之前。

有一件事，他比小说中古怪的主人公幸运得多。他从未——确实从来没有理由如此怪异地害怕照镜子，害怕金属光亮的表面，害怕平静的水，而这种恐惧在那个巴黎年轻人生活的早期就产生了，是因为一个美人的突然陨落造成的，不用说，这个美人生前肯定曾光彩照人。带着一种几乎是幸灾乐祸的情绪——也许每种欢乐和喜悦都夹杂着冷酷——读完了书后半部分。这本书充满悲情，笔调略微有些夸张，记录了一个人的痛苦和绝望，因为别人和世界都拥有的东西，也是他最为珍视的东西，唯独他一个人丢失了。

他的美是得天独厚的，曾让巴兹尔·霍尔沃德和自己周围的人为之倾心，而且好像永远不会消失。即便那些听说过他的恶行的人——在伦敦，时不时地会传来关于他的生活方式的风言风语，成为俱乐部的热议话题——这些人在目睹他的尊容之后，就再也不信那些让他的名誉受损的谣传了。他一贯保持着超凡出尘的气质，他一进房间，那些满口粗言粗语的人就立即沉默了。他的脸干净纯粹，似乎在斥责他们的粗俗。只要他一出现，他们就会忆起自己遗失的纯真，并无不惊奇地赞叹此人的魅力和气质能免受这肮脏而污秽的尘世的沾染。

他经常会神秘地消失很久，让朋友们或自诩为他的朋友的人浮想联翩。每次回家，他都会首先悄悄爬到楼上，用一把形影相随的钥匙打开那扇锁着的门，拿着镜子，在巴兹尔·霍尔沃德为他画的像前，一会儿瞧瞧画布上那衰老而邪恶的脸，一会儿再看看明镜中对着自己笑的年轻而俊美的容颜。强烈的比照让他兴奋的神经更加敏锐，他越来越沉浸于自己的美貌，对自己腐败的灵魂兴趣渐长。有时候他会带着阴森着魔的喜悦细致入微地观察那丑陋的线条，或刻在起皱的额头上，或爬上了满是肉欲的双唇，诧异于罪孽和衰老之间，哪一种迹象更加可怕。他把自己白嫩的手放在画上粗糙肥胖的手旁边，讥笑那变形的身躯和他衰老的肢体。

然而确实，在他躺在自己飘着幽香的卧室里，辗转难眠时，当他乔装易名出现在码头附近，躺在下三滥的旅馆房间里无法成眠时，他也会不经意间想起他自我毁灭了的灵魂，一种自私透顶却也更加惋惜的心情油然而生。不过这种时刻并不常见。他对生活的无限好奇,首先是受了亨利勋爵和他在花园里闲谈的启发,这种好奇与日俱增,让他心满意足。他懂得越多就越有求知欲,好像吃得越多就越感到饥饿。

然而他并不是完全肆无忌惮,至少在他和上层社会的交往中不是这样。每到冬季,一个月总有那么一两次,在周三的晚上,他向外界大开自己豪宅的大门,迎接当下最知名的英语家,用他们惊人的记忆吸引他的宾客。他的酒宴规模并不大,亨利勋爵总是会帮他安排,而使之出名的是对受邀人的精心挑选,同样让其闻名的是那些格调高雅的餐桌装饰,奇花异果,锦绣桌布和金银古器,都安排得优雅别致。确实,许多人,特别是年轻人,在道林身上都看到了,或者想象自己看到了,他们在伊顿公学或是牛津大学时梦想的生活变成了现实,这种生活融合了学者的真才实学和世界上典范公民的完美气质、荣誉和风度。在他们看来,道林似乎是但丁[①](Dante)笔下那些追求"以美的崇拜来完善自身"的人,如同戈蒂叶一样,"客观世界因其而存在"。

当然,在他眼里,生活是首当其冲的最非凡的艺术,其他的艺术则是它的陪衬。他也沉迷于时髦和派头,时尚使真正不可思议的东西风靡一时,而花花公子的派头本身就是在以其独特的方式维护绝对的现代美。他着装的风格和间或摆出的特立独行的派头,对梅费尔[②]舞会上的上流公子及蓓尔美尔街上那些俱乐部显露在外的橱窗都有显著的影响。他们学他的举手投足,试图再现他偶尔流露出的翩翩气质,而对他

---

① 但丁(1265~1321):意大利中世纪诗人,现代意大利语的奠基者,欧洲文艺复兴时代的开拓性人物。——译者注
② 梅费尔:伦敦上流社会。——译者注

而言这些公子习气只是不经意间的表现。

他一成年就被授予爵位,其实他早就迫不及待了。想到自己在伦敦的地位很可能与尼禄①(Nero)罗马时代《萨蒂利孔》②的作者相提并论,他便满心欢喜。然而在他的内心身处,却不满于只是主宰潮流的地位,让人问问戴什么宝石,怎么打领带,怎么用手杖。他要彰显一种新的生活格调,其中蕴含着合乎逻辑的哲理,条理清晰的原则,其最高体现就是感官世界的升华。

对感官的追求通常不无理由地被人谴责,人们对比自己更强大的激情和感官感受有种与生俱来的恐惧,也知道自己存活在组织并不严密的形体当中。但对道林·格雷来说,人们始终没有认识到感官的本质,感官一直停留在野蛮的动物本性上,因为世人总是采用饥饿疗法让其屈服,或用痛苦地将其驱除,而不是致力于将其归入精神领域,而在精神领域中追求美的高尚本能才是其主导色彩。当他纵观人类历史时,一种缺失感总会伴随着他。我们放弃了如此之多却收之甚微,有疯狂而任性的抵制,变态的自我折磨和自我否定,而追根溯源只是因为恐惧,结果则是无限地堕落,比人们因无知而想要避免的幻想中的堕落还要可怕。大自然把隐士赶出来,给他沙漠中的野兽充饥,又给他原野上的野兽为伴,真是绝佳的讽刺。

没错,正如亨利勋爵所说,一种全新的享乐主义将要产生,打造全新的生活,把它从过时的清教主义中解放出来。在我们所处的时代,清教主义正莫名其妙地复兴。无疑,这

---

① 尼禄:罗马皇帝,公元54~68年在位,历史上著名的暴君。——译者注
② 《萨蒂利孔》:一部以拉丁语写成的、集散文与诗歌于一体的小说,相传为公元一世纪古罗马作家彼得罗尼乌斯所著。——译者注

一种享乐主义也需要理性的支持，但却不需要任何牺牲感情体验的理论或机制。事实上，其目的正是要让生活自身变成一种体验，不是体验产生的结果，不论这种结果是苦是甜。禁欲主义麻痹了感官，正如下流的放荡会使感官迟钝，新的享乐主义与此无关。然而它使人集中精神享受生命的每一瞬间，因为生命自身就稍纵即逝。

　　大多数人都有天不亮就醒来的经历，要么是在让我们迷恋的无梦之晚，要么是在恐惧之夜和奇离古怪的快乐之夜，那时我们脑海里闪现的幻想比现实更加可怕，它和一切荒诞的事物一样，隐藏着生命的悸动，赋予哥特艺术长盛不衰的生命力。人们会想，哥特艺术是那些有臆想症的艺术家特有的艺术。渐渐地，苍白的手指悄悄伸进窗帘，似乎在抖动着。悄无声息的黑影，奇形怪状，溜进了房间一角，蹲在那儿。屋外，鸟儿在树叶中躁动着，或是人们吵吵嚷嚷去上班，或是风声呜呜地从山顶吹下，在沉寂的屋子周围盘旋，似乎害怕惊醒沉睡的人，但又不得不把睡眠从紫色的洞穴里叫出来。昏暗的轻纱被一次次掀起，万物一点点恢复了本来的形状和色彩，我们看着黎明用古老的方式重新创造了世界。阴暗的镜子又能重现事物，熄灭的小蜡烛仍在原地，一旁是读了一半的书，或是舞会上我们戴过的戴着金属丝的小花儿，或是一封不敢开启或反复翻阅的信件。似乎一切都是老样子。我们所了解的现实人生从夜晚虚幻的影子里回来了，它是在哪里停下的，我们就要从哪里继续。一种可怕的感觉悄悄袭上我们的心头，我们被迫必须在枯燥乏味的陈规陋习上反复不停地浪费精力；又或者，我们有了一种不切实际的渴望，希望有天早晨一睁眼便发现，为供我们享乐，世界已在黑暗中焕然一新，在那个世界里，一切事物都有了新的形状和色彩，都已被改变，或有了新的秘密；在那个世界里，过去的事变得无足轻重或再也无法让人因为责任或悔恨而念念不忘，即便是快乐的记忆也是苦涩的，愉悦的记忆也带着痛苦。

道林·格雷觉得，他生活的真正目的，或目的之一，就是要打造一个这样的世界，他想追求一种奇异而愉悦的心境，一种带着不可或缺的新奇的浪漫。在这一过程中，他常常会采用某些思想方法，这些方法是他的天性中完全没有的。他将自己沉浸在这种微妙的影响之中，然后捕捉这些思想的色彩，满足他好奇的心智，之后又将其冷漠地抛弃。这种冷漠与他内心真正的热情是一致的。一些现代心理学家确实说过，冷漠通常是热情的条件。

曾经有人传说，道林想加入罗马天主教，的确，罗马天主教的仪式对他有着巨大的吸引力。每天的献祭，尽管比古代一切的献祭还要可怕，却感染了他。而感染他的，是其对感官存在的超凡抵制力，是罗马教派最原始的质朴，是其试图象征人类悲剧的永恒苦难。他乐意跪在冰凉的大理石过道上，看着身着笔挺的绣花服装的神父伸出白皙的手，慢慢地掀开圣龛的罩布，或举起镶满宝石的盛着白色圣饼（有时候人们会欣然认为这些圣饼是"天使的食粮"）的灯形圣盒，或者看神父们身穿耶稣受难时的服装，把圣饼捣碎放进圣杯，猛摇胸膛来忏悔。那些表情严肃的小男孩儿，身披大红色的镶花边衣服，把燃烟的香炉抛到空中，就像在抛掷硕大的镀金花朵。这些场景都对他有着微妙的吸引力。每次他走出教堂，都会惊讶地看看那些黑漆漆的忏悔室，渴望自己也坐在昏暗的影子里，隔着陈旧的栅栏，聆听善男信女们讲述生活中真实的故事。

不过他绝不会郑重其事地接受任何教条或机制，不会犯这种错误，让他的心智受限于此，也不会误把小客栈当作自己的栖身之所，这些小客栈只适合在没有星星也没有月亮的晚上停留一晚或几个钟头。神秘主义有种新奇的魔力，能化平凡为神奇，并伴着细微道德被弃论，一度让道林为之动心。而一段时间后，他又为德国达尔文主义①的唯物论所折服，在大脑中如珍珠的细胞里，或人体某条白色的神经上，追寻人们的思想和激情的根源，并为此津津乐道。精神对物质有着绝对的依赖，这种依赖或病态或健康，或正常或反常。可是，如前所述，他认为与生活相比，什么理论都不重要。他深切地感到，离开了实际行动和亲身试验，一切理性的思索都是苍白无力的。他懂得，和灵魂一样，感觉也有其自身的精神秘密，有待揭示。

所以他现在正研究香水及制造香水的秘密，研究中，他蒸馏各种浓香的油，炙烤臭味熏天的东方树脂。他明白了感官的生活包含了人的一切情感，所以他致力于发掘二者的真正关系，猜想是什么让乳香如此神秘，是什么让龙涎香如此撩拨人心，是什么让紫罗兰唤起已逝的浪漫情史，是什么让麝香扰乱心智，是什么让金香木玷污幻想。他总是尝试阐释一种真真正正的的香水心理学，估量着各种香料的不同作用，有甜香的根，满是花粉的香花，芬芳的香膏，漆黑的香木、令人作呕的干松、让人发疯的乔木枳椇属，还有芦荟，有人说是可以驱除心中的抑郁之情。

还有一段时间，他沉迷于音乐之中。在一间长长的格子屋里，他经常举行一些古怪的演奏会。房间里的天花板

---

① 德国达尔文主义：新达尔文主义。——译者注

是红色和金色相间的,墙壁则被漆成了橄榄绿。演奏会上,来过狂热的吉普赛人,用小齐特琴拉着狂野的乐曲;有头戴黄头巾的突尼斯人,神情严肃地拨弄怪诞的鲁特琴上紧绷的琴弦;有咧嘴微笑的黑人,节奏单一地打击铜鼓;还有体型瘦小的印度人,裹着头巾蹲在猩红的席子上,吹奏长长的芦笛或铜管,对着罩着布罩的巨型蛇和恐怖的有角蝰蛇施展魔法,或假装施展魔法。时不时的,当高贵典雅的舒伯特①(Schubert)、婉转哀伤的肖邦②(Chopin),甚至于强劲和谐的贝多芬③(Beethoven),都让他双耳麻木时,恰恰是这些尖利的间歇和尖利而不协调的野蛮的音乐,触动了他。他从世界各地找来了所能找到的最奇怪的乐器,这些乐器要么出自已经消亡的国家的墓穴里,要么出自为数不多的几个与西方文明并存的野蛮部落,他很喜欢摆弄一下以试效果。在他收藏的乐器里,有内格罗印地安④人神秘的"朱鲁巴里斯",是不允许女人看的,年轻小伙子们也是在受斋戒或鞭笞的时候才能见到;还有秘鲁人的泥罐,能发出鸟儿的尖叫声;有用人骨做的笛子,和阿方索·德·奥瓦里⑤(Alfonso de Ovalle)在智利听到过的一样;有在人骨做的笛子;有在库斯科⑥周围找到的发声碧玉,奏出来的调调无比甜美。他

---

① 舒伯特(1797~1828):奥地利作曲家,他是早期浪漫主义音乐的代表人物,也被认为是古典主义音乐的最后一位巨匠。——译者注
② 肖邦(1810~1849):波兰作曲家、钢琴家。——译者注
③ 贝多芬(1770~1827):德国著名的作曲家和音乐家,维也纳古典乐派代表人物之一,是"集古典主义之大成,开浪漫主义之先河"的伟大音乐家。——译者注
④ 内格罗印地安:里奥内格罗位于阿根廷南部。——译者注
⑤ 阿方索·德·奥瓦里(1601~1651):西班牙历史学家,著有《教士戒律》。——译者注
⑥ 库斯科:秘鲁南部一省,十一世纪初为印第安人所建的印加帝国首都。——译者注

还收藏了绘了图的葫芦,里面装上了鹅卵石,摇起来咯咯作响;有墨西哥人的长号"克拉林"①,演奏的时候不是吹气而是吸气;有来自亚马逊部落的"吐尔"②,响声很是刺耳,是整天待在树上的哨兵用的,据说声音能传到九英里以外的地方;还收藏了筒梆③,上面有两片木制的簧,用涂了粘胶的木棍敲打演奏,这种胶是从植物乳色的汁水中提取的;还有一种阿兹特克④人的"优特"⑤铃,成串地挂在一起,像葡萄一样;他还收藏了一个圆筒大鼓,鼓面是巨蟒皮做的,贝尔纳尔·迪亚斯⑥(Bernal Diaz)同科泰斯⑦(Cortes)一起去墨西哥神庙时见过,他还生动形象地为我们描述了那沉闷的鼓声。这些奇妙的乐器令他着迷,他觉得艺术和大自然一样,也有怪物,形态野蛮,声音恐怖,一想到这一点他的快乐便无以名状。不过,过不了多久,他就厌倦了这些乐器,就会再次独自或与亨利勋爵一起到歌剧院,坐在包厢里听《唐毫瑟》⑧,并为之欣喜若狂。在那部艺术杰作的序言里,他看到自己灵魂的灾难正在上演。

有一段时间,他开始研究宝石,像法国海军上将

---

① 克拉林:音译,一种乐器。——译者注
② 吐尔:音译,一种乐器。——译者注
③ 筒梆:音译,一种乐器。——译者注
④ 阿兹特克人:一种在14世纪至16世纪的墨西哥古文明。——译者注
⑤ 优特:音译,一种乐器。——译者注
⑥ 贝尔纳尔·迪亚斯(1492~1581):西班牙历史学家,曾参加对墨西哥的殖民战争(1519~1521),著有《新西班牙征服记》。——译者注
⑦ 科泰斯(1485~1547):西班牙殖民者,1519年率领数百名暴徒侵入墨西哥城,建立殖民统治。——译者注
⑧ 《唐毫瑟》:或译《汤豪瑟》,是德国作曲家瓦格纳创作的歌剧。通过中世纪吟游骑士唐豪瑟手维纳斯蛊惑以及如何摆脱她的魔法的故事,表现灵魂与肉体的斗争。——译者注

安·德·茹瓦约斯①（Anne de Joyeuse）那样，穿了一件镶缀了五百六十颗珍珠的服装，参加化装舞会。这种喜好让他迷恋了好多年，实际上可以说他一直保持着这种喜好。他总是成天来回摆弄着珠宝盒里珍藏的各种珠宝：有橄榄色的金绿玉，在灯光下能变成红色；有带着银线条的猫眼石，有黄绿色的橄榄石、有玫瑰粉和酒黄色的黄宝石、有四射星光的火一样红的红榴石、有红焰色的肉桂石、有橘色和蓝紫色的尖晶石，还有变幻着红蓝双色的紫晶。他喜爱太阳石的金红，月亮石的珍珠白和蛋白石的五彩缤纷。他曾从阿姆斯特丹买回三颗硕大而鲜艳的蓝宝石，还有一颗古老的绿松石，这让鉴赏家都心生嫉妒。

他还发掘出了许多和宝石有关的奇妙传说。在阿方索的《教士的规诫》曾提过一条大毒蛇，眼睛是橘红色的真宝石。在浪漫的亚历山大大帝②传奇中，据说这位依马提亚③的征服者，在约旦河谷发现了一种蛇，它们的"背上长的项圈是真绿宝石"。菲洛斯特拉托斯④（Philostratus）曾告诉我们，龙的大脑里有颗宝石，"只要让它看到金色字母和鲜红大袍"，那怪物就中了魔似的睡着了，然后就可以宰掉它。根据炼金术大师皮埃尔·德·波尼法斯的说法，钻石让人隐身，印度玛瑙则让人能言善辩，光玉髓能平息愤怒，红锆石能催人入眠，紫晶能驱除酒气，石榴石能辟邪驱魔；"赫屈罗皮克斯⑤"的色彩来自月亮；石膏石会随着月亮而盈亏；

---

① 安·德·茹瓦约斯（1561～1587）：在法国宗教战争中，最受王室喜爱的和积极参与者之一。——译者注
② 亚历山大大帝：古希腊北部马其顿国王。——译者注
③ 依马提亚，早期希腊诗歌中地名，指马其顿。——译者注
④ 菲洛斯特拉托斯（约170～245）：罗马帝国时代著名的诡辩家。——译者注
⑤ 赫屈罗皮克斯：音译，一种宝石。——译者注

"梅洛西亚斯"①石能辨别盗贼,只有小孩儿的血会影响其功效。列昂那达斯·卡米拉斯曾见过从刚杀掉的蟾蜍身上取出的白石头,是某种解药。有一种毛粪石是在阿拉伯鹿的心脏中找到的,是驱除瘟疫的妙方。在阿拉伯的鸟窝里有种"阿斯皮莱茨②"石,根据德谟克里特斯③的说法,戴着它就会远离火灾。

锡兰国王在他的加冕大典上,手持一颗硕大的红宝石,从城市里驱车驶过。祭司王约翰④的宫殿大门是"红宝石制成的,饰有角蛇的角,任何人都不能把毒药带进宫去。"在宫殿的三角墙上,有"两个金苹果,内嵌两块红榴石。"白天金子闪闪发亮,夜晚红榴石灼灼发光。洛奇⑤写了本奇怪的传奇《一颗美洲的珍珠》书中说,在皇后的寝殿里,可以看到"世界上所有的贞洁女子的浮雕银像,在橄榄石、红榴石、蓝宝石与绿宝石制的镜子前照着"。马可·波罗⑥曾见过日本国居民把玫瑰色的珍珠放入死者口中。一个海怪喜欢的珍珠被潜水员带上岸献给国王卑路斯⑦,它杀掉了盗贼,并为失去珍珠而难过了七个月。后来据普罗科匹厄斯⑧说,那国王被白

---

① 梅洛西亚斯:音译,一种宝石。——译者注
② 阿斯皮莱茨:音译,一种宝石。——译者注
③ 德谟克里特:(约公元前460～约公元前370)来自古希腊爱琴海北部海岸的自然派哲学家。——译者注
④ 祭司王约翰:又称长老约翰,12世纪至17世纪盛行于欧洲的传说人物。——译者注
⑤ 洛奇(1558～1625):英国物理学家、作家。——译者注
⑥ 马可·波罗:是意大利威尼斯商人、旅行家及探险家。于元朝时,随他的父亲和叔叔通过丝绸之路来到中国,担任元朝官员。著有《马可·波罗游记》。——译者注
⑦ 国王卑路斯:波斯王子,萨珊流亡皇族。其父为波斯萨珊王朝末代君主,死于公元651年或652年。——译者注
⑧ 普罗科匹厄斯(约499～565):拜占庭著名学者,历史学家。——译者注

匈奴人①引入陷阱,扔掉了珍珠。虽然阿纳斯塔修斯皇帝②悬赏五百磅黄金,仍未能找到那颗珍珠。马拉巴尔③的国王曾给某个威尼斯人展示过一串念珠,由三百零四颗珍珠串成,每颗珍珠都代表一位他信奉的神灵。

据勃兰托姆④说,瓦伦丁公爵,亚历山大六世⑤的儿子,在拜见法王路易十二⑥时,他的坐骑金叶披身,他的帽子镶着两排闪闪发亮的红宝石。英王查理⑦的马镫上挂着四百二十一颗钻石。理查二世⑧有一件布满玫瑰色尖晶石的外套价值三万马克黄金。霍尔⑨描写了亨利八世⑩加冕之前去伦敦塔⑪时的场景,他身着"凸纹金丝上衣,胸牌上镶着钻石等宝石,颈项带着缀有硕大的玫红尖晶石的大块饰品"。詹姆斯一世的宠臣们耳朵上都戴着穿着金线的绿宝石的耳环。爱德华二世⑫

---

① 白匈奴人:此处为白匈奴人,曾入侵波斯国。——译者注
② 阿纳斯塔修斯皇帝:阿纳斯塔修斯一世,491~518年在位。——译者注
③ 印度次大陆西南沿海地区称马拉巴尔。——译者注
④ 勃兰托姆(约1535~1614):法国历史学家,军人、传记作家。——译者注
⑤ 亚历山大六世:罗马教皇史上第216位教宗,出身于西班牙的博尔吉亚家族,以贿选得任。他的统治期以谋杀、贪婪和淫乱闻名于天下,是历史上最为声名狼藉的教皇之一。——译者注
⑥ 法王路易十二:法国瓦卢瓦王朝国王,(1498年~1515年在位),被称为"人民之父"。——译者注
⑦ 英王查理(1600~1649):此处应为查理一世,因对抗国会被处死。——译者注
⑧ 理查二世(1367~1400):1377年登基成为英格兰国王,1399年被废。——译者注
⑨ 霍尔:即爱德华·霍尔(1499~1547),英国历史学家,著有《兰开斯特与约克两大家族的联合》。——译者注
⑩ 亨利八世(1491~1547):英国都晖王朝第二任国王。——译者注
⑪ 伦敦塔:原为泰晤士河北岸的一座古堡,中世纪为幽禁政治犯的监狱,1820年起改为兵器库。——译者注
⑫ 爱德华二世(1284~1327):英格兰国王,金雀花王朝成员。——译者注

赠与皮尔斯·盖维斯顿①一副镶了红锆石的赤金铠甲，一副嵌着绿松石的金玫瑰衣领，以及一顶镶着珍珠的头盔。亨利二世②戴着一副长至肘部的手套，上面缀满了珍宝，还有一只猎鹰手套，上面缀着十二颗红宝石和五十二颗上等珍珠。"勇士查理"③，最后一个勃艮第公爵④，他的公爵帽上悬着梨形的珍珠，零星点缀着蓝宝石。

曾经的生活是多么精致啊！有如此奢华的气势和装扮！甚至是在阅读这些已逝的奢华记录也依然激动人心。

后来，他又转而对刺绣和挂在北欧国家冰冷的房间里作壁画用的挂毯产生了兴趣。他有种非凡的能力，能一时全身心地投入手头的事。所以在此项研究一开始，他便受到启发，感受到时间给美妙与神奇的事物带来的毁灭，因而深感悲凉。然而他至少可以免受此劫。一个夏天接着一个夏天过去，黄色的长寿花几经开谢。可耻的故事一次又一次在恐怖的夜晚上演，而他却容颜依旧。冬日没有摧残他的脸庞，或沾染他花样的青春。而时间带给物质的变化就截然不同了。它们都去哪儿了？那件华丽的橘色长袍去哪了？那是棕色皮肤的姑娘们做来取悦雅典娜的，上面有诸神与巨人战斗的图案。那块巨型天幕，是尼禄用来铺罗马斗兽场⑤的，在那张巨大的紫色风帆上，画着满是繁星的天空和阿波罗⑥驾着套了镀

---

① 皮尔斯·盖维斯顿：英王爱德华二世宠臣。——译者注
② 亨利二世（1133～1189）：英格兰国王，他所创立的金雀花王朝是英格兰中世纪最强大的一个封建王朝。——译者注
③ 勇士查理（1433～1477）：是瓦卢瓦王朝的勃艮第公爵，企图恢复勃艮第王国，与法王路易十一争雄，兵败身死。——译者注
④ 勃艮第公爵：勇士查理。——译者注
⑤ 罗马斗兽场：古罗马时期最大的圆形角斗场，建于公元72年～82年间，现仅存遗迹位于现今意大利罗马市的中心。——译者注
⑥ 阿波罗：希腊神话中的光明之神、文艺之神以及罗马神话中的太阳神。——译者注

金缱绳的白马战车,但如今,它又在哪里?道林渴望见一见为太阳祭司①制作的神奇餐巾,上面有宴会所需的所有美味佳肴。他想看看奇尔佩里克王②殓布,上面有三百只金色的蜜蜂;还有那些诡异的长袍,竟激怒了蓬蒂斯主教③,长袍上绘有"狮子、豹子、棕熊、狗、森林、岩石和猎人等一切大自然中画家能描摹的东西"。他还想亲眼见见奥尔良的查理④的外套,外套的袖子上绣了一首曲子,第一句是"夫人,我十分高兴",歌词是用金线织成的,在当时是方形的音符,都是由四颗珍珠组成。道林还读到过兰斯⑤王宫的内殿,是为勃艮第的伯爵夫人琼准备的,里面"饰有一千三百二十只绘着国王徽记的鹦鹉,以及五百六十一只绘有皇后徽记的蝴蝶,均用金线织成";凯瑟琳·德·美第奇⑥曾让人为她定做黑丝绒灵床,上面饰有很多新月和太阳,锦缎做的帐幔,绣满了叶环和花冠,以金银色衬底,帐幔边上的流苏上缀着珍珠。这张灵床停放的房间里,挂着一排排皇后纹章,这些纹章是用银线绣成的缎子,上面是黑丝绒布块。路易十四⑦的豪华寓

---

① 太阳祭司:即埃拉加巴卢斯(204~222),罗马皇帝,十四岁前在叙利亚为太阳神的最高祭司。——译者注
② 奇尔佩里克王:墨洛温王朝的法兰克国王,六世纪和八世纪时各有一个名字相同。——译者注
③ 蓬蒂斯主教(1511~1605):法国诗人、主教。——译者注
④ 奥尔良的查理(1391~1465):奥尔良第二王朝(瓦卢瓦王朝)的公爵(1407年起)。他是法国历史上最伟大的宫廷诗人之一。——译者注
⑤ 兰斯:是位于法国东北部香槟-阿登大区马恩省的城市,其历史可以追溯到罗马帝国时代。——译者注
⑥ 凯瑟琳·德·美第奇(1518~1589):法国王后。她是瓦卢瓦王朝国王亨利二世的妻子和随后3个国王的母亲,亨利二世死后曾摄政多年。——译者注
⑦ 路易十四:自号太阳王,1680年接受巴黎市政会献上的"大帝"尊号。他是波旁王朝的法国国王和纳瓦拉国王,是在位时间最长的君主之一。——译者注

所里，立着一根高十五英尺的金雕女子像柱。波兰国王索别斯基①的御床上，铺的是士麦那②的金织锦缎，上面缀着刻着古兰经③的绿松石。镀银的床柱，精雕细镂，满嵌着珐琅和圆形珠宝。这张御床是维也纳城前的土耳其军帐中的战利品，当年穆罕默德④的军旗立在它舞动的镀金华盖下。

因此，有整整一年的时间，道林竭尽全力收集着最精致的织品和刺绣，有雅致的德里平纹细布，上面绣着金线叶子和彩色的甲虫翅膀；有达卡的薄纱，因其轻薄，在东方以"针织空气"、"涓涓流水"及"晚间之露"著称；有爪哇花布，上面绘着奇离古怪的图案；有精致的中国黄幔；有用褐色缎子和浅蓝色丝绸装订的书籍，绘有百合花、各种鸟儿和图像；有方网眼纱边的匈牙利面纱；还有西西里的绸缎；有西班牙硬丝绒；有绣着金币的格鲁吉亚织品；有日本的绸缎，上面织着金绿色丝线和羽毛华丽的鸟儿。

道林还钟情于基督教的法衣，说到底，只要和宗教仪式贴边的东西，都让他感兴趣。在他房子西侧的长廊上，排列着长长的杉木柜，柜子里收藏了罕见的基督新妇⑤的衣装真品，她一定是一身紫衣，戴着珠宝，用精致的亚麻布遮盖着自我苦修下苍白瘦弱的躯体。道林还有一件精美的长袍，是用深红的丝线和金织锦缎制成的，图案是一个个金石榴，六

---

① 波兰国王索别斯基：波兰立陶宛联邦最著名的国君之一，也是最伟大的国王之一。——译者注
② 士麦那：土耳其西部港市伊兹密尔旧称。——译者注
③ 古兰经：伊斯兰教的经典。——译者注
④ 穆罕默德（公元570～公元632）：伊斯兰教的创始人，同时也是一位政治家、军事家和社会改革者。——译者注
⑤ 基督新妇：对教会的隐喻说法，耶稣以此表明基督徒与他之间的关系如同一个婚约，指向将来的婚礼，在世界末日后，那时基督徒将要与耶稣在天堂联合。这里指修女。——译者注

瓣的花朵形成正六边形，其上首两侧是小珍珠组成的凤梨图案。整件绣品的图案分几部分，展示着圣母玛利亚①的生平故事。圣母加冕的场景则用五彩丝线织在兜帽上，这是一件十五世纪的意大利织品。他还有一件绣有一簇簇叶蓟属叶子的绿丝绒袍子，叶子是心形的，上面长着长柄，花朵是白色的，图案的细节部分都是用银丝线和彩色水晶来衬托的。法衣襟扣上用金线勾织出了六翼天使的头像，饰带上缀着菱形图案，用红金双色丝线织成，许多圣像和殉道者像如同星星一般布满饰带，塞巴斯蒂安②像也在其中。道林还有几件十字裙，有琥珀色丝绸缎的，蓝锦缎的，金面锦缎的，绘有耶稣殉难的场景，还绣有狮子、孔雀和其他徽章。他还有白缎子法衣，粉红锦缎的法衣，上面有郁金香、海豚和鸢尾花的图饰；还有用深红色的丝绒和蓝色的亚麻织的祭坛帷幕，很多圣餐巾、圣餐杯罩和手帕。这些在神秘的仪式中用到的物品，让道林浮想联翩。

这些宝贝，还有他漂亮的房屋里收藏的所有物品，都能让他忘掉那些由于某种原因无法排解的恐惧，或者这是他的一种逃避方式。他童年时代的大部分时间，都是在那个孤零零的上了锁的屋子里度过的。在屋子的墙壁上，他亲手挂上了那幅恐怖的画像，画像变化的表情展示了他堕落的现实生活。他在画像上罩了一个金紫色的柩衣作为帘子，连着好几个星期，他都不想去那儿，会把那幅可恶的画像忘得一干二净，再次恢复了轻松的心情，满心的欢喜，因为生活而激情满满。随后，忽然地，他会在某个晚上溜出屋子去到蓝门

---

① 圣母玛利亚：耶稣的生母。——译者注
② 圣塞巴斯提安：一位基督教圣人和殉道者，据说在罗马皇帝戴克里先迫害基督徒期间被杀。——译者注

场①周围那些可怕场所,一连好几天在那儿待着,直到被人赶走。回家之后,他在画像前静默很长时间,带着罪孽蛊惑的利己主义,为自己感到自豪,并对着画布上畸形的影子暗自发笑,它成了自己的替罪羊。

过了几年,他受不了长期远离英国的日子,于是放弃了在特鲁维尔②和亨利勋爵合用的别墅,放弃了在阿尔及尔的有围墙的小白屋,他俩曾在那里度过一个又一个冬天。画像成为他生命中的一部分,他讨厌与它分离。尽管他已经在门上加了牢固的锁,但他仍担心他不在家的时候有人会趁虚而入。

他很清楚,他们从画像上什么也看不出来。虽然画像的脸卑鄙而丑陋,但它和自己仍然保持着惊人的相似。但这对他们来说又有什么意义?即便有人会因此嘲笑他,他也会不屑一顾。作画的又不是他,画像邪恶卑鄙的样子与他何干?就算是他坦白地告诉他们一切,谁又会相信呢?

可他还是担心。有时候,当他在诺丁汉的豪华住宅,接待他的密友时,这些人都是一些与他身份相当的时髦年轻人,他那极尽奢华、光彩绚丽的生活震惊了郡上的人,然而他会突然辞别众客,匆忙回到伦敦,查看是否有人动过门,画像是否还在那儿。要是画像被偷走了呢?想一想他就不寒而栗。到那时整个世界都会发现他的秘密,或许,早就有人开始怀疑他了。

因为,虽然很多人都为他着迷,但猜疑他的人也为数不少。在加入伦敦西区的某俱乐部时,他的出身和社会地位足以让他成为其会员,可他差点因为有人投票反对而遭到排

---

① 蓝门场:维多利亚时代,伦敦东港口北部最臭名昭著的贫民窟。——译者注
② 特鲁维尔:法国卡尔瓦多斯省的一个市镇。——译者注

斥。据说，有一回他让朋友带入丘吉尔俱乐部抽烟室时，贝里克公爵和另一个绅士公然起身离开了房间。他刚过二十五岁，就不断地传出来一些离奇的故事。有谣言说，有人在白教堂一个偏僻的地方看到他正在一个下流的贼窝里和一个外国水手争吵，有人看见他和小偷、造假币的人同流合污，他熟知那些交易的秘密。他的离奇失踪已经恶名远扬，当他重新出现在社交场合时，人们就会聚在一边窃窃私语，要么在经过时冷笑一声，要么用探寻的目光冷冷地看着他，似乎一定要揭露他的秘密。

对于如此的傲慢和轻视行为，他自然是不在意的。而且在大多数人心里，他的举止率真，风流倜傥、孩童般的可爱的微笑，以及他青春常在的无限魅力，都足以驳斥那些在他周身围绕的诽谤和中伤，他们就是如此称谓那些流言的。但显然，有些曾与他交往丛密的人，一段时间后，也似乎开始躲避他。有些女人曾疯狂地仰慕他，为了他置社会的谴责于不顾，藐视社会传统。而现在，她们一见道林·格雷进到房间，就因为羞耻和恐惧而脸色煞白。

然而那些私底下的流言蜚语却让他徒增奇异而危险的魅力。他巨额的财富给他提供了一定的安全保障。在社会中——文明社会起码是这样的——对那些富有而有魅力的人的诋毁之词，都不会轻易信以为真。几乎是本能的，世人认为人的风度比道德还要重要，他们觉得拥有至高的名望还不如有个好厨子来得实在。毕竟，如果宴会上的饭菜蹩脚，酒品糟糕，即便有人说主人的私生活是无可挑剔的，那这样的安慰也很难让人满意。有次他和亨利勋爵讨论这个话题时，亨利勋爵曾评论，就算是基本道德也无法和一道半冷不凉的主菜相提并论。或许就他的这种观点还会有许多争议。但上层社会的标准和艺术的标准是一致的，或者本应是一致的。形式才绝对是关键所在，它既需要礼仪庄重的一面，也需要其虚假的一面。它应结合传奇剧中的虚假特征和讨人欢心的才智和美的成分。虚伪就真的如此可怕吗？我不这么想。这仅仅是一种方式，让我们的个性更加丰富多样。

至少，道林是这么想的。他曾对某些人肤浅的心理学深感疑惑，他们觉得人的意识是简单的，是永久的，是可靠的，其实质是单一的。于他而言，人有着多重的生活和多种感觉，是一种多重的复杂生物体，传承着奇特的思想和情感。人自身的肉体就携带着已逝祖先的可怕疾病。他喜欢在自己乡间别墅荒凉而清冷的画廊里漫步，欣赏那些各式各样的画像，他的体内流着和画像中的人们相同的血液。这位是菲菲利普·赫伯特[1]。弗兰西斯·奥斯本[2]曾在他的《伊丽莎白女王与詹姆斯国王执政回忆录》对他进行描绘，说"曾因其英俊的容貌而深得朝廷的亲睐，然其美貌并不长久"。是不是有时候他过着和年轻的赫伯特一样的生活？莫非有种奇特的病毒代代相传最终也传到了他的身上？是否是因为他冥冥之中感受到了那种被摧毁的魅力，才让他莫名其妙地在巴兹尔·霍尔沃德的画室里发疯地祈祷，许下那个改变自己一生的愿望？

这里站着的是安东尼·谢拉德[3]爵士，身穿绣金的红色紧身短衣和缀着宝石的外套，金边的圆领和袖口，银黑色的铠

---

[1] 菲利普·赫伯特（1584～1650）：詹姆斯一世与查理一世时代的廷臣。——译者注
[2] 弗兰西斯·奥斯本（1593～1659）：英国散文作家。——译者注
[3] 安东尼·谢拉德：作者杜撰的名字。——译者注

甲堆在脚边。他给自己留下什么了呢?作为那不勒斯的乔凡娜①的情人,他把罪孽和耻辱留给他作遗产了吗?他自己的所作所为是否正是那人生前不敢付诸实践的梦想?

这里是伊丽莎白·德弗卢夫人,她正在这块褪色的画布上微笑,她戴着薄纱头罩,身穿缀着珍珠的胸衣,分叉的衣袖是粉色的,右手持一朵花,左手握着红白玫瑰项圈。一束曼陀铃及一个苹果放在她身旁的桌子上,她小小的尖头鞋上缀着大朵的绿色玫瑰花饰。道林知道她的生活,也知道她的情人们的一些离奇的故事。他是不是也继承了她的一些脾性?这双椭圆的眼睛似乎在重重的眼皮下好奇地看着他。

这位乔治·威洛比(George Willoughby)又是什么情况呢?他的头发扑着粉,脸上贴着奇奇怪怪的贴饰。真是恶相十足!他的脸黝黑而阴沉,性感的双唇似乎因轻蔑的表情而扭曲着。一双瘦黄的手盖在精美的蕾丝褶袖下,上面还戴了不少的戒指。他是十八世纪的风云人物,年轻时候,曾和费拉尔斯勋爵②结交。

二代贝克汉姆勋爵(second Lord Beckenham)又是什么样的人呢?他曾是摄政王③的伙伴,陪他度过了最放浪形骸的日子,见证了他同费茨赫伯特④夫人秘密完婚的过程。他是多么的骄傲而英俊!一头栗色的卷发,英气逼人。他又馈赠给自己怎样的激情?在世人眼中他臭名昭著,他带头在卡尔顿

---

① 那不勒斯的乔凡娜:此处可能指乔万娜一世,自1343年起为那不勒斯女王、普罗旺斯和佛卡尔基尔女伯爵。——译者注
② 费拉尔斯勋爵:作者根据历史人物杜撰的人名。——译者注
③ 摄政王(1762~1830):乔治四世,1811到1820年期间因为父王乔治三世精神失常而兼任摄政王。——译者注
④ 费茨赫伯特:玛丽亚·费兹赫伯特曾与乔治四世秘密结婚。——译者注

府①放纵狂欢。嘉德勋章②的星光在他的胸前闪耀。

旁边的画像上是他的妻子,她身穿黑衣,面无血色,嘴唇偏薄,她的血液也在道林身上流淌着。太不可思议了!接着是她的母亲,一张酷似汉密尔顿夫人③的脸上湿漉漉的嘴唇沾着酒滴——道林清楚自己从她那里继承了什么。他继承了她的美貌,继承了追求美的渴望。她正朝他开怀地笑着,身穿酒神巴克斯的女祭司宽松的衣裙,头发上绕着常青藤树叶,手中端着酒杯,紫色的液体从杯中流出来。画像上淡红的肉色已褪,但她的眼眸却依然明亮而深邃,仿佛不论他走到哪里,都有那双眼睛紧紧跟随。

人有种族的祖先,也有在文献记载中的祖先。很多文献中的祖先在个性和脾性方面和后代更为接近,当然后代更是深知他们的影响。有时候道林会觉得,整个的历史正是他生活的写照,并不是他亲力亲为的生活,而是在他想象之中为自己打造的生活,因为这样的生活都存在于他的脑海中和激情里。那些奇特而可怕的人物,在历史的舞台上匆匆而过,让罪孽变得如此精彩,让邪恶变得充满神奇,道林觉得他都与他们似曾相识,他们的生活似乎以一种神秘的方式变成了自己的生活。

那部怪诞小说的主角对道林的生活产生如此巨大的影

---

① 卡尔顿府:乔治四世作为摄政王时的府邸。——译者注
② 嘉德勋章:授予英国骑士的一种勋章,它起源于中世纪,是今天世界上历史最悠久的骑士勋章和英国荣誉制度最高的一级。——译者注
③ 汉密尔顿夫人(约1761~1815):曾有"英伦第一美女"之称,成为汉密尔顿夫人前,是名动那不勒斯的交际花,全欧洲人的梦中情人,更因"纳尔逊将军的情妇"名垂青史,是画家乔治·罗姆尼的艺术缪斯。——译者注

响，连他也熟知这种奇妙的幻想。在书的第七章，他描述了自己为了躲避雷电，带着桂冠，在卡普里①的一座花园里，像提贝里乌斯②一样坐着，阅读埃列芳提斯③写的淫书，许多侏儒和孔雀大摇大摆地在他身边来来回回，那个吹笛子的人正嘲笑那个摇香炉的人；又像卡利古拉④那样，在马厩里和绿衣马夫痛快地饮酒，和头顶珠宝的马儿共用象牙马槽吃晚饭；还像图密善⑤那样，在列着大理石镜的走廊里踱步，眼神憔悴地寻觅着一把匕首的影子，烦闷而厌世，这种感觉产生于一种完满而应有尽有的生活，而那把匕首后来将他置于死地。透过一块剔透的绿宝石，他观看血腥的角斗，然后由几头踩着银掌的驴子拉着，坐在紫色的珍珠轿中，穿过石榴街去到金宫，经过时听到路人高喊尼禄·凯撒；他还像埃拉加巴卢斯⑥那样，脸涂油彩，混在女人中做针线活，从迦太基⑦取来了月亮，让她与月亮神秘成婚。

　　道林一遍又一遍地反复阅读这奇妙的第七章和接连的两章。这两章的内容就像某种奇特的织锦，或是技艺精湛的

---

① 卡普里：位于意大利那不勒斯湾南部，是索伦托半岛外的一个小岛。——译者注
② 提贝里乌斯：1世纪14～37年间为罗马皇帝，晚年在意大利西南部那不勒斯湾中的卡普里岛度过。——译者注
③ 埃列芳提斯：古希腊女作家，其散文和诗歌充满淫艳情调。——译者注
④ 卡利古拉（12～41）：罗马帝国第三位皇帝，以暴虐著称。——译者注
⑤ 图密善（51～96）：弗拉维王朝的最后一位罗马皇帝，专横暴力，导致众叛亲离。生前最后几年精神失常，被人用匕首于卧室中刺死。——译者注
⑥ 埃拉加巴卢斯：罗马帝国皇帝。——译者注
⑦ 迦太基：非洲北部，坐落于非洲北海岸（今突尼斯），与罗马隔海相望。最后因为在三次布匿战争(Punic Wars)中均被罗马打败而灭亡。——译者注

珐琅,或是玲珑剔透的珐琅,上面描绘了那些被邪恶、献血和厌世情节折磨成怪物和疯子的人,他们既漂亮又可怖,有菲利普①,米兰的公爵,他杀害了妻子,在她的唇上涂了绯红的毒药,让妻子的情人在与死者亲吻时中毒身亡;皮埃特罗·巴比②,威尼斯人,即教皇保罗二世,为满足虚荣心而力争教宗福慕③的封号,他的三重冠价值二十万弗罗林,其代价是他骇人听闻的罪行。吉安·玛利亚·维斯康提④,曾派猎狗追活人,被杀后,他的尸体上撒满了玫瑰,那是一个爱他的妓女所为;博尔吉亚⑤骑着他的白马,弗拉特利西德⑥与他同行,他的斗篷上沾着佩洛托⑦的血;皮埃特罗·里亚里奥⑧,佛罗伦萨年轻的红衣主教,西克斯图斯四世⑨的爱儿及宠臣,他的放荡与美貌齐肩,在一个红白丝绸搭成的帐幔中,他接待了阿拉贡的列昂娜拉⑩,帐幔满是仙女和马人。他让男童浑

---

① 菲利普:自1412到1447的米兰统治者。——译者注
② 皮埃特罗·巴比(1417~1471):即教皇保罗二世,意大利籍教皇。——译者注
③ 福慕:于公元891年至896年为教宗,其名在拉丁文中是"秀美"的意思。——译者注
④ 吉安·玛利亚·维斯康提:(1389~1412)第二任米兰公爵。——译者注
⑤ 博尔吉亚(1389~1412):教皇亚历山大六世的私生子,野心勃勃的极权主义者,极端残忍冷酷,不择手段,一生都想用暴力统治意大利甚至周边国家,文艺复兴时期全意大利最令人恐惧的野心家、强权者和完美的阴谋制造家。——译者注
⑥ 弗拉特利西德:音译,意为兄弟谋杀。——译者注
⑦ 佩洛托:教皇亚历山大六世的信使。——译者注
⑧ 皮埃特罗·里亚里奥(1445~1474):是意大利红衣主教和教皇外交家。——译者注
⑨ 西克斯图斯四世(1814~1848):罗马天主教教宗,通过买卖圣物神职和收取高额税收而使家庭和教皇国致富。——译者注
⑩ 阿拉贡的列昂娜拉:阿拉贡的王后。——译者注

身涂金，充当伽倪墨得斯①或许拉斯②的侍宴；埃泽林③，只有看到死亡才能消除他的忧郁，他就像别人酗酒那样嗜血成性，有人说他是恶魔的儿子。他以灵魂为赌注和父亲打赌，但却欺骗了他；贾姆巴蒂斯塔·西波④为自己更名为因诺森特⑤以示嘲弄，他让一个犹太医生在他麻痹的血管里注入了三个小伙子的鲜血；西吉斯蒙多·马拉台斯塔⑥是里米尼⑦的君主，伊索达⑧的情人，人们把他当作上帝和人的敌人，在罗马烧了他的雕像。普里山娜被他用餐布勒死，他还在绿宝石的酒杯里投毒，把它献给了吉内弗拉·德·埃斯特⑨，他以可耻的欲望为名，建了一座异教的教堂，让基督徒去朝拜；查理六世⑩发疯似的爱着他的嫂嫂，甚至让一只豹子都来提醒他的疯狂。当他头脑混乱神志不清时，只有用画了爱情、死亡和

---

① 伽倪墨得斯：伽倪墨得斯是特洛伊国王特罗斯之子，伽倪墨得斯年少貌美，因此受到宙斯的喜爱，将他带到天上成为宙斯的情人并代替青春女神——赫柏为诸神斟酒。——译者注
② 许拉斯：是希腊神话中的一个青年，伴随大力神赫拉克勒斯。——译者注
③ 埃泽林：即埃泽林四世（1194～1259），依附德意志皇帝，代表封建势力的意大利"皇帝派"领袖。但丁在《神曲·地狱篇》中描写他因犯有反对天主教会的血腥罪行遭到惩罚。——译者注
④ 贾姆巴蒂斯塔·西波：英诺森八世（1432～1492），他通过贿赂选举教皇的枢机主教团才得以当选。——译者注
⑤ 因诺森特：有无辜之意。——译者注
⑥ 西吉兹蒙多·马拉台斯塔：意大利领主，被誉为里米尼之狼。——译者注
⑦ 里米尼：意大利地名。——译者注
⑧ 伊索达：西吉兹蒙多·马拉台斯塔的情人，后成为其妻子。——译者注
⑨ 吉内弗拉·德·埃斯特：西吉兹蒙多·马拉台斯塔的外甥女及妻子，传言被西吉兹蒙多·马拉台斯塔毒死。——译者注
⑩ 查理六世(1368～1422)：瓦卢瓦王朝第四位国王，在其父王的励精图治之后，由于查理六世得了精神病，法兰西再次陷入一片混乱。——译者注

疯癫的撒拉逊①人的纸牌才能得到缓解；里芳纳托·巴格里昂尼②，身穿整洁的紧身背心、头戴嵌着珠宝帽子、留着满头叶子似的卷发，残害了阿斯托尔与他的新娘，也杀害了西蒙纳多及他的侍从，但他面容如此俊美，以至于当他躺在佩鲁贾③黄色的长廊里气息奄奄的时候，那些曾经恨他的人也忍不住开始抽泣，连诅咒过他的阿塔兰忒也为他祝福。

道林被这些人心醉沉迷。夜晚，他在梦里与他们相见，白天他们又让他浮想联翩。文艺复兴时期④有千奇百怪的投毒方式——用头盔，用点燃的火把，用刺绣手套和镶着宝石的扇子，用涂了金的香丸，还有琥珀手链。道林·格雷却是中了一本书的毒。有时候他甚至把邪恶解读为一种实现他审美观念的方式。

---

① 撒拉逊：阿拉伯人的古称。——译者注
② 里芳纳托·巴格里昂尼：与后文中阿斯托尔，西蒙纳多及阿塔兰忒同属一个家族。——译者注
③ 佩鲁贾：意大利地名。——译者注
④ 文艺复兴时期：欧洲特定历史时期，是指十三世纪末叶在意大利各城市兴起，以后扩展到西欧各国，于16世纪在欧洲盛行的一场思想文化运动，带来了一段科学与艺术革命时期，揭开了近代欧洲历史的序幕，被认为是中古时代和近代的分界。——译者注

## 第十二章

后来,道林时常回忆起,那天是十一月九日,也就是他三十八岁的生日前夜。

大概十一点的时候,他吃过晚饭从亨利勋爵家里出来,正想回家。雾气朦胧的夜晚十分寒冷,他穿了一件厚厚的毛皮大衣。在格罗夫纳广场①与南奥德利街的拐角处,从大雾中走过一个人,脚步很快,穿着灰色的厄尔斯特宽大衣,衣领挺立着,拎着一个手提包。道林·格雷认出了他。是巴兹尔·霍尔沃德。他自己也说不清为什么,一种莫名的恐慌袭上他的心头,于是他假装没有认出对方,继续朝家的方向快步走去。

可霍尔沃德看到他了。道林看到他先在人行道上停住了

---

① 格罗夫纳广场:英国伦敦的一个花园广场,位于奢华的梅费尔区。这是威斯敏斯特公爵梅费尔产业的核心,得名于其姓氏"格罗夫纳"。——译者注

脚步,然后急忙追了过来。不一会儿,他的手就搭在了道林的胳膊上。

"道林!真是天赐良机啊!我从九点就在你的书房等你了,后来你的仆人实在累得不行了,我可怜他才让他在我离开后去睡觉。我要搭半夜的火车去巴黎,走之前特别想见你一面。刚刚你经过的时候,我觉得像你,或者不如说像你的毛皮大衣,但我拿不准,你没认出我吗?"

"在这么浓的雾里吗,亲爱的巴兹尔,怎么可能呢?我都认不出格罗夫纳广场了。我觉得我家就在这附近,不过不太确定。你要走了,我感到很遗憾,因为我都好久没有见过你了。不过,我猜你很快就会回来的吧?"

"不,我要去国外待六个月。我打算在巴黎办个工作室,然后闭门创作,直到我脑子里的那幅伟大的图景问世。不过,我想和你说的不是自己。现在到你家了,让我进来坐一阵儿吧,我想和你说点儿事。"

"我很乐意你来,不过你不会错过火车吧?"道林·格雷一边说着一边无精打采地上了台阶,用钥匙打开了弹簧锁。

灯光艰难地从雾气里冲出来,霍尔沃德看看表,"时间很充足,"他回答说,"火车十二点一刻才走,现在才十一点。实际上,我碰到你的时候正打算去俱乐部找你。你看,行李不能耽误,我已经把分量重的送走了。随身的都在这个包里,我可以轻轻松松地在二十分钟内赶到维多利亚火车站①。"

道林微笑地看着他说:"原来时髦画家就是这么出门的!就带一个格拉德斯通手提包②外加一件厄尔斯特宽大

---

① 维多利亚火车站:伦敦八大火车站之一。——译者注
② 格拉德斯通手提包:一种手提旅行箱。——译者注

衣！进来吧，不然房子里也该钻进雾气了。记住别说什么正经的事，现在没有什么事是正儿八经的，至少这种事不应该有。"

霍尔沃德摇摇头，进了屋，跟着道林进到书房里。开着口的大壁炉里，熊熊的火光跳跃着。房间里亮着灯，一张镶嵌细工的小桌子上，敞着一个荷兰的银酒盒，几瓶带虹吸管的苏打水，以及一些雕花平底玻璃酒杯。

"看看你的仆人把我招待得多好，道林，我要什么他都给，甚至是你最好的金嘴香烟。他真是热情好客，比你之前用的那个法国人更讨我喜欢。对了，那个法国人干什么去了？"

道林耸了耸肩。"我想他和拉德利夫人的女仆结婚了，让她在巴黎以英国女裁缝的身份站住了脚跟儿。我听说那里英国货很流行。法国人是不是好像有点儿傻？不过——你知道吧？他这个仆人并不赖。我从未喜欢过他，但也对他无可挑剔。人总是会想象一些荒诞离奇的事情。他对我一片忠心，离开的时候好像还很伤感。再来一杯白兰地苏打水吗？不然来杯白葡萄酒？我自己总喝白葡萄酒的。隔壁屋里一定还有些。"

"多谢，我什么也不要了，"画家边说边脱了帽子和大衣，把它们扔在边上的手提包上。"好啦，我亲爱的伙计，我想和你说点儿正事儿，别把眉头皱成那样，你都让我说不出口了。"

"说什么呀？"道林不耐烦地一屁股坐到沙发上。"希望与我无关，我今晚烦我自己，想变成另外的什么人。"

"就是要说你啊，"霍尔沃德声音低沉而严肃地说，

"而且必须要和你说,只花你半个小时的时间。"

道林叹着气,点了根香烟。"半小时!"他嘟囔着。

"道林,我于你并无所求,我的话全是为你好。我想应该有人让你知道,当下伦敦有很多诋毁你的言论,说的都是些可怕的事情。"

"我不想知道任何事情,我喜欢听别人的流言蜚语,可对自己的没兴趣。这些丑闻对我来说毫不稀奇。"

"你必须得有兴趣,道林。每个绅士都该关心自己的好名声。你不想别人把你当成邪恶堕落的人吧。当然你有身份、金钱以及此类东西,但身份和金钱并不能代表一切。请注意,我一点儿都不信那些谣言,至少在见到你的时候我无法相信。罪孽是一种写在脸上的东西,没有办法掩饰。有时人们说一些隐秘的邪恶,那根本就不存在。一个卑鄙的人做了恶,就会显示在他唇边的线条上,在他消沉的眼睑上,甚至在他手掌的形状上。有人——我不会提他的名字,不过你认识他——去年找我给他作画。我从未见过他,当时也从未听说过他,不过后来我倒是听说了很多。他出了极高的价钱,我没接受。他手指的形状有种让我讨厌的东西,我现在知道了,我当时的猜测是多么正确,他过着可怕的生活。可你,道林,你的脸淳朴明朗、天真无邪,你的青春精彩纷呈、无忧无虑——凭这些,我无法相信那些对你的诋毁之辞。然而我不怎么见你,你现在也不去我的画室了。我不在你身边的时候,听到那些人关于你的窃窃私语,说着骇人听闻的事,真不知说什么好。怎么回事,道林,像贝里克公爵那样的人,为什么一见你进门就离开俱乐部了呢?为什么伦敦好多有身份的人都不去你家,也不请你到他们家?斯特夫利勋爵(Lord Staveley)曾是你的朋友,上个星期我在吃饭的时候碰到他。谈话中，说到你把一些袖珍画像借给达德利①展览，因而提到你。斯特夫利把嘴一撇说，也许你的艺术品位极高，但心智纯洁的姑娘都不应该认识像你这样的人，而贞洁的女子也不该和你坐在同一个屋子里。我提醒他说我和你是朋友，问他说这话是什么意思。他跟我说，当着所有人的面和我说了。太恐怖了！为什么你的友情会成为杀死年轻人的致命武器？那个在皇家近卫军里服役的可怜男孩儿自杀了，你曾是和他是关系很好的朋友。还有亨利·艾什顿爵士（Sir Henry Ashton），不得不身败名裂地离开英国，而你曾与他亲密无间。阿德里安·辛格尔顿（Adrian Singleton）以及他骇人的结局是怎么回事？肯特勋爵（Lord Kent）的独子和他的事业又怎么了？昨天，我和他的父亲在圣詹姆斯大街②偶遇，他好像被羞耻和悲伤击垮了。年轻的珀思公爵（Duke of Perth）呢？他现在过着怎样的生活呀？哪个绅士还愿意和他打交道？"

"别说了，巴兹尔。你根本不了解你说的那些事。"道林·格雷说着咬了咬嘴唇，声音里充满了无限的轻蔑。"你要问我为什么贝里克一见我进门就离开，因为我清清楚楚地了解他的生活，而非他知道了我的什么事。血管里淌着那种血的人，怎会有清白的历史？你还问我亨利·艾什顿和小珀思，难道他们一个犯罪一个放荡都是受我教唆吗？如果肯特的蠢儿子娶的老婆是妓女，又跟我有什么相干？如果阿德里安·辛格尔顿冒用朋友的姓名签账单，我是他的看守③吗？需

---

① 达德利：在伦敦皮卡迪利大街上的一座私人美术馆，为达德利勋爵所有。——译者注
② 圣詹姆斯大街：伦敦街名。——译者注
③ 引自《圣经·旧约·创世纪》中第四章，该隐杀了兄弟亚伯，耶和华问起时，该隐说："我不知道，我岂是看守我兄弟的？"——译者注

要对他负责？我知道人们在英国是怎么议论他人的，中产阶级都在低俗的饭桌上大说特说他们的道德偏见，低声密语那些生活优越的人奢侈放浪，就是为了假装自己也属于上层社会，并和自己恶意中伤的人关系甚密。在英国，一个既有身份又有头脑的人，足以让普通人对你说长道短了。而道貌岸然的人自身过着什么样的日子呢？亲爱的老兄，你忘了我们的故乡生产伪君子。"

"道林，"霍尔沃德喊道，"这不是问题的症结，我明白英国是糟糕得可以，整个英国社会都黑白颠倒了，而这恰恰是我让你洁身自爱的原因，但你没有。通过一个人对其朋友的影响我们就可以判断他的为人。而你的朋友好像毫不在乎自己的声名、品德和清誉。你让他们纵情声色，他们已经深陷其中，是你带他们陷进去的。对，你是始作俑者，可你却付之一笑，表情与现在一模一样。然而更糟的还在后头。我清楚你和哈里亲密无间，只因为这个原因，如果不考虑其他，你就不应该让他的姐姐受人取笑。"

"注意点儿，巴兹尔。你说得太过火了。"

"我必须要说，你也必须得听。你听着。你和格温德伦夫人（Lady Gwendolen）初遇的时候，她身上可没有一丝半点儿的流言。可现在呢，还有哪个正直的女人愿意和她共乘马车到海德公园？这是为什么？甚至她的家人都不允许她和自己的孩子一起生活。还有别的流言——说有人见你清晨从那些乱七八糟的地方蹑手蹑脚地钻出来，还改头换面偷偷摸摸溜进伦敦最下流的贼窝。是真的吗？可能是真的吗？当我第一次听人这么说时，我还一笑置之，而现在我还能听到这些流言，不禁不寒而栗。你乡间的别墅是怎么回事？你在那儿又过着什么样的生活？道林，你都不知道别人在说你什么。我不想说我想教导你。我记得哈里曾说,每个说这句话的人,后来都不守信用,最后把自己变成了业余的副牧师。可我真的想教导一下你。我想让你过一种备受尊敬的生活,我想让你活得清清白白、干干净净。我想让你和那些卑鄙下流的人断绝往来。别耸肩,也别那么不在意。你对人的影响如此之大,应该为人带去正义,而不是邪恶。他们说,你会败坏每一个与你接近的人。你才刚进人家大门,就会有某种丑闻接踵而至。我不知其真假,也不可能知道?可别人就是这么议论你的。这些传言似乎都是毋庸置疑的。格洛斯特勋爵(Lord Gloucester)是我在牛津大学时的挚友。他曾给我看过一封信,是他妻子在这曼通①的别墅里孤独离世前写的。这是封我读过的最可怕的自白信,信里还提及你的大名。我跟他说这很荒唐,因为我完全了解你,你不会做出那种事情。了解你?我都怀疑我是不是认识你?在我能作答之前,我应该看看你的灵魂。"

"要看我的灵魂!"道林·格雷自言自语着,从沙发上一下子惊跳起来,脸色吓得几乎煞白。

"对,"霍尔沃德沉重地回答,低沉的声音里带着悲哀,"看一看你的灵魂,可只有上帝才能做到。"

嘲讽的苦笑从道林嘴里破口而出,"今晚,你就能亲眼看到。"他大叫着,从桌子上抓过一盏灯,"来啊,那可是你亲手制成的。为什么你不能看?看完以后,要是你乐意,可以告诉全世界。可没人会信你。要是有人信了,那也会因此而更迷恋我。比起你,我更了解这个时代,虽然你总是对其絮絮叨叨说个不停。来!我让你来。关于堕落你说得够多

---

① 曼通:法国东南部滨地中海的一处疗养地。——译者注

了。现在你应该亲眼看看。"

他说的每个字都是毫无理智的傲慢之词。说话时还像孩子一样地狂妄跺脚。一想到能有人来分享他的秘密,想到这幅画是他的罪孽之根,而画的作者将带着对自己作品的丑恶记忆度过余生,并为之良心不安,他就欣喜若狂。

"没错,"他继续说着,走近霍尔沃德,眼神直逼对方严肃的双眼,"我会让你看我的灵魂。你会见到你认为只有上帝才能看见的东西。"

霍尔沃德惊得直往后退。"这是对上帝的亵渎,道林!"他喊道,"你不能说这种话,太可怕了,也毫无意义。"

"你是这么想的?"道林再次哈哈大笑。

"我是这么认为的。至于我今天晚上说的话,都是为你着想。你知道我一直都是你忠实的朋友。"

"别碰我,把想说的都说完吧。"

一阵悲伤的痉挛在画家脸上一闪而过。他顿了顿,极度的同情之感席卷全身。毕竟,他有什么资格去打探道林·格雷的生活?即便他做了一丁点儿谣传中的事,他自己肯定也是痛苦万分的。然后,画家挺了挺身,走向壁炉,站在那儿看着木柴燃烧后如霜白的灰烬和跳动的火焰。"

"我在等着呢,巴兹尔。"道林·格雷用清冷的声音说。

霍尔沃德转身叫道:"我想说的是,你必须针对这些可怕的指控给我一个答案,如果你跟我说这些都是彻头彻尾的假话,我会信的。否认啊,道林,你快否认啊!你看不到我正忍受着什么样的折磨吗?我的老天!别跟我说你是个坏人,既堕落又可耻。"

道林·格雷微笑了。嘴角轻蔑地微微扬起。"到楼上吧，巴兹尔，"他心平气和地说，"我天天都记日记，这部日记就在我写日记的地方，从未离开过。跟我来，我把它展示给你。"

　　"如果你愿意这么做，道林，我就跟你去。我知道我已错过了火车。不过没关系，我也可以明天走。不过今晚别让我读任何东西了，我要的只是一个简单的答案。"

　　"到楼上我会给你答案的，这里不行，你不会读很长时间。"

## 第十三章

他出了房间,开始上楼,巴兹尔·霍尔沃德紧紧地跟在后面。他们的脚步很轻,这是人们在夜间走路时的本能反应。灯光在墙壁和楼梯上射下奇幻的身影,渐长的风吹得窗户咯咯作响。

到了楼顶的平台上,道林把灯搁在地上,拿出钥匙插进了门锁。"你坚持要知道吗?巴兹尔。"他低声问。

"是的。"

"很高兴。"他回答,脸上带着微笑。随后又有些严厉地补充说,"在这世上唯有你有资格了解我的一切。你和我生活的联系比你想象的要紧密得多"。他把灯从地板上提起来,开门走进房间。一阵寒气扫过他们身边,灯焰往上蹿了几下,变成了昏暗的橘黄色。他不禁打了个哆嗦,"关门。"他低声说,一边把灯搁在桌上。

霍尔沃德一脸困惑地环顾了一下四周,看起来这间房子很多年都没人住了。一块褪色的佛兰德挂毯，一幅被遮盖的画，一个古老的意大利箱子和一个几乎是空着的书橱——外加一把椅子和一张桌子，这好像就是这个房间的所有家当。道林·格雷正在点着壁炉架上剩下的半支残烛，整个房间都布满了尘土，地毯上满目疮痍，一只老鼠在护墙板后发出窸窸窣窣的声音。一股潮潮的霉味萦绕在房间里。

"所以，你觉得只有上帝才可以见到我的灵魂吗，巴兹尔？把帘子扯下来，你就能看见了。"

说话的声音冷酷而残忍。"你疯了，道林，要不就是在装疯。"霍尔沃德眉头紧皱，低声说道。

"你不拉？那我必须自己来了。"道林·格雷说，随后从杆子上扯下了帘子，摔到了地上。

画家恐惧地发出一声惊叫，在暗淡的灯光下，一张狰狞的面孔正在画布上盯着他笑，那种表情令他心生厌恶。上帝啊！那正是道林·格雷的脸！那恐怖的表情并未完全毁了俊美的容颜。变得稀疏的头发上，还残留着些许金色，饱满性感的双唇还有一丝猩红。麻木的蓝眼睛还透着一丝迷人的神情，那高贵的曲线并未完全消失，鼻孔仍依稀留着分明的轮廓，喉部也柔软尚存。没错，那就是道林。可这都是谁干的？他好像认出了自己的笔触，认出了自己亲自设计的相框。这个想法太恐怖了，让他觉得害怕。他抓起亮着的蜡烛，端到画前。在左下角署有他的名字，是那长长的鲜红色字体。

这是下流的模仿，无耻卑鄙的讽刺。他从没画过这种东西。但那画依旧是出自他手，他清楚这一点。他感到体内的血液仿佛由烈火变成了冻冰。他自己的画！这是什么意思？谁改动过它？他转身看向道林·格雷，眼神就像生了一场大病。他的嘴抽搐着，张口结舌。他用手抚上额头，上面湿乎乎的全是汗。

　　道林·格雷则靠着壁炉架，带着怪异的表情看着他。一个人只有沉浸在某个非凡的艺术表演当中时才会出现这种表情，既不动情悲伤，也不真心喜悦。只有一种旁观者的心态，或许眼眸中还闪过些许胜利之感。他把花从外套上拿下来，正闻着，或假装闻着。

　　"这是什么意思？"霍尔沃德终于喊了一声。他听着自己的声音都觉得又尖又怪。

　　"许多年前，那时我还是个孩子，道林边说着边捻碎了手里的花，"你遇到了我，夸赞我，让我为了自己的美貌而变得虚荣。一天，你介绍我认识一个你的朋友，他跟我解释了青春的神奇，那幅你作的画像又向我展示了美的魅力。在那疯狂的瞬间，至今我都不知道该不该后悔，我许了个愿，或许你会称为祈祷……"

　　"我想起来了！哦，我再清楚不过了。不！这怎么可能！这屋子太潮湿，画布上长了霉菌。我用的颜料里掺了一些该死的有毒矿物，可我跟你说，这不可能。"

　　"啊，什么是不可能的呢？"道林·格雷低声说，走到窗前，把额头靠在雾气弥漫的冰冷玻璃上。

　　"你跟我说过，你把画毁了。"

　　"我说错了，是它毁了我。"

　　"我不信这是我画的。"

　　"你从画上看不出自己的理想了吗？"道林苦涩地说。

　　"我的理想，如果你这么说……"

　　"你过去就是这么说的。"

　　"并没有邪恶的东西，也没有耻辱的成分。你对我曾经是绝无仅有的理想。可这张脸,是一张登徒子的脸。"

"这就是我灵魂的模样。"

"上帝呀!我所崇拜的到底是什么?它长着魔鬼的眼睛"

"天堂和地狱存在于我们每个人心里,巴兹尔。"道林喊道,用力做出一个绝望的手势。

霍尔沃德又转身盯着画像看起来。"我的上帝!这要是真的,"他大喊,"你把你的生活糟蹋成这样,为什么?你比那些背后说你坏话的人想的还要糟。"他又举起烛火,靠近画布仔细审视起来。画布表面似乎并无变化,还是他完工时的样子。显然,卑鄙和丑恶都来自内心。有种罪孽的病毒入侵内在的生命,怪异地加剧其活动,慢慢把它腐蚀掉了。这比烂在湿乎乎的墓穴里的尸体还要可怕。

霍尔沃德的手一抖,蜡烛从烛台上落下,掉到了地板上,发出噼啪的声响。他踩了一脚,把它熄灭了。随后他颓然地倒在桌边那把快要散架的椅子上,双手抱住了头。

"我的老天,道林,这个教训太深刻了!太可怕了!"没有人回答他,但他能听见道林在窗边抽泣。"祈祷吧,道林。祈祷。"他低低地说,"我们小时候是怎么学的来着?'不要把我们带向诱惑,饶恕我们的罪行,涤荡我们的邪念。'我们一起祈祷,你自负的祷告已经应验,你忏悔的祈求也会得到回应。我太过崇拜你了,因此受到惩罚;而你太过崇拜自己,因此我们都得受到惩罚。"

道林·格雷慢慢回转过身,泪眼矇眬地看着他,"太晚了,巴兹尔。"他呜咽着。

"永远都不晚,道林。我们都跪下来,看看是否还能记起祷告词。不是有这么一句吗,'就算你的罪孽是鲜红的,我会将它变成雪一样纯洁'"？

"这些话对我而言已经没用了。"

"嘘！别说这种话，你这一生作的孽已经够多了，我的上帝，你看不见该死的东西正不怀好意地看着我们吗？"

道林·格雷瞥了一眼画像，突然，一种对霍尔沃德无法控制的憎恨之情占据了他的身心，就好像是画布上的人提醒了他，把憎恶从它坏笑的嘴角悄悄传进了他的耳朵。他的内心犹如困兽般，涌动着疯狂的情绪，他对桌边那个人的厌恶超过了他所厌恶过的一切。他发疯似的向四周看着，一样东西在对面的漆柜上闪着。他的目光停在了上面，他知道那个东西是一把刀。前几天他带上来割绳子的，随后便落在这里了。他慢慢地从霍尔沃德身边经过，朝那把刀移过去。一走到他身后，道林就一把抓起了他。霍尔沃德动了一下，好像要从椅子里起身。道林冲向他，一刀插进了对方耳朵后面的主动脉，然后把他的头按在桌子上，一刀一刀地捅着。

闷声的呻吟和一声鲜血封喉的哽咽恐怖地传来，伸开的双臂痉挛地挣扎了三下，在空中挥舞着怪诞的手指。道林又刺了两刀，霍尔沃德再也没有动弹。有东西开始滴到地板上。道林顿了顿，仍然按着霍尔沃德的头。然后把刀子撇在桌上，听着动静。

除了破旧的地毯上滴滴答答的声音，其他什么也听不到。他打开门走到楼梯的过渡平台上，房子悄无声息，四周空无一人。有那么几秒，他趴在栏杆上，窥视那黑色涌动的暗夜之井，然后他拿出钥匙，回到房里，又把自己锁在里面。

那东西还在椅子上坐着，低着头，全身伸展着趴在桌子上，背驼了起来，手臂出奇的长。要不是脖子上锯齿状的鲜红裂痕和桌子上一大摊慢慢渗开的黑色凝血,人们会以为那人睡着了。

这事儿干得太干脆了!他平静得出奇,走到窗前,打开了窗户,站到了阳台上。风把浓雾吹散了,天空像一只丑陋的孔雀的屏,布满了星星点点的金色眼睛。他朝下望去,一个警察提着灯笼正在执勤,把狭长的光束射在静悄悄的门上。一辆潜行的两轮马车在角落处闪着红点,随后就消失了。一个女人在栏杆边上艰难地挪着步子,她的披肩飘动着,走起路来摇摇晃晃。时不时地,她会停一停,回头窥探一眼。还有一次,她开始声音嘶哑地唱了起来。警察大踏步走过去,和她说了几句。她跌跌撞撞地走开了,边走边大笑,刺骨的风扫过广场,汽灯闪烁着变成了蓝色。光溜溜的树木来回晃动着黑铁一样的树枝。道林打了个寒噤回到了屋里,关上了身后的窗子。

到了门口,他转了下钥匙,打开了门,看都没看那个被杀害的人。他感觉整件事情的关键在于不要去想到底发生了什么。那个朋友,曾给他画了一幅致命的画像,造成了他一生的痛苦,而现在这个人已经不在了,这就够了。

接着他记起了那盏灯。那盏灯甚是古怪,是摩尔人的手艺,暗银的质地,上面嵌着有阿拉伯式图样的抛光钢,缀着糙面的绿松石。或许他的仆人会想起这盏灯,然后问起它的下落。他犹豫了一会儿,回身从桌上把它拿起来,不得不看了一眼那件死物。真是一动不动啊!那长长的手臂白得吓人,整个人就像一尊丑陋的蜡像。

他锁了门,蹑手蹑脚地下了楼。木板在脚底咯吱作响,似乎在痛苦地叫喊着。有几次,他停了脚等着。不,什么动静也没有,只有他的脚步声。

到了书房，他看到了角落里的手提包和大衣。必须把它们藏起来。他打开了壁板上一个隐秘的柜子，这个柜子平时是用来放他那些奇怪的伪装品的，他把那几件东西放了进去。之后他就可以随手把它们烧掉了。然后他掏出表来，还差二十分钟就两点了。

他坐下来，开始思考。每年——几乎每个月——在英国都会因为有人做了像他刚才做的那种事而被绞死。空气里弥漫着谋杀的疯狂气息。某颗红色的星球靠地球太近了……然而，有什么对他不利的证据吗？巴兹尔·霍尔沃德十一点就从他家离开了，没人曾看见他回来过。大部分仆人都在塞尔比庄园，而他的贴身男仆已经上床睡觉了……巴黎！对，巴兹尔去巴黎了，坐半夜的火车去的，就和他计划的那样。他平常从不多言，估计几个月以后人们才会开始怀疑。几个月啊！在那之前什么都会被毁掉。

突然，他想到了什么，穿上了毛皮大衣，戴上帽子，来到门廊里。他在那儿停了停，听到了一个警察笨重的脚步声在外面的人行道上响着，看到了窗子上牛眼灯的反光。他屏息等待着。

过了一会儿，他拉开了门闩，溜出来后又轻手轻脚地关上了门，然后他开始打铃。大概过了五分钟，男仆睡眼惺忪、衣衫不整地出现了。

"抱歉，把你吵醒了，弗兰西斯（Francis）。"他说着跨进了门，"但我没带前门钥匙，几点了？"

"两点过十分，先生。"那人看了一眼钟，眨着眼说。

"两点过十分？都这么晚了！你得在明天九点叫醒我，我有些事要处理。"

"好的,先生。"

"今天晚上有访客吗?"

"霍尔沃德先生来过,先生。他待到了十一点才离开去赶火车。"

"哦!没见到他太遗憾了,他留下什么话没有?"

"没有,先生。只是说要是没在俱乐部找到您,他就会在巴黎给您写信。"

"那样也好,弗兰西斯。明天九点别忘了叫我。"

"忘不了的,先生。"

那人拖着便鞋摇摇晃晃地下去了。

道林·格雷把他的帽子和外套扔到了桌上,走进了书房。他在书房里来来回回走了一刻钟,咬着嘴唇思考着。然后从一个书架上取了本《蓝皮书》,翻看起来。"艾伦·坎贝尔(Alan Campbell),梅菲尔区,赫特福德街[①],一百五十二号",对,他要找的正是这个人。

---

[①] 赫特福德街:伦敦街名。——译者注

## 第十四章

隔天早上九点,男仆用托盘端来一杯巧克力,拉开了百叶窗。道林正安静地睡着,右侧着身子,脸颊下枕着一只手。看上去,他就是个玩累了或学累了的孩童。

仆人碰了两次他的肩,他才转醒。当他睁开双眼时,嘴角扬起了轻轻的微笑,似乎沉浸在美妙的梦乡里。不过他一夜无梦,什么快乐或痛苦的幻想却未曾前来打扰他。但青春的微笑是不需要理由的,这正是其最大的魅力。

他转身,拄着胳膊肘喝起了巧克力。十一月温暖的阳光洒进屋里,明朗的天空下,空气温暖宜人,就像是一个五月的清晨。

慢慢地,昨夜发生的事带着斑斑血迹,悄悄地爬进了他的脑海,恐怖却清晰地重现了。一想到他所经受的一切,他便畏缩了。那种对巴兹尔·霍尔沃德莫名的憎恶感,让道林·格雷一时冲动杀掉了还在椅子上坐着的他。而现在这种感觉一时又回来了，让他浑身发冷。那个死去的人还坐在那儿，也沐浴在相同的阳光下。太可怕了！多么可怕！这种让人毛骨悚然的事只适合在晚上发生，而不是在白天。

他感觉如果细细回味自己经历的事，他会恶心，甚至会疯掉。有些罪孽的魅力不在于犯罪的瞬间，而在于之后的回忆。有些莫名的骄傲之情，通常满足的是自尊心而不是感情，同时激发了理智的愉快之感，比给感官带来的，或能给感觉带来的愉快要深得多。但这种感觉不一样，必须把它从脑子里赶出去，用罂粟来麻醉它，把它扼死以免它反过来杀人。

钟敲半点的时候，他摸摸自己的额头，匆忙起身，穿戴打扮起来。这次比以往还要精心，花了好多的心思选了领带和饰针，手上的戒指换了又换。他用很长时间来吃早饭，尝了尝每道不同的菜肴，还和他的男仆说他打算给塞尔比庄园的仆人做新的制服，之后又看完了他的信件。一些信让他微笑，有三封信让他厌烦，还有一封他读了几遍，然后就略带怒意地把它撕碎了。"女人的记忆真是可怕！"亨利勋爵有一次就是这么说的。

等把不加糖的咖啡喝完后，他慢慢地用餐巾擦了擦嘴，示意仆人等他吩咐。然后他走到桌前坐下，写了两封信。其中一封他装进了口袋，另一封交给了他的男仆。

"送到赫特福德街，一百五十二号，弗兰西斯。如果坎贝尔先生不在城里，那就要来他的地址。"

刚剩下他独自一人，他就点了根烟。在一张纸上画了起来，起先画了些花儿和建筑物，然后开始画人脸。突然他惊觉，画上的每一张脸都像极了巴兹尔·霍尔沃德。他眉头一皱，起身走到书橱边，随意拿了一本书，决意在迫不得已之前,不再去想发生的事。

他在沙发上伸展了身子,看了看书的封面。是戈蒂叶的《珐琅与雕玉》①,夏邦蒂埃②出版的日本纸版,里面有雅克马尔③的蚀刻版画。书的封面是柠檬绿的皮质,上面饰有涂金方格和零星的石榴。这本书是阿德里安·辛格尔顿送的。他一页一页地浏览着,目光停在了一首诗上,是描写拉斯纳尔④的手的,那只发黄而冰凉的手,"留着酷刑和罪恶的痕迹"⑤,长着红色的茸毛,还有"女农牧神的手指"。他看了看自己雪白而尖细的手指,禁不住微微颤抖起来,他把书一直翻到了描写宜人的威尼斯的诗节:

亚得里亚海中的维纳斯,

在水面上露出白里透红的躯体,

胸部淌下珍珠般的水滴,

背衬着半音节的乐声。

蔚蓝色的碧波掀起了穹隆,

像圆圆的乳房高高耸起,

合着轮廓完美的乐章,

发出爱的叹息。

轻舟泊岸把我留下,

缆绳套到了柱子上,

在粉红色的正门前,

---

① 《珐琅与雕玉》:法国唯美主义诗人、散文家和小说家泰奥菲尔·戈蒂耶的作品。——译者注
② 夏邦蒂埃(1805~1871):法国出版商。——译者注
③ 雅克马尔(1837~1880):法国版画家。——译者注
④ 拉斯纳尔(1800~1836):法国诗人,同时也是谋杀犯,1836年被处死。在狱中写有回忆录。——译者注
⑤ 此处为法语。——译者注

我登上大理石阶梯。①

　　多么美妙的诗句！读着这些诗句，会让人感到自己也好像身处这个粉色珍珠般的城市，漂在绿色的河道上，坐在有着银色的船头和摇曳的窗帘的凤尾船里。他觉得，这些诗句就像驶入利多岛时，船尾泛起的青蓝色直线。变幻闪烁的色彩，让他想到那些脖颈交织着乳白色和彩色光亮的鸟儿，它们或在蜂房结构的乔托钟塔展翅高飞，或在满是灰尘而阴暗的拱门下，迈着优雅的步子。他仰在沙发上，眼睛半闭着，一遍又一遍地吟诵着：

　　在粉红色的正门前，
　　我登上大理石阶梯。

　　整个威尼斯都包含在这两行诗句里了。他回忆起那个秋天，是在威尼斯度过的，也记起了那段美妙的爱情，诱发他做了许多疯狂而快乐的傻事。世界上的浪漫爱情随处可见。但威尼斯像牛津一样，为谈情说爱提供了环境。而对真正浪漫的人来说，环境就是一切，或者几乎代表了一切。有段时间巴兹尔与他在一起，巴兹尔疯狂地崇拜丁托列托②。可怜的巴兹尔！这么个死法真是太惨了！

　　他叹了一声，重新拿起了书，尽力去遗忘。他读到，在士麦那的小咖啡屋里，几只燕儿飞进飞出，去麦加朝圣归来的信徒也坐在那里，默数着琥珀念珠，商人们缠着头巾，吸着带流苏的长烟杆，一脸严肃地交谈；他读到了巴黎协和广场的埃及方尖碑③，正流着花岗岩的泪水，哀叹自己形单影只

---

① 此处为法语。——译者注
② 丁托列托：意大利画家，十六世纪威尼斯画派主要代表之一。——译者注
③ 指原在尼罗河右岸阿蒙那神庙废墟中的方尖碑。1831年被运往巴黎协和广场。——译者注

地被流放到这个不见阳光的地方，渴望着回到满是荷花的炎热的尼罗河去，那儿还有狮身人面像，玫瑰红的朱鹭，金黄爪子的白秃鹫，长着绿玉般小眼睛的鳄鱼，在冒着热气的绿泥里趴着。他开始思考，那些诗句从沾着吻痕的大理石那里吸取旋律，诉说着那座雕像①神奇的故事，戈蒂叶曾把它比作"女低音歌手""迷人的怪物"，它如今蹲在卢浮宫②的斑岩大厅里。但过不了多久，那本书便从他手上滑下来了。他渐渐不安起来，可怕的恐惧包围了他。如果艾伦·坎贝尔出国了呢？在他回来之前，好几天时间都过去了。或许他会拒绝来这儿。那该怎么办呢？分分秒秒都是生死攸关的。

他们曾是挚友——那是五年前了，他俩的确曾密不可分，然而这种亲密无间的关系突然终止了。现在当他俩在社交场合相遇时，只有道林·格雷还冲他微笑，艾伦·坎贝尔从不如此。

他是个聪明绝顶的年轻人，虽然对视觉艺术不甚了了，那点儿对诗歌之美的感觉，也完全来自道林·格雷的影响。他过人的智慧是为科学准备的。在剑桥③读书时，他将大把的时间都花在实验室里做实验。在同年级的自然科学荣誉学位的考试中，他取得了优异的成绩。确实，他现在仍潜心研究化学，还有一个自己的实验室，成天把自己关在里面，这让他母亲很不满意，她本决心让他竞选议员的，还隐约觉得化学家就是药剂师。然而，他是个卓越的音乐家，既会弹钢琴又会拉小提琴，而且比大多数业余爱好者的技艺更精湛。其实，是音乐让他和道林·格雷走到了一起——音乐与道

---

① 指大理石雕的维纳斯。——译者注
② 卢浮宫：原为法国王宫，1793年成为国立美术博物馆，藏品丰富，世界闻名。——译者注
③ 剑桥：英国剑桥大学。——译者注

林·格雷无以名状的魅力,他可以随心所欲地展示这种魅力——而且通常也确实是无意间流露的。他们第一次见面是在伯克希尔夫人(Lady Berkshire)家里,那晚鲁宾斯坦①在那里演出。打那天起,歌剧院里,或只要哪儿有好的音乐,就会看到他俩相伴出现。这种亲密的关系持续了一年半之久。坎贝尔不是在塞尔比庄园就是在格罗夫纳广场道林的家里。道林·格雷对于他,和对其他人一样,代表着生命中的一切精彩而诱人的东西。没有人知道他俩之间是不是发生过争执。但突然间,人们都议论说,他俩见面时几乎都不说话了,舞会上只要有道林·格雷,坎贝尔就会提前离场。坎贝尔变了——有时候莫名地阴沉,几乎是讨厌听到音乐的声音,他自己也不演奏了。要是有人请他演奏,他就推说忙于科学研究,没时间练琴。不过这也是事实,一天天地,他越来越对生物学感兴趣。有那么一两次,他的大名还和一些奇奇怪怪的实验一同出现在一些科学杂志上。

道林·格雷苦苦等待的就是这个人。道林时不时地看一眼钟,一分钟接着一分钟,他开始心浮气躁起来。终于,他站起了身,在房间走来走去,像一头漂亮的困兽。他轻声踏着大步,手出奇地冷。

这种悬而未决的感觉让他几乎要崩溃了。他感觉时间像在拖着铅步爬行,而他却被狂风卷到了崎岖的黑色悬崖边缘。他知道那里有什么在等着他,而且已经清晰可见了,他哆哆嗦嗦地,用汗湿的手按在滚烫的眼睑上,好像要将大脑的视力带走,把眼珠挤进眼洞里去。但一切都是徒劳。大脑有自己维生的食物,而想象仿佛是痛苦中的活物,恐怖将

---

① 鲁宾斯坦:即安东·鲁宾斯坦(1829~1894),俄国钢琴家、作曲家。——译者注

其扭曲成古怪的形状,像肮脏的木偶一样,在台上跳舞,活动面具后透出它咧着嘴的微笑。接着,时间突然停止了。是的,那个眼盲、呼吸迟钝的家伙已停止了爬行。一旦时间静止,各种恐怖的想法便身手敏捷地跑出来,把丑恶的未来从坟里拽出来,带到他眼前。道林瞪眼瞧着,吓得呆若木鸡。

最终,门开了,他的仆人走进来。道林呆呆地将目光转向他。

"是坎贝尔先生,先生。"那人说。

道林焦干的双唇松了一口气,脸颊恢复了血色。

"马上请他进来,弗兰西斯。"他感觉自己恢复正常了,怯懦的心情已全然消失。

仆人一躬身退出了房间。一会儿,艾伦·坎贝尔走了进来,表情严肃而苍白,头发和眉毛像煤一般黑,让他的脸显得更加惨白。

"艾伦!你真是太好了,感谢你能来。"

"我原打算再不进你家的门了,道林。但你这事关乎生死。"他口气生硬而冷漠,语速缓慢而谨慎,目光镇定而轻蔑地在道林脸上探寻着。他的手一直套在阿斯特拉罕羔羊皮的外套里,似乎没有注意到道林欢迎的动作。

"是的,关乎生死,艾伦,且不止一人。坐下吧。"

坎贝尔在桌边的椅子上坐下,道林和他面对面坐下,两人的眼神交汇了。道林眼里流露出极度的同情,他清楚自己要干的事可怕至极。

一阵尴尬的无言之后,道林靠上前去,十分镇静地开口了,但关注着这个他请来的人的脸上对自己每句话的反应。"艾伦,这栋房子的顶层有一间锁着的屋子,除了我没人能进去,房间里有个死人在桌旁坐着,已经死了十个小时了。

别激动，也别这么看我。他是谁，为什么死，怎么死的，都与你无关。你要做的——"

"住口，道林。我什么都不想再知道了。我不关心你说的是真是假。我完全拒绝和你的生活有任何牵连，你自己留着那些骇人的秘密吧，我再也不感兴趣了。"

"艾伦，你不得不感兴趣，这个秘密尤其如此。我很遗憾，艾伦，可我没办法。唯有你有能力救我，我不得不把你扯进来，我无从选择。艾伦，你是研究科学的，你懂化学之类的东西，你还做实验。你只需把顶楼的东西毁了就行——不留痕迹地彻底毁掉。没人看见过这人进我的房子，事实上，他现在本应该在巴黎。几个月的时间都不会有人想起他，等有人想起来，他已经消失得无影无踪了。你，艾伦，得把他和他周身的一切都变成一捧灰，这样我就能撒到空气里去了。"

"你疯了，道林。"

"啊！我一直等你叫我道林呢。"

"你疯了。我跟你说——疯了才会以为我会动手帮你，疯了才跟我坦白这么邪恶的事，不管这事如何，我不会插手的。你觉得我会搭上我的荣誉替你冒险吗？你的邪恶行径与我何干？"

"这是起自杀，艾伦。"

"那不错，可谁把他逼到自杀的份儿上的？我猜是你吧！"

"那你还是不答应替我做这件事吗？"

"当然不答应。我绝不会和此事有任何瓜葛，也不关心这会给你带来什么样的耻辱。你自找的。要是看到你受辱，公开受辱，我不会觉得难过。世界上人这么多，你怎么胆敢把我牵扯到这件恐怖的事情中去？我还以为你对人性更为了解。你朋友亨利·沃顿勋爵教了你别的什么东西，却没怎么教你心理学。不管有什么理由，我都不会为你动一根手指头，你找错人了。去找你的朋友吧，别找我。"

"艾伦，这是起谋杀。人是我杀的。你不明白他多么令我痛苦。不论我的生活多么不堪，都是他导致或破坏的，他造成的影响比可怜的哈里更为严重。也许他本意不是如此，但结果是一样的。"

"谋杀！我的老天！道林，你已经沦落到如此地步了吗？我不会告发你的，这与我无关。何况，没有我的掺和，你也一定会被逮捕的。每一起犯罪都有其愚蠢的成分，可我不想牵涉进去。"

"你必须牵涉进来。且慢，你等等。听我说，听就行了，艾伦。我请你做的不过是一次科学实验。你去医院和太平间，在那里做可怕的事，都不会在心理上受到影响。如果你是在某个骇人的解剖室，或者恶臭熏鼻的实验室里发现的这个人，他躺在铅灰的桌子上，鲜红的内脏被掏出来让血液流通，你只会将其当作一个绝佳的试验品，绝对会面不改色，也不会认为自己在做坏事。相反，你会觉得你的所作所为对人类大有裨益，或是在扩充人类的知识，或在满足对知识的好奇心，诸如此类。我要你做的就是你以前常做的事。说实话，你平常做的工作比销毁一具尸体可怕得多。而且，记住，这是唯一对我不利的证据。一经发现，我就完了。没有你帮忙是肯定会被发现的。"

"我完全不想帮你，省省心吧。对此事我毫无兴趣，也与我无关。"

"艾伦，我求求你。替我设身处地地想想吧，在你来以前,我差点儿吓得昏过去。也许将来你自己也会尝到恐惧的滋味。不,别往那方面想。纯粹从科学的眼光来看吧!你不会过问实验中的尸体是从何而来的,现在也一样。说实话我告诉你的够多了,可我求求你了。我们曾是朋友,艾伦。"

"别提过去了,道林。过去的都已经死了。"

"有时死掉的东西会阴魂不散。楼上的那个人就不会离开。他坐在桌子旁,低垂着头,手向外伸展着。艾伦!艾伦!你不来救我,我就毁了。啊!我会被绞死的。艾伦!你还不明白吗?我干的事足让他们绞死我。"

"再这么拖下去也没什么用,我彻底拒绝与此事有任何牵连。你是疯了才会找我。"

"你拒绝吗?"

"不错。"

"求求你了,艾伦。"

"没用。"

道林·格雷的眼里又流露出刚刚那种同情的表情,然后他伸手抽了一张纸,写了点什么东西,又来回看了两遍,把它仔细叠好,推到桌子对面。接着,他起身来到窗前。

坎贝尔吃惊地看着他,拿起了纸条,打开了它。读着读着,他不禁变得面如死灰,瘫倒在椅子上。一阵剧烈的恶心之感袭了上来,他觉得自己的心好像在一个空洞里渐渐衰竭。

可怕的沉寂持续了两三分钟后,道林转身走过来站在艾伦身后,伸出手放在他肩上。

"很遗憾,艾伦,"他低语道,"可你让我别无选择。我已经写好信了。就是这封。你看见地址了吧。你不帮我的话,我只能送出去了。你不帮我的话,我一定会送出去的。

你知道事情的后果。可你会帮助我的，现在你已经无法拒绝了。我本不想让你为难，对此你得承认，这样于我才公正。可是你刚刚态度太严厉，言语无情，出言不逊。没有人敢如此对我——起码活着的人都不敢。这些我都忍了。现在该我谈条件了。"

坎贝尔把脸埋在手上，打了一个哆嗦。

"对，现在轮到我谈条件了，艾伦。你都知道的。很简单。过来，别让自己那么激动。这事必须得做。面对它吧，大胆地干。"

一声呻吟从坎贝尔嘴里传出来，他开始浑身发抖。壁炉上头的时钟嘀嗒作响，似乎把时间分割成了痛苦的微粒，每一粒对他都是无法承受的折磨；他觉得在自己头上似乎套着个铁箍，越缩越紧；好像他所受到的威胁带来的羞耻已经降临。那只搭在肩头的手像铅一样沉重，几乎要把他压垮了。

"快来，艾伦，你得果断决定。"

"我做不出来。"他一板一眼地说，好像用言语能改变现实。

"你必须做，没得选。别耽搁了。"

他犹豫了一会儿。"楼上的房间有火炉吗？"

"有，一个煤气炉，还有石棉罩。"

"我需要回家到实验室取点儿东西。"

"不，艾伦，你不可以离开这栋房子。需要什么你都写在纸上，我的仆人会叫车带给你要的东西给你。"

坎贝尔匆匆写下几行字，把墨吸干，把他助手的姓名和地址写在信封上。道林拿起纸条仔细检查了一遍，然后打铃把纸条交给他的男仆，命令他要快去快回，亲自把东西带回来。

门廊的门一关,把坎贝尔吓了一跳,他从椅子上站起来,朝壁炉架走过去,像患了疟疾一样抖个不停。有差不多二十来分钟,他俩都没说话。有只苍蝇嗡嗡地在房间里萦绕着,时钟嘀嗒的响声像是榔头在捶打。

钟报一点时,坎贝尔转身向道林·格雷望去,看见他满是泪水的双眼。他悲伤的脸上有种清纯的气质,这让坎贝尔怒火中烧。"你太无耻了,无耻至极。"他抱怨道。

"嘘,艾伦,你挽救了我的生命。"道林说。

"你的生命?老天啊!那是什么样的生命啊?你越来越邪恶不堪,现在你的罪行已经让你登峰造极。我要做的事——你逼我干的事——不是为了救你的命。"

"啊,艾伦,"道林叹了口气,低声说,"你对我要能有我对你千分之一的怜悯就好了。"说着他转身望向花园。坎贝尔什么也没说。

大概过了十分钟,有人敲门,接着仆人进来了,他扛着一个大红木箱,里面都是化学药品,还带着一大卷钢箔丝和两把奇形怪状的钳子。

"我要把东西都放这儿吗,先生?"他向坎贝尔问道。

"对,"道林说,"弗兰西斯,"恐怕我还得让你干一件别的差事。那个给塞尔比庄园送兰花的里士满[①]人叫什么来着?"

"哈登(Harden),先生。"

"不错,叫哈登。你现在马上去里士满,亲自去找他,让他送些兰花来,要之前订的两倍。尽量少送白兰花,实话说,我一盆白兰花也不想要。今天是个好天气,弗兰西斯,里士满是个美丽的地方——不然我就不麻烦你了。"

---

① 里士满:英国北约克郡集镇。——译者注

"不麻烦,先生。我需要在几点回来呢?"

道林看了看坎贝尔。"你做实验要用多久,艾伦?"他泰然自若地问道,第三者的存在让他勇气大增。

坎贝尔皱着眉头咬了咬嘴唇。"大概五个小时。"他回答说。

"你七点半回来时间就足够了,弗兰西斯。不然就在那儿住一晚,把我穿的衣服准备好就行,整晚的时间你都可以自由支配。我不会回来吃饭的,所以不会用到你。"

"谢谢,先生。"说完弗兰西斯离开了。

"现在,艾伦,不能再浪费时间了。这箱子真沉啊!我替你搬吧,你带着其他东西。"他语速很快,带着命令的语气,坎贝尔感觉自己被他控制了。接着他俩一起走出了房间。

到了楼顶平台,道林掏出钥匙,插进了锁孔。然后他停手,一阵不安浮上他的心头,他不禁一抖,"我想我无法进门,艾伦。"他低低地说。

"无所谓,也不需要。"坎贝尔冷漠地说。

道林把门打开一半,立刻便看到画像上的脸在阳光下邪笑着,画像前落着扯下的布帘。他想起来了,昨天晚上,是他生平第一次忘记把那幅致命的画给遮起来,他正想着冲过去,却一个哆嗦退了回来。

那恶心的红露水是什么东西?还闪着光,湿乎乎亮晶晶地沾在一只手上,好像画布流出了带血的汗珠。太可怕了!——一瞬间,让他觉得比静悄悄地在桌上趴着的那个东西还要吓人。它怪诞畸形的影子投射在血迹斑斑的地毯上,说明了它没有动过,而是像自己离开时那样依旧留在那里。

他长长地吸了口气,把门缝儿又开大了一点儿,半闭着眼，撇着头快步走了进去，决心再不看一眼那个死去的人。然后他弯腰拾起紫金色的布帘，一挥手正盖到画像上面。

在那儿他停住了，没勇气回头，眼睛盯着眼前帘子上错综复杂的图案。他能听到坎贝尔把沉重的箱子、铁钳和其他干这件惊悚的活儿需要的物品搬进了房间。他开始猜测，艾伦以前是否和巴兹尔·霍尔沃德见过面，果真如此的话，他们彼此是怎么评价对方的呢？

这时身后厉声传来一句话："现在你出去吧。"

道林急忙转身出去了，只意识到死人已经被重新推到椅子上，而坎贝尔正端详着那张泛着光的黄脸。在他下楼时，他听到钥匙在锁孔里转了一下。

时间早过了七点，坎贝尔终于回到了书房。他面无血色但却极其镇定。"你让我做的我已经做完了。"他低声说着，"那么现在，再见了。让我们以后永别再见了。"

"你让我避免了灭顶之灾，艾伦。我不会忘的。"道林没再多说。

坎贝尔刚走，他就上楼了。屋里有种浓烈的硝酸味，但那个曾坐在桌子旁边的东西消失了。

## 第十五章

当晚八点半,道林·格雷一身精装,胸前还插了好大一串帕尔马紫罗兰,被躬身哈腰的仆人引进了纳伯勒夫人(Lady Narborough)的客厅。他极度不安,前额悸动着。他异常兴奋,但在俯身亲吻女主人的手时,举手投足和平常一样优雅从容。也许一个人在演戏的时候才是他最镇定的时候。不用说,当晚每个见过道林·格雷的人,都不会相信他曾经历一场惨剧,其悲惨程度不亚于这个时代所能发生的任何悲剧。那纤细有型的手指绝不可能拿刀犯罪;那微笑的双唇,也不会哀求上帝的宽恕。连他自己也诧异于自己泰然自若的神态,一时间清晰地感到了这种双面生活带来的毛骨悚然的快感。

这是个小型舞会,纳伯勒夫人匆忙召集起来的。纳伯勒夫人是个极其聪明的女人,却不漂亮,用亨利勋爵的话说,就是"保持着惊世骇俗的丑陋"。她用事实证明,她是个绝佳的妻子,丈夫曾是我们最单调无聊的大使中的一员。她亲手设计了大理石的陵墓，体面地安葬了丈夫。把几个女儿都嫁给了年纪不小的有钱人，而现在她却投身研究法国的小说、烹饪和她所能找到的法语妙言，并乐在其中。

道林是极为受她亲睐的人之一，她总是对道林说，她为自己在年轻时没遇到他而深感高兴。"我明白，亲爱的，我一定会爱你爱到疯狂的地步。"她曾如是说，"我会为了你把帽子扔到磨坊去①。那时没遇到你真是太幸运了。我们的帽子实际上都不太合身，而磨坊又总是忙着鼓风，害得我根本没有调情的机会。然而，那都是纳伯勒的错，他近视得太厉害，而骗一个什么也看不到的丈夫，一点儿乐趣也没有。"

那天晚上她请的客人都没什么意思。纳伯勒夫人把脸遮在一把旧扇子后头，跟道林解释说，事实上，是她已婚的女儿突然回来住了，更糟糕的是，她还带着丈夫。"我觉得她太不体谅人了，亲爱的，"她悄声说，"是，我每年夏天从洪堡回来后都会去他们那儿，可有时候，像我这样的老太太，总是需要点儿新鲜空气。另外，我现在还真是让他们清醒了。你不了解，在那儿他们都过着什么样的日子。真是地地道道的乡下生活。他们早早起床，因为要干的活儿很多；早早睡觉，因为实在没什么需要考虑的。自伊丽莎白女王②时代起，街坊邻里都没有传过绯闻，吃过晚饭直接就睡着了。你可别坐到他俩其中任何一个人的旁边，你就坐在我这儿，让我开开心吧。"

---

① 原为法国成语，即"豁出去"，在法语中指女人行为放荡。——译者注
② 伊丽莎白女王：于1558年11月17日至1603年3月24日任英格兰和爱尔兰女王，是都铎王朝的第五位也是最后一位君主。——译者注

道林饶有风度地低声恭维了几句，然后环顾一下客厅。真是，这个聚会也够无聊的。其中两位他从未见过，其他还有欧内斯特·哈罗登（Ernest Harrowden），这种中年庸人在伦敦的俱乐部里到处都是，他们从不树敌，但却很遭朋友的嫌弃；有罗克斯顿夫人（Lady Ruxton），四十七岁了还过分打扮，鹰勾鼻子，虽然一心想让自己臭名昭著，可实在是长相平庸，人们都不相信对她不好的传言，这让她大失所望；厄利尼太太（Mrs. Erlynne）也在，这个女人爱出风头，却一直是个无名之辈，说话时咬字不清，很是好笑，长着威尼斯红的头发；艾丽斯·查普曼夫人（Lady Alice Chapman），是女主人的女儿，俗里俗气，没精打采，长着一张典型的英国脸，让人一见就忘；她的丈夫面色红润，蓄着白络腮胡子，和许多他那个阶层的人一样，还以为纵情享乐能填补空空如也的大脑。

道林觉得来这儿有点儿后悔，直到纳伯勒夫人看了看那台精致的弧状镀金台钟，那金钟趴在遮着淡紫色帘子的壁炉架上。她大声道："亨利·沃顿真是太差劲了，都这么晚了还不来。今早我碰运气派人去请他，他还满口应承不会让我失望的。"

哈里要来，对道林来说还算是点儿安慰。当门被打开，传来哈里慢悠悠如音乐般的声音，这声音让并不诚心的道歉魅力横生，道林顿时觉得不再无趣了。

可晚宴的时候，他什么都吃不下。一盘盘的菜肴尝都不尝就让端走了，纳伯勒夫人不停地嗔怪他，说他这是"羞辱可怜的阿道夫（Adolphe），他特意为你设计了这份菜单。"亨利勋爵在桌子那边时不时地看过来，奇怪他为什么沉默不语、魂不守舍。男管家不停地给他的杯子蓄满香槟酒，他都大口饮尽，然而他似乎越喝越渴。

"道林，"在传递肉冻时，亨利勋爵终于问起来。"今晚你是怎么回事？心神恍惚的。"

"肯定是坠入爱河了，"纳伯勒夫人高声说，"不过他不敢跟我说，怕我会嫉妒。他做得太对了，我肯定会嫉妒的。"

"亲爱的纳伯勒夫人，"道林低声说着，一脸微笑，"我有整整一周都和爱情绝缘了——事实上，自打费洛尔夫人离开以后就绝缘了。"

"你们男人怎么都爱那种女人！"这位老夫人惊呼，"真是无法理解。"

"就是因为她能记起来您还是小姑娘时的事，纳伯勒夫人，"亨利勋爵说道，"她是唯一能把我们和您的短连衣裙连在一起的人。"

"她哪记得我的短连衣裙啊，亨利勋爵。可我倒清楚地记得她，三十年前，在维也纳，当时她穿得可真露骨。"

"她现在也依然露骨，"亨利勋爵回答，纤长的手指取了一个橄榄，"她穿着漂亮的礼服时，就像一部精装的法国烂小说。她真的很棒，总让人为之惊叹。她对家庭的爱真是了不起，当她第三任丈夫离世时，她悲伤得头发都变成了金黄色。"

"你怎么这么说，哈里！"道林叫道。

"这是最浪漫的解释了，"女主人哈哈大笑着说。"但亨利勋爵，她的第三任丈夫！你的意思不会是费洛尔是她的第四任吧？"

"当然啦，纳伯勒夫人。"

"我一个字都不信。"

"那您问格雷先生,他可是费洛尔夫人的密友之一。"

"这是真的吗,格雷先生?"

"她确实这么跟我说过,纳伯勒夫人,"道林说,"我问过她,是不是像那瓦尔的玛格丽特①那样,在每一任丈夫的心上涂防腐剂,挂在紧身衣上。她说没有,他们根本连心都没有。"

"四个丈夫!我敢肯定她是感情泛滥了。"

"是胆子太大了,我这么和她说的。"道林回答。

"哦!她什么事都敢做,亲爱的。费洛尔是个什么样的人?我不认识他。"

"绝色佳人的丈夫都来自罪犯阶级。"亨利勋爵说,一边抿了口酒。

纳伯勒夫人拿扇子敲了敲他。"亨利勋爵,怪不得世人都说你太邪恶了。"

"可这是哪个世界的人呢?"亨利勋爵眉毛一挑说,"只能是来世了,我和现世的人关系都好极了。"

"每个我知道的人都说你很邪恶。"老妇人大声说着摇了摇头。

一时间,亨利勋爵看上去一脸严肃。"那真是太不公正了,"他终于开口,"现在的人们总是在人背后说坏话,而且都是大实话。"

"他是不是无药可救了?"道林叫道,在椅子里向前倾了倾。

---

① 那瓦尔的玛格丽特:文艺复兴时期欧洲法国贵族之一。那瓦尔王国的王后,1599年与丈夫法国国王兼那瓦尔国王亨利四世离异。为著名作家与文人的保护者。她醉心于文化沙龙事业,同时亦为艺术家与作家大力提供赞助。在当时的法国以及欧洲均产生了极为重大的影响力。——译者注

"我倒希望如此,"女主人说着哈哈大笑起来,"但说真的,如果你们都崇拜德·费洛尔夫人,还以这么荒唐的方式,我为了赶时髦还真的得再婚呢。"

"您不会再婚的,纳伯勒夫人。"亨利勋爵插进来说。"你太幸福了,女人再婚一般是由于厌恶第一任丈夫,而男人再婚是由于还爱着第一任妻子。女人是碰运气,男人则是冒险。"

"纳伯勒可不是个完美的人。"老夫人高声说。

"要是他完美了,您就不会爱上他,我亲爱的夫人,"亨利勋爵辩驳道,"女人就是因为男人有缺点才爱我们,要是缺点足够多,她们还会原谅一切,包括我们的智慧。我要是说完了,你以后都不会再请我吃饭了,纳伯勒夫人,可这是大实话。"

"当然是实话,亨利勋爵。如果我们女人不是因为你们有缺点才爱上你们,你们现在都在哪儿呢?没有一个男人能结婚,都成了一群倒霉的单身汉。然而,就算如此,你们也不会改变多少。现在结了婚的人像光棍一样生活,而光棍们都活得像结了婚似的。"

"世纪末日啊。"亨利勋爵轻声说道。

"是世界末日。"女主人答道。

"我倒希望是世界末日,"道林说着叹了口气,"生活太让人失望了。"

"啊,亲爱的,"纳伯勒夫人一边戴手套一边叫道,"别跟我说你对生活无望了。一个人要是这么说,你就明白他对生活绝望了。亨利勋爵坏透了,有时候我希望自己也能像他一样——可你生性善良——你看上去如此善良。我得给你寻觅个好妻子。亨利勋爵,你不觉得格雷先生需要娶妻成家了吗?"

"我总和他这么说,纳伯勒夫人。"亨利勋爵说着鞠了一躬。

"那好,我们必须给他觅个门当户对的人,晚上我就去仔细查查德布雷特英国贵族年鉴①,然后把所有称心的年轻女士都写出来。"

"年龄也列吗,纳伯勒夫人?"道林问。

"当然,年龄也列,然后稍微编辑一下。不过做什么事都不能太草率。我想让这桩婚姻和《早报》所说的那样,是合适的联姻,我希望你们双方都得到幸福。"

"一扯到婚姻,人们就胡言乱语!"亨利勋爵叫道,"只要男人不爱女人,那就能和她幸福地生活。"

"啊!你真是愤世嫉俗!"老太太叫道,把椅子向后移了移,朝罗克斯顿夫人点点头。"你得尽快再来和我共进晚餐。你真是一剂很不错的补药,要比安德鲁爵士(Sir Andrew)给我开的药方还管用。不过你得跟我说说你都想见什么样的人,我想办个让人赏心悦目的聚会。"

"我喜欢未来光明的男人和往事复杂的女人,"他回答,"不过你是不是觉得这么一来就会变成女人的聚会了?"

"我恐怕是这样,"她说,继而笑着起身。"实在抱歉,亲爱的罗克斯顿夫人,"她补上一句"我没看见你仍在吸烟。"

"没关系,纳伯勒夫人。我吸太多烟了,今后我要克制

---

① 指德布雷特英国贵族年鉴,由英国出版商约翰·德布雷特(1752～1822)编印的《英格兰、苏格兰、爱尔兰贵族姓名录》德布雷特死后该书仍以他的名义逐年增订重版。——译者注

自己了。"

"可别这样，罗克斯顿夫人，"亨利勋爵说，"自我克制是致命的，充足糟糕得像一顿便饭，过量才算得上一顿盛宴。"

罗克斯顿夫人疑惑地看了看他。"你得找一天下午，过来跟我解释一下，亨利勋爵。这些理论听上去很有吸引力。"她低声说着，昂首挺胸地走出了房间。

"喂，记住别一直在这儿谈论政治和丑闻，"纳伯勒夫人在门口喊道，"不然，我们肯定要在楼上吵起来了。"

男人们大笑起来，查普曼先生庄严地从桌子下首站起来，移到前面。道林·格雷也把座位换到亨利勋爵旁边坐下。查普曼先生高谈阔论起下议院的情况来，他大声嘲笑他的政敌们。在一阵阵大笑的间隙，"教条主义"这个让英国人头皮发麻的词，时不时地出现。作为演说的修辞，他还用了个押头韵的前缀。他把英国国旗插到了思想的顶峰，英国民族代代相传的愚钝——他愉快地称其为牢固的英国常识，被他当作社会的强大支柱。

亨利勋爵微微扬起微笑的嘴唇，他转头看看道林。

"感觉好些了吗？我亲爱的伙计？"他问，"吃饭时你心不在焉的。"

"我非常好，哈里，就是累了，仅此而已。"

"昨晚你太迷人了。那位娇小的公爵夫人对你一见倾心。她跟我说她要参观塞尔比庄园。"

"她已经允诺二十号登门。"

"蒙茅斯（Monmouth）也来吗？"

"啊对，哈里。"

"他真是把我烦透了，几乎也让公爵夫人烦透了。她很聪明，对女人来说太过聪明了。她缺少那种不可名状的缺陷美。金像之所以珍贵，就是因为它的一双泥脚。她的脚倒是非常漂亮，可惜不是泥做的。你可以称其为白瓷脚，经过烈火的炙烤。经火不毁的东西，就会变硬。她已经历经沧桑。"

"她结婚多长时间了？"道林问。

"一辈子了，她是这么说的。我想从贵族姓名录上看，应该十年了吧，可十年时间和蒙茅斯一起生活，应该像是一辈子了，还把时间都搭上了。还有谁要去？"

"哦，威洛比夫妇（Willoughbys）、拉格比爵士(Lord Rugby)及夫人、我们的女主人与杰弗里·克劳斯顿（Geoffrey Clouston），还是以往那些人。我还邀请了格罗特里安爵士（Lord Grotrian）。"

亨利勋爵说："我喜欢他，好多人都不喜欢，可我认为他很有魅力，他学富五车，弥补了他偶尔过分穿戴的缺陷，他是个十足的现代人。"

"我不确定他会不会来。哈里，他可能需要和他父亲去蒙特卡洛①。"

"啊，人们的亲属真让人讨厌！想个办法叫他来。顺便提一句，道林，昨天晚上你走得很早。十一点前就走了，后来你做什么了？直接回家了吗？"

道林慌乱地瞥了他一下，皱了皱眉。

"不，哈里，"他终于开口，"我差不多三点钟才到家。"

"你去了俱乐部？"

---

① 蒙特卡洛：摩纳哥的标志城市之一。——译者注

"对，"他答道，然后咬咬嘴唇，"不，不是这个意思，我没去俱乐部。我闲晃来着，都忘了自己干了什么了……你太爱打听了，哈里，总想搞清楚别人在干什么。如果你非要知道准确的时间，我是两点半回家的。我把前门钥匙落家里了，只能让仆人给我开门。如果你还想要确凿的证据，去问他好了。"

亨利勋爵耸耸肩说："我亲爱的伙计，说得好像我特别在乎一样。我们上客厅去吧。不喝雪莉酒了，谢谢，查普曼先生。肯定发生了什么事，道林。告诉我，你今晚有点失常。"

"别管我，哈里。我现在很急躁，脾气不太好。明后天我会去找你。给我找个理由跟纳伯勒夫人解释一下，我就不上去了。我要回家，必须回家。"

"好吧，道林。我想明天会在喝茶的时间见到你的，公爵夫人也去。"

"我尽量过去，哈里。"他边说边离开了房间。驾车回家的时候，他清楚地感觉到，那种他本以为已经得到遏制的恐怖感又回来了。亨利勋爵只是无心之问，他却一时间慌乱起来，可他想要自己镇静下来。危险的东西必须要彻底毁掉。他畏缩了一下，即使想一想要触碰那些东西，他就十分反感。

但这事不得不做。他很清楚这一点，他把书房的门锁上，打开了那个密柜，里面塞着巴兹尔·霍尔沃德的大衣和手提包。火势正旺，他又添了块木头，衣物烧焦和皮具燃烧的气味非常刺鼻，烧光这些东西花了他四十五分钟时间。最后他有点头晕恶心，于是在有洞的铜火盆里点了阿尔及利亚芳香锭，又在麝香味凉醋里洗了洗手和前额。

突然他一惊，眼睛亮得出奇，不安地咬着下唇。一个佛罗伦萨的大柜子放在两扇窗子之间，柜子是乌檀木质地，上面镶着象牙和青金石。他盯着柜子，好像它既让人迷恋又让人害怕，好像里面的东西既让他向往又让他憎恶。他的呼吸变快了，一种狂热的欲望包围着他。他点了根烟又随手扔掉。他垂下了眼睑，流苏似的长睫毛几乎挨到了他的脸颊。可他依旧盯着柜子。最终，他离开了躺着的沙发，走过去开了柜子，碰了下隐秘的弹簧。一个三角形的抽屉缓慢地推了出来，他本能地伸手过去，在里面摸着，然后抓到了一样东西。这是条中国小河，黑漆镏金的工艺，非常精美，两边的图案是曲线形的波浪，丝线细绳上悬着几个溜圆的水晶球与金属丝编的辫形吊穗。他把它打开，里面有一个绿色的东西，像面团一样，打过蜡，泛着光泽，奇特的是，气味浓烈，经久不散。

他犹豫了一下，脸上的笑容呆得出奇。屋子里十分暖和，他却浑身冷得发抖。随后他挺了挺身，看了下钟。还差二十分钟就十二点了。他把盒子又放了进去，随手关上柜子，然后进到了卧室。

昏暗的夜空回响着子夜的铜钟声时，道林·格雷一身朴素打扮，围了条围巾在脖子上，蹑手蹑脚地出了门。到了邦德街①，他看到一匹好马拉的双轮篷车，他把车叫了过来，低声告诉了车夫地址。

那人摇头嘟哝说："太远了。"

"我给你一镑金币，"道林说，"要是跑得够快就再给

---

① 邦德街：伦敦街名。——译者注

你一镑。"

"好的,先生,"那人答道,"一小时之内送您到那儿。"车夫把钱放好,掉转了马头,飞快地朝河的方向赶去。

## 第十六章

　　冰冷的雨开始从空中落下来，滴答的雨幕里，街灯影影幢幢。酒馆正在打烊，一群男男女女零零星星聚在门口，一些酒吧里传来令人恐怖的笑声，还有些酒鬼们在别的酒吧里吵嚷着、尖叫着。

　　道林·格雷倚靠在马车里，帽子在额前压得很低，他失神地望着这座大城市里的污秽和羞耻，时不时地，他自言自语地重复着在亨利勋爵和他初次见面时所说的话："用感官的手段来治愈灵魂，又用灵魂的方法来治愈感官"，没错，这就是秘诀。他已经尝试多次，现在要再来一次。在鸦片窝里可以买来忘情水，恐怖窝里能用狂野的新罪销毁罪恶的老旧记忆。

　　月亮低悬在空中，像块黄色的头盖骨，时不时会有一大团形状怪异的云，伸出长长的手臂把它遮住。汽灯渐渐零星，街道越走越窄，越走越暗。有一次车夫还迷路了，不得已往回折了半英里。马蹄踩在水坑里,溅起了一串水花。马车的侧窗蒙了一层厚厚的雾,像是灰色的法兰绒。

"用感官的手段来治愈灵魂,又用灵魂的方法来治愈感官!"这句话不住地萦绕在他耳边!他的灵魂一定已经无药可救了。感官能治好它吗?无辜的鲜血已经抛洒,要用什么去弥补呢?啊!那是无法弥补的。然而,宽恕虽已无望,遗忘却不是不可能。他已下定决心要忘掉一切,将过去摧毁,把它砸得粉碎,就像砸烂一条咬了人的蜂蛇。说实话,巴兹尔他有什么资格,竟敢那样和他说话?谁让他变成了法官,给他至高无上的审判权?他的话糟糕透顶,骇人听闻,让人忍无可忍。

马车沉重而缓慢地向前赶着,他觉得好像是一步一步越来越慢了。他推开活板门,叫马车夫快些赶路。难以忍受的毒瘾开始啃咬他,喉咙变得火烧火燎,秀气的双手焦躁地抽搐着。他拿起手杖发疯地敲打起马来。车夫哈哈大笑着抽了几下马儿,他也大笑着算是作答,然后车夫就沉默了。

这条路似乎无穷无尽,街道就像一只爬行的蜘蛛织的黑网。这种一成不变让他渐渐难以忍受,雾气渐浓,他开始害怕了。

接着,他们经过一个荒凉的砖厂,那里的雾要薄些,他能看见一些奇怪的砖窑,外形像瓶子一样,里面蹿出橘红色的火舌好像扇子。他们路过时一条狗吼叫起来,远处的暗夜里传来游荡的海鸥厉声的尖叫。马儿在车辙绊了一下,急转弯之后飞奔起来。

过了一会儿,他们走出了土路,又在凹凸不平的街道上咯咯地跑了起来。大部分窗户漆黑一片,然而不时会有奇怪的影子投射在内里点灯的百叶窗上。道林好奇地打量着它们，这些影子晃来晃去，好似丑陋的提线木偶，却像活物一样打着手势。道林讨厌这些影子，心里升起一阵闷气。马车拐弯时，一个女人站在门里对他们吼了几声，两个男人追着马车跑了有一百码，马车夫挥着鞭子揍了他们。

有人说激动的心绪让人的想法循环往复。的确，道林·格雷恶狠狠地重复着，这些关于灵魂与感官的微妙字句在他紧咬的嘴唇里不断重现，直到他觉得自己的心绪充分地得到表达，并征得理智的同意，他得以为其正名，不然这种心绪会一直主宰他的脾气。一种想法慢慢浮现在他脑海里，侵占他的一个个脑细胞；疯狂的求生欲——人类最可怕的欲望之一，强烈地刺激着他每根震颤的神经。他曾憎恶丑陋的东西，因为丑陋的东西让一切都变得真实，而现在因为同样的原因，他却觉得丑陋的东西无比珍贵。丑陋的东西才是唯一的现实。粗暴的打斗、可憎的贼窝、杂乱无章的生活中赤裸而直接的暴力，小偷、流氓和无赖的生活，给人以强烈的现实感，这要比一切高雅的艺术形象和如梦似幻的歌曲更加鲜活，而他需要这些东西，好让他遗忘。三天之后，他就得到解放了。

突然，车夫猛地一拉，车子骤然停在一条漆黑的小巷尽头。船只黑糊糊的桅杆从低矮的屋顶及高矮不一的烟囱顶上伸出来。一圈圈的薄雾，在院子里久久不散，像鬼魂似的船帆在那儿诡异的摇晃着。

"就是在这附近了，先生，对吗？"车夫问道，活板门那头传来沙哑的声音。

道林心里一惊，偷偷瞧了瞧周围。"这里就好了。"他回答道，然后匆匆下了车，把答应车夫的赏金付给了他，然后快步走向码头那边。一艘巨大的商船船尾，零星地亮着灯火，照在泥潭里，摇曳着散成了一堆。一条待发的汽轮正在上煤，冒着红色的亮光。黏糊糊的人行道，看起来像湿了的雨衣。

他急急地向左走去，时不时回头看看是不是有人跟踪。大概七八分钟后，他来到一间小破屋前，小屋被两座荒凉的工厂夹着，其中一扇顶窗里还亮着一盏灯。他停下来，以一种特别的方式敲敲门。

不一会儿，走廊里传来了脚步声，链子从钩子上被解了下来。门悄然无声地开了，他一声不吭地走了进去，没理那个在地上蹲着的畸形的身影。他经过时，那家伙趴在地上和影子叠在了一起。破旧的窗帘挂在走廊尽头，他进门时从街上带进来的风把它吹得摇来摇去。他把帘子拉到一边，进到一间又长又矮的屋子里，看起来以前应该是个三流的舞厅。煤气喷嘴挂在周围的墙上，刺啦啦地亮着，影子映在对面满是苍蝇屎的镜子上，变得影影绰绰没了形状。煤气喷嘴后面是油乎乎的罗纹铁皮反光片，火光打到上面，形成颤抖的圆光盘。地板上铺的是黄褐色的锯木屑，被踩在泥里，到处都是。洒了的酒沾在上面，形成一个个黑圈。几个马来人在一个小炭炉旁边蹲着，在玩骨筹码，闲聊时露出雪白的牙齿。一处角落里，一个水手趴在桌上，头在两个胳膊里埋着。屋子的另一边都被一个吧台给占去了，吧台上喷着俗里俗气的图案，旁边还站着两个面容枯槁的女人，正嘲笑一个老头，那老头正带着一种厌恶的表情刷洗自己的外衣袖子。"他觉得有红蚂蚁钻上身了。"其中一个人在道林路过时笑着说道，那老头子惊恐地看着他抽噎起来。

屋子的最里面有个小楼梯，通往另一个暗室。道林匆匆跨了三级晃晃悠悠的台阶，一股浓重的鸦片味儿就扑面而来。他深深地吸气，鼻孔兴奋得抖动起来。他走进屋子，一个年轻人抬眼看了看他，这个年轻人一头柔软的黄色头发，正俯身靠向一盏灯，点一根又细又长的烟管。

"你怎么在这儿，阿德里安？"道林低声说。

"那我能在哪儿？"他有气无力地答道，"现在的年轻小伙子们都不和我说话了。"

"我以为你早已离开英国了。"

"达林顿（Darlington）什么都不管，最后我兄弟给我付清了账。乔治也不和我说话了……我无所谓，"最后他叹着气补充道，"有了这东西，就不需要朋友了。我觉得我朋友太多了。"

道林皱着眉头看了看四周那些奇形怪状的家伙，姿势古怪地躺在破破烂烂的床垫上。那畸形的四肢，大张的嘴巴，呆滞无神的眼睛，让他看得兴味十足。他十分清楚这些人是在一个怎样奇怪的天堂里忍受着折磨，又是在怎样沉闷的地狱里学会某种新享乐的秘诀。他们比他好多了。他却被困在思想的监牢里。记忆如同恐怖的疾病，一口口吞噬他的灵魂。一次次地，他似乎看见巴兹尔·霍尔沃德的双眼在盯着他。然而他不能在这里停留，有阿德里安·辛格尔顿在，他感到惶恐不安。他想去一个没人认识他的地方待着，他想要逃避自我。

"我打算去个别的地方。"他停了停说。

"码头吗？"

"是的。"

"疯猫一定是在那里，现在这里不留她了。"

道林耸耸肩；"我厌倦了爱别人的女人，会恨别人的女人更有意思。何况那里的东西更好。"

"差不多。"

"我更喜欢那边的。过来喝点什么吧。我得喝一点儿。"

"我什么也不想喝。"那年轻人嘟囔着。

"没事。"

阿德里安·辛格尔顿软绵绵地起身跟着道林去了吧台。一个混血儿一脸谄媚地笑着跟他们打招呼,他头顶一块碎布头巾,身穿一件破烂的大衣,推过来一瓶白兰地和两个大玻璃杯。女人们悄悄地贴过来搭讪,道林转身背对着她们,低低地和阿德里安·辛格尔顿说了句什么。

一个女人的脸抽动了一下,挤出了马来褶布一样扭曲的微笑,"我们今晚真是有幸啊。"她冷笑说。

"看在老天爷的份上,别和我说话,"道林顿足喊道,"你想要什么?钱?给你。再别和我说话了。"

两道红光在那女人空洞的眼睛里闪过,但随即暗淡下去,留下一双呆滞无光的眼睛。她把头扬起来,贪婪的手指扒拉着吧台上的几枚硬币。她的同伴羡慕地看着她。

"没用,"阿德里安·辛格尔顿叹了口气说,"我不愿意回去,那有什么关系呢?我在这里非常舒心。"

"要是需要什么东西你会给我写信吧?"道林顿了顿说。

"可能吧。"

"那晚安了。"

"晚安。"年轻人答道,上了阶梯,用手帕抹了抹干透的嘴。

道林满脸痛苦的表情,向门那边走去。他把帘子拉向一边时,一阵狂笑从那个刚刚拿了钱的女人涂着口红的嘴里爆发出来,"魔鬼买着廉价货走了!"她粗里粗气地打了个嗝说。

"你他妈的,"他回嘴道,"别那样叫我。"

她打个响指,朝着他的背影大喊"你更愿意人家叫你'迷人王子',对吗?"

那个睡意惺忪的水手听到她的声音立刻跳了起来,眼睛四处乱瞅着,这时他耳边传来走廊里关门的声音。他冲出去像是要追赶。

道林·格雷冒着毛毛细雨匆匆沿着码头走着,刚刚遇到阿德里安·辛格尔顿,莫名其妙地触动了他,他猜想,是不是真的是他毁了那个年轻人的一生,自己是不是就像巴兹尔·霍尔沃德当面侮辱的那样极度丑恶。他咬咬嘴唇,有那么一瞬间哀伤浮上了他的双眼。可是,这一切说到底又有什么关系?人的生命转瞬即逝,哪有时间替别人的罪过承担责任?每个人都有自己的人生,且代价自负。唯一的憾事是人经常不得不为同样的错误买单。真的,反复再三地买单。在和人做买卖时,命运女神从来不会结账。

心理学家们如是说:有时候,对罪孽或世人口中的罪孽产生的情绪如果彻底主导了天性,那身体的每根纤维,如同大脑中的每个细胞一样,似乎都会本能地产生可怕的搏动。这种状况下,无论男女都失去了自由的意识,鬼使神差地走向悲惨的结局。他们没有选择的权利,良心已被泯灭,就算良心尚存,也会吸引人去叛逆,诱惑人去反抗。神学家们总是孜孜不倦地提醒我们,一切罪孽的本质都是反抗。当那个高贵的神灵,也是罪恶的启明星,从天堂坠落时,他就是作为反叛者而坠落的。

道林已是铁石心肠,一心从恶,他带着被玷污的头脑和渴求叛逆的灵魂，匆匆前行。他越走越快，他侧身转入一个昏暗的拱道，这往往被他当作通往邪恶之地的捷径，但突然他觉得被人从背后一拽。来不及反抗，他就被一只粗暴的手掐着脖子卡到了墙上。

他疯狂地挣扎着想逃命，拼命用力挣脱了紧握的手指。一瞬间，他听到一支左轮手枪咔哒一响，然后看见一只磨光枪筒正对着他的脑门闪着幽光，面前是个短小精壮的人影。

"你想要什么？"他喘着气说。

"安静点，"那人说，"你一动我就开枪了。"

"你疯了吧。我哪里得罪你了？"

"你毁了西比尔·范内，"算是回答，"而西比尔·范内是我姐姐，我知道她是自杀。可你罪责难逃。我曾发誓要杀了你报仇。我找了你这么多年，可我没有线索，没有头绪。那两个能说出你样子的人都死了。我只知道西比尔对你的昵称，其他什么都不知道。碰巧今晚让我给听到了。认命吧，今晚你的死期到了。"

道林·格雷吓得要死。"我从……来不……认识她，"他结巴地说着，"从来没听说过，你疯了。"

"你最好认罪，只要我是詹姆斯·范内，你就得死。"在这可怕的瞬间，道林哑口无言，不知如何是好。"跪下！"那人嘶吼着，"给你一分钟祈祷——就一分钟。今晚我就坐船去印度了，在此之前必须做完我的事。一分钟，再没了。"

道林的手臂垂在身侧，吓得不能动弹，他不知该做什么。突然，一种大胆的奢望闪过他的脑海。"住手，"他喊道，"你姐姐死了多久了？快告诉我！"

"十八年，"那人说，"问这个干吗？和时间有什么关系？"

"十八年，"道林·格雷带着得意的口气哈哈笑起来，"十八年！你在灯下看看我的脸！"

詹姆斯·范内迟疑了一会儿，顿时有点不得其解，随后他一把抓着道林·格雷，将他拖到拱道外面。

虽然灯光在风中被吹得摇曳暗淡，但足够让他看清他犯下的可怕的错误，似乎真的是他弄错了。他所要杀的人，有着一张少年般红润的脸，保持着青春的无暇与纯真。他看起来就是个二十出头的小伙子，如果确实比自己许多年前阔别的姐姐年龄大的话，也不会大多少。很明显，他不是那个害了姐姐的人。

他一松手，往后踉跄几步。"我的上帝！我的上帝！"他喊了起来，"我差点就杀了你！"

道林·格雷深深地吸了口气。"你差点儿就犯下了滔天大罪，伙计，"说着他严厉地看着他，"这是对你的一次警告，别擅自胡乱报仇。"

"原谅我吧，先生，"詹姆斯·范内低低地说，"我被骗了，在该死的鸦片窝里偶然听到的一句话害得我误入歧途。"

"你最好还是回家吧，把枪收好，不然你会有麻烦的。"道林说，随即转身沿着街道慢慢地走去。

詹姆斯·范内惊恐地站在人行道上，他浑身都在颤抖。一会儿之后，一个黑影顺着滴水的墙轻手轻脚地蹭了过来，走到灯光下，悄悄地走近了他。他感觉一只手抓住了自己的手臂，吃惊地回头一看，原来是刚刚在吧台喝酒的其中一个女人。

"你为什么不把他杀了？"她嘶嘶地说着，那张枯槁的脸跟他凑得很近。她说起话来嘶嘶作响,还把憔悴的脸凑过去,"我知道你从戴利馆①一冲出来就跟着他了。你这个傻瓜!你该杀掉他的。他很有钱,有多少钱就有多坏。"

"我要找的不是他,"他回答,"我也不要钱,我要的是一个人的命。这个人一定快四十了,可这人不比孩子大多少。谢天谢地,我的手上没染上他的血。"

那女人一阵苦笑。"不比孩子大多少!"她冷笑道,"喂,伙计,'迷人王子'把我害成这副样子都快有十八年了。"

"你胡说!"詹姆斯·范内嚷道。

她手指天空叫喊起来:"上帝作证,我说的都是真的。"

"上帝作证?"

"我要是说谎就把我变成哑巴。所有来这里的人中,他是最坏的。有人说他为了漂亮的脸蛋把自己卖给了魔鬼。我第一次见他至今已经快有十八年了,从那天到现在,我变了,可他几乎没变。"她带着令人作呕的淫笑补充道。

"你敢不敢起誓?"

"我起誓,"一声嘶哑的回音从她扁平的嘴里传出来。"但让他知道是我说的,"她哀怨地说,"我害怕他,给我点钱让我找个地方过夜吧。"

他咒骂一声,把她甩掉了,猛地向街角冲去,可道林·格雷已经无迹可寻。他回头看时,那个女人也消失了。

---

① 指之前提到的鸦片馆。——译者注

## 第十七章

一星期后,道林·格雷坐在塞尔比庄园的温室里,与美貌的蒙茂斯公爵夫人侃侃而谈,公爵夫人和她年过六十、满脸疲惫的丈夫都是道林的座上宾。正是下午茶时间,桌上一盏罩着蕾丝罩布的大灯柔和地发着光,照亮了精美的瓷器和银铸的茶具,公爵夫人正在上茶。她白皙的双手在杯子间优雅地移动着,鲜红的双唇因为道林的悄悄话而微带笑意。亨利勋爵躺在一条铺着锦缎的藤椅上,正看着他们。纳伯勒夫人在一张桃红色的矮沙发上坐着,假装在听公爵描述自己新近收藏的一只巴西甲壳虫。三个年轻人身穿考究的吸烟装,正向几个女人递着茶点。这个家庭聚会共有十二人参加,第二天还会来一批人。

"你们二位在聊什么呢?"亨利勋爵说着走近桌子,放下了茶杯。"我希望道林已经告诉你,我要给一切重新施洗命名,格拉迪斯(Gladys)。这个想法很有意思。"

"可我不想重新命名，哈里，"公爵夫人抬起头，用美丽的眼眸看着他说。"我很满意我自己的名字，而且我肯定格雷先生也很满意他的。"

"亲爱的格拉迪斯，你俩的名字我都不会改，它们都是完美的名字。我主要是想改花名。昨天我剪了朵兰花，用作胸饰。这朵花有斑有点，美极了，和七宗罪一样有魅力。我无意间和一个花匠询问花的名字，他跟我说那是一种上等的棕榈科植物之类的植物。这事真让人悲哀啊，可我们已经没有能力给事物取个好听的名字了。我从不因行为争吵，只为语言争辩。我讨厌庸俗的现实主义文学就是这个原因。一个把铁锹称为铁锹的人就该强制让他使唤铁锹，他也就适合干这类的活儿了。"

"那我们该怎么称呼你呢，哈里？"她问。

"他叫'悖论王子'，"道林说。

"一听就知道是他。"公爵夫人高呼。

"我可不想听，"亨利勋爵说，一边大笑着坐进椅子里。"贴了标签就逃不掉了，我可不要这个美名。"

"王室不能退位。"漂亮的嘴提醒着他。

"那你希望我捍卫王权？"

"对啊。"

"我提出的都是明天的真理。"

"我更喜欢今日的错误。"

"你解除了我的武装，格拉迪斯。"亨利勋爵喊着，体会到她倔强的个性。

"缴获了你的盾，哈里，不是矛。"

"对美人我从不用矛。"他一挥手说。

"那你就错了，哈里，相信我，你把美貌看得太重了。"

"怎么能这么说？我承认我觉得美貌胜过善心，但同时没人能像我一样乐于承认丑陋不如善心。"

"那丑陋算是七宗罪之一了？"公爵夫人喊道，"那你兰花的那个比喻又怎么解释？"

"丑陋是七宗德，格拉迪斯。你作为忠实的保守党人，你可不能小看丑陋。啤酒、圣经和七宗德成就了今日的英国。"

"那你不喜欢自己的国家吗？"她问。

"我就住在这里。"

"好让你谴责它。"

"你想让我说说欧洲对英国的评价吗？"他问道。

"他们是怎么说我们的？"

"他们说答尔丢夫①移民到英国就开了家店。"

"这是你的想法吗，哈里？"

"我把它交给你。"

"我可用不了，它太真实。"

"不用担心，我国人不懂描述性的语言。"

"因为他们务实。"

"与其说是务实，倒不如说他们狡猾。他们做账的时候，用财富来补偿愚蠢，用虚伪来补偿恶习。"

"尽管如此，我们也取得了伟大的成就。"

"是'伟大的成就'主动上门的，格拉迪斯。"

"那也是我们撑起了伟大的重担。"

"也仅限于证券交易所了。"

---

① 答尔丢夫：莫里哀名著《伪君子》的主人公。——译者注

她摇头说:"我坚信民族的力量。"

"它代表着进取者的生存之道。"

"它还是有进步的。"

"但腐朽更吸引我。"

"那艺术呢?"她问。

"是一种病。"

"爱情?"

"幻想。"

"宗教?"

"信仰的时髦替代品。"

"你是个怀疑论者。"

"从来都不是!怀疑是信仰的开端。"

"那你到底是什么?"

"规定就是限制。"

"给我点线索吧。"

"线索崩断了。在迷宫里你会迷路的。"

"你说得我糊涂了。让我们谈别人吧。"

"我们的主人就是个不错的话题。几年之前他曾被命名为'迷人王子'。"

"啊!别跟我提那件事。"道林·格雷叫道。

"我们的主人今晚脾气不太好,"公爵夫人回答,面露红霞。"我觉得他认为蒙茂斯跟我结婚是根据纯粹的科学原理,把我当成所能寻得的现代蝴蝶的最佳标本。"

"啊,我希望他不会用针扎你,公爵夫人。"道林哈哈大笑地说。

"哦!我的女仆已经这么干了,格雷先生,我一惹她生气,她就扎我。"

"她怎么会生你的气呢，公爵夫人？"

"为了最微不足道的小事，格雷先生，我向你保证是这样。常常是我在八点五十进屋跟她说我该在八点半穿戴好。"

"她太不讲理了，你该警告警告她。"

"我不敢，格雷先生。唉，她给我设计帽子。你还记得在希尔斯顿夫人办的花园舞会上，我戴的那顶帽子吗？不记得了吧，不过你假装还记得，太贴心了。对，她没用什么东西就制成了。好帽子都用不着什么东西。"

"所有的好名声都是这样，格拉迪斯，"亨利勋爵插嘴说，"人一有所表现就会招致敌人。平庸才会招人喜欢。"

"女人可不是这样，"公爵夫人说着摇了摇头，"而世界由女人主宰。我肯定我们女人都不甘平庸。正如有人所说的那样，我们是用耳朵去爱的，正如你们男人是用眼睛来爱一样，当然前提是你们确实爱过。"

"我感觉，除了爱之外，我们似乎什么都不做。"道林低语道。

"呵！那你就从未真正付出真爱，格雷先生。"公爵装出伤心的样子回答说。

"亲爱的格拉迪斯，"亨利勋爵喊道，"你怎么这么说呢？浪漫的爱情是靠重复才能生存的，而重复将欲望转变为艺术。何况，每一次爱情对爱过的人来说都是仅此一次。感情的专一性不会因为对象的改变而不同，反而会更加专一。人的一生最完美的体验只能有一次，而人生的秘诀就在于要尽可能不断地复制那种体验。"

"连那些受伤的体验也包括在内吗，哈里？"公爵夫人顿了顿说。

"那些使人受伤的经历尤其如此。"亨利勋爵答道。

公爵夫人回头用探寻的眼光看着道林·格雷。"你是怎么看的呢,格雷先生?"她问道。

道林犹豫了一会儿,随即仰头哈哈大笑。"我总是和哈里保持一致,公爵夫人。"

"即便他错了也是如此?"

"哈里没有错的时候,公爵夫人。"

"那他的哲学给你带来幸福了吗?"

"我从不追求幸福。谁会想要幸福呢?我只追求享乐。"

"而且已经得到了吧,格雷先生?"

"经常,再经常不过了。"

公爵夫人叹了叹气。"我追求安心,"她说,"而且我再不去穿衣打扮,今晚就别想安心了。"

"我拿些兰花给你吧,公爵夫人。"道林说着向温室深处走去。

"你和他打情骂俏都不顾脸面了,"亨利勋爵跟他表妹说,"你最好还是当心点儿,他的魅力太大了。"

"如果不大就不会有战争了。"

"希腊人和希腊人的战争吗?"

"我支持特洛伊①,他们是为女人而战。"

"他们输了。"

"比当战俘更糟糕的事太多了。"她答道。

"你在与一匹脱缰的马为伴。"

---

① 特洛伊:古希腊时代小亚细亚(今土耳其所处位置)西北部的城邦,其遗址被发现于公元1871年。诗人荷马创作的两部西方文学史最重要的作品:《伊利亚特》和《奥德赛》中的特洛伊战争,便以此城市为中心。长期以来一直被科学家视为虚构传说的城市。——译者注

"速度带来生命。"她机敏地说。

"我今晚该把它写进日记里。"

"写什么呢？"

"一个被烧伤的孩子喜欢玩火。"

"我连皮都没焦，翅膀也毫发无损。"

"你用翅膀做了很多事，唯独没用来飞行。"

"男人身上的胆量已经传到女人身上了。对我们而言，这是全新的体验。"

"你有个情敌。"

"谁啊？"

他笑了。"纳伯勒夫人，"他低声说，"她对他喜爱至极。"

"你这么说让我很不安。对我们这些浪漫主义者来说，醉心于古董是致命的。"

"浪漫主义者！你什么科学方法都了如指掌。"

"男人教会的。"

"可没给你解释。"

"描述一下我们女性吧。"她挑战道。

"没有了秘密的斯芬克斯①。"

公爵夫人看着他微笑了。"格雷先生怎么去了那么久？"她说，"让我们去帮帮他吧。我还没跟他说我裙子的颜色呢。"

"呵！你应该根据他的花挑选裙子，格拉迪斯。"

"那就投降得太早了。"

---

① 斯芬克斯：斯芬克斯最初源于古埃及神话，也见于西亚神话和希腊神话中，但斯芬克斯在各文明的神话中形象和含义都各有不同。——译者注

"浪漫的艺术的开端即是高潮。"

"我必须留条后路。"

"用安息①人的方式？"

"他们在沙漠里得到了安宁。我做不到。"

"女人并不总是有选择权，"他的话还没说完，一声窒息的呻吟从温室那头传了过来，接着是沉闷的倒地声。人们吃惊地站了起来。公爵夫人惊得一动不动地待在那里。亨利勋爵满眼惊慌地穿过摇曳的棕榈树，发现道林·格雷躺在地砖上，脸朝下昏了过去。

道林即刻被抬到蓝色的客厅里，放到了沙发上，不一会儿，他苏醒了，恍惚地环顾四周。

"怎么了？"他问，"啊！我记起来了。我在这儿安全吗？哈里？"他颤抖起来。

"亲爱的道林，"亨利勋爵答道，"你只是晕厥了，并无大碍。你肯定是太疲惫了。晚饭还是不要下去了，我替你照管。"

"不，我要下去，"他说着挣扎着起身，"我宁愿下去，决不能单独待着。"

他到自己卧室换了装，回来坐到桌边时，他的一举一动透出一种狂野而无畏的快乐，可他时不时害怕得发抖，因为他记起了在花房的玻璃上，紧贴着一张白手帕一样的脸，那是詹姆斯·范内在盯着他。

---

① 安息：又名阿萨息斯王朝或帕提亚帝国，是古波斯地区古典时期的一个王朝。据说帕提亚骑兵的惯用战法是在掉转马头做退却状时用他们唯一的武器弓施放冷箭或发射弹丸。——译者注

## 第十八章

第二天他没有离开家一步,实际上大部分时间都待在自己的房间里,对死亡的恐惧让他病怏怏的,但他对生命自身却漠不关心。他开始受到一种被猎杀、诱捕和追踪的感觉支配。即便是壁毯在风中轻轻摇摆,他也会打哆嗦。枯叶被吹落到上了铅条的窗玻璃上,他也觉得像是自己无用的决心和极度的悔恨。当他合上眼,就又看到了那个水手的脸,正透过雾气迷蒙的玻璃向里窥视,恐惧似乎又一次捕获了他的心。

但或许只是他的幻觉召唤了黑夜中复仇的景象,将惩罚的骇人身影带到他面前。现实的生活混乱不堪,但想象却有种极其严谨的逻辑。是想象派忏悔跟踪罪恶,也是想象让每一宗罪都生出畸形的后代。在通俗的现实世界,恶人不被惩罚,好人没有好报。强者被赋予成功,弱者被强加失败。别无其他。何况,若真是有陌生人在屋子周围鬼鬼祟祟地走来走去,总会被仆人或看门人看到。若花圃里发现了脚印,花匠一定会来汇报的。对，那些仅仅是幻觉而已。西比尔·范内的弟弟并没有返回来追杀他。他早已出海远航，船沉冰冷的海底。不管怎样，他肯定不会受到那人的威胁。嗨，那人又不知道，也没法知道自己是谁，青春的面具救了他的性命。

可即便那只是幻觉，那种良心却能召唤可怕的幻影，并赋之以形，使其栩栩如生地出现在人眼前，想一想就让人毛骨悚然。如果他罪孽的影子夜以继日地在悄无声息的角落里窥视着他，从秘密之处嘲笑他，在宴会上对着他悄悄耳语，在他沉睡时用冰凉的手指把他叫醒，这该是一种什么样的生活啊！这些想法悄悄潜入他的脑海，他被吓得脸色煞白，空气似乎也骤然变冷。哦，他究竟是在何等疯狂的时刻谋杀了自己的朋友！光是记忆中的场景就足够让人胆战心惊了。而这一切又浮现在他眼前，每个骇人的细节都让他更加恐惧。时间的黑洞之外，他罪孽的身影包着带血的绷带可怕地出现了。当亨利勋爵六点钟进来时，看见他哭得心都要碎了。

直到了第三天，他才有勇气出门。那个冬日的清晨，有种带着松香的澄净的东西，似乎让他恢复了喜悦的心情和对生活的激情。但这种变化也不仅是环境中的物质状态导致的，那种让他心神不宁的痛苦与他的天性是势不两立的。那些性格细腻而精致的人一向如此。他们激烈的情绪不是碰壁就是投降，要么致人于死地，要么自行消亡。小悲小爱得以存活，大悲大爱则自毁于泛滥的感情。而且他说服自己相信，他的想象力受到恐惧的打击，而自己则成为其牺牲品。现在，他以惋惜及极度轻蔑的心情回顾着自己的恐惧。

吃完早饭，他和公爵夫人到花园内散了散步，之后驾车穿越花园去加入打猎的人群。严霜铺在青草上就像盐一样。天空就像一个翻转的蓝色金属杯。湖水里芦苇丛生、平坦无波,湖边结了一层薄薄的冰。

在松林的拐角处,他瞥见了杰弗里·克劳斯顿爵士,即公爵夫人的弟弟,正从枪膛里拉出两个空弹壳。他从车上跳了下来,告诉车夫把马赶回家,然后穿过枯萎的凤凰草和杂乱的树木丛,向他的客人走过去。

"打得还不错吧,杰弗里?"他问。

"不太好,道林。我觉得大部分鸟儿都飞走了,午饭以后,我们去新的场地就会好些了。"

道林漫着步,空气浓烈的芳香、林中微闪的红棕色光芒、助猎手时不时粗犷的高喊以及随后尖利的枪声,都让他沉醉其中,让他有种欢欣鼓舞的自由感。他全然陶醉在自我的幸福与欢快之中,忘记了周围的一切。

突然,他们前方约二十码处,在高高低低的乱草丛里,一只兔子惊跳起来,竖起的耳朵带着黑尖,长长的后腿往前用力地蹬着,正往浓密的桤树丛逃窜。杰弗里爵士端起了枪放到肩上,然而,这动物优雅的跳跃奇怪地吸引了道林·格雷,他立刻高喊:"别打,杰弗里,留它一条生路吧。"

"说什么瞎话,道林!"他的伙伴大笑起来,在野兔往灌木丛里钻时开了枪。随之有两声惨叫响起,兔子的惨叫,令人恐惧,还有人声痛苦的呻吟,更加骇人。

"老天!我打中了一个助猎手!"杰弗里爵士大声高呼,"那人怎么蠢到跑枪眼前面去了!那边别开枪了!"他竭力高喊。"有人受伤了。"

猎场看守提着根棍子跑了过来。

"哪里,先生?他在哪儿?"他叫道。这时,沿线的枪声也停了。

"这儿,"杰弗里爵士怒气冲天地回答,急急地跑向灌木丛。"你怎么不让你的人避一避？扫了我一天打猎的兴。"

道林看着他们把柔软而摇曳的树枝分到一边，钻进了桤树林中。不一会儿，他们出来了，拖着一具尸体走到阳光底下。他惊恐地转过了身，觉得似乎厄运处处追随着他，他听到杰弗里爵士问那人是不是确实死了，听到了看守的肯定回答。林子里一时间活跃着许许多多的脸，脚步声纷纷乱乱，低语声嗡嗡作响，一只黄铜色胸脯的大雄鸡，在头顶的树枝间拍着翅膀飞起来。

过了一会儿，这一小会儿对惊慌失措的他来说，像是无数个痛苦的小时，他感觉有一只手放在了他肩上。他心下一惊回头一看。

"道林，"亨利勋爵说，"我最好跟他们说今天的狩猎到此结束吧，再打下去感觉不太好。"

"我真希望永远结束呢，哈里，"他苦涩地说，"这事儿整个儿既可怕又残忍。那人是不是……？"

他说不下去了。

"我想恐怕是的，"亨利勋爵答道，"那一枪正中胸口，他当场就毙命了。走，我们回去吧。"

他们默默地肩并肩朝主路的方向走了大概五十码，然后道林看着亨利勋爵，重重地叹了口气说："这是个坏兆头，哈里，非常坏的兆头。"

"你说哪个？"亨利勋爵问，"哦！这次事故吧，我猜。亲爱的伙计，这事儿谁也无能为力。那个人自己犯的错。他为什么要跑到枪眼前面去呢？再说，这和我们也没关系。当然，杰弗里是相当尴尬。朝猎手乱开枪是不行的，人们会觉得是散弹射死了他。可杰弗里不是，他射得很准。不过再谈下去也没有意义。"

道林摇摇头:"这是个非常不吉利的预兆,哈里,我觉得似乎我们当中有些人已经厄运当头。或许,我就是。"他补充着,用手捂着眼睛做出痛苦的姿势。

亨利勋爵哈哈笑了起来。"倦怠是人世间唯一可怕的东西,道林。那才是唯一无法饶恕的罪恶。但除非这些家伙们在餐桌上不断旧事重提,我们是不会倦怠的。我得跟他们说这事儿是个禁忌。说到凶兆么,根本就不存在。命运女神可不会派传令官,她太明智或太残忍了,不会这么做的。何况,你能出什么事,道林?世人所想的你应有尽有,人们都巴不得和你交换位置。"

"我愿意和任何人交换位置,哈里。别那么取笑我。我跟你说的都是实话。那个刚死的可怜农民都比我强。我不怕死,是死亡的临近让我恐惧,它那可怕的巨翅在我四周盘旋。老天,你没看见树后面躲着一个人吗?他在监视我,等着我吗?"

亨利勋爵看了看戴着手套、抖个不停的手指的方向。"是,"他笑着说,"我看见花匠在等你呢,我猜他想问问你今晚你想在餐桌上摆什么花儿。你紧张到荒唐的地步了,伙计。等我们回到城里,你得来瞧瞧我的医生。"

道林见拾花匠走了过来,深深地吐了口气。那人碰碰自己的帽子,迟疑地瞧了瞧亨利勋爵,然后掏出一封信递给了主人。"公爵夫人在等回信。"他低声地说。

道林把信装进口袋。"跟公爵夫人说我就回去。"他冷言道。那人转身走向了屋子。

"女人真喜欢危险的东西!"亨利勋爵大笑着说,"我最钦佩她们身上的这一品质,只要身边有旁观者,那女人会和世界上任何一个人调情的。"

"你真喜欢说危险的事，哈里！不过这件事，你说错了。我非常喜欢公爵夫人，可我不爱她。"

"而公爵夫人非常爱你，却不是很喜欢你。你们真是绝配。"

"你在说闲话，哈里。闲话从来都是无凭无据的。"

"所有闲话的根基就是确定的非道德。"亨利勋爵一边点烟一边说。

"你为了说一句巧话，哈里，能搭上任何人。"

"这世界是自己走向祭坛的。"他如是回答。

"我真希望我能爱，"道林·格雷叫道，话音里有隐隐的悲哀。"可我似乎失去了激情，忘却了欲念。我太过关注自己，我的性格变成了我的重担。我想逃避，想走开，想遗忘。我真是太傻了，竟会来这个地方。我觉得我该给哈维（Harvey）拍个电报，让他把游艇准备好，人在游艇上才会安全。"

"有什么让你觉得危险呢，道林？你肯定出事了，怎么不跟我说？你清楚我是会帮你的。"。

"我不能和你说，哈里，"他悲哀地回答，"我敢说的就是我的幻觉。是这场不幸的事故让我心情沮丧，我有预感这种不幸也会发生在我身上。"

"胡扯！"

"但愿吧，可我不由自主要这么想。啊！公爵夫人到了，这件订制的长裙让她看上去就像阿尔忒弥斯[①]。你看我俩都回来了，公爵夫人。"

---

[①] 阿尔忒弥斯：月亮女神，又称狄安娜，宙斯和勒托的长女，阿波罗的孪生姐姐，是希腊神话中月亮女神的象征，为奥林匹斯十二主神之一。
——译者注

"我都知道了,格雷先生。"她回答,"可怜的杰弗里极度沮丧。而且你似乎还让他不要开枪打那只兔子。太奇怪了!"

"是,太奇怪了。我也不明白为什么会说那句话,想必是一时兴起。那兔子当时看起来就像是最迷人的小活物。十分抱歉他们告诉了你那个人的事,那是个恐怖的话题。"

"是个让人讨厌的议题,"亨利勋爵插嘴说,"没有一点儿心理学的价值。而如果杰弗里是有意为之,那才他真有意思呢,我真想认识个真正的杀人凶手。"

"你太可怕了,哈里!"公爵夫人高声说,"对吧,格雷先生?哈里,格雷先生又不舒服了,马上要晕过去了。"

道林竭力稳住自己,微微笑着:"没什么,公爵夫人,"他低声说,"我的神经彻底混乱了,仅此而已。恐怕是今早走得太远。我没听见哈里的话,很邪恶吗?你得找个时间告诉我。我想这会儿我该去躺一躺。你们不介意吧?"

他们走到了温室通往门廊的大台阶。当道林身后的玻璃门关上时,亨利勋爵回头,迷离地看看公爵夫人。"你对他用情很深吗?"他问。

她有一阵时间没有答话,却站着凝望着风景。"但愿我知道。"最后她说。

他摇摇头:"知道了才要命呢。隔雾观景景更美。"

"人会迷路的。"

"条条大路止于同一终点,格拉迪斯。"

"那是哪儿?"

"幻灭。"

"那是我生命的起点。"她叹气说。

"它来时戴着皇冠。"

"我厌倦了草莓的叶子①。"

"可它们很适合你。"

"只是在公众场合。"

"你会想念它的。"亨利勋爵说。

"我不会放弃哪怕一片花瓣。"

"蒙茂斯有耳朵。"

"老年人耳朵不灵。"

"他就从来不嫉妒吗?"

"我倒希望他嫉妒。"

亨利勋爵四下看看,像是在找什么东西。"你找什么呢?"公爵夫人问。

"你花剑的小球②。"他回答,"你弄掉了。"

她哈哈大笑:"我还有面具。"

"它让你的眼睛更加迷人。"亨利勋爵如是回答。

她又笑了起来,牙齿就像鲜红的果实里雪白的种子。

楼上,在自己的房间内,道林·格雷在一张沙发上躺着,身上每根颤抖的纤维都带着恐怖。生活对于他而言,突然变成了讨厌的重担,让他无法忍受。那个助猎手不幸惨死,像一头野兽一样在丛林中被射杀了,这似乎是对自己的死亡的一种预示。亨利勋爵兴头上的一句玩笑的挖苦,让他几近晕倒。

五点钟时,他摇铃把仆人叫来了,命他给自己收拾行装,搭夜车回城里,让马车八点半在门口等候。他决心一晚也不在塞尔比庄园待了,这地方满是凶兆。死神光天化日在

---

① 公爵冠冕上的装饰。——译者注
② 击剑运动中戴面罩与在剑尖上套一个小球都是安全措施。有一句俗语 the bottons came off the foils(剑尖上的小球掉下来了)意为"把游戏当真。"——译者注

这里出没，血迹已经溅污了林中的草丛。

接着，他给亨利勋爵留了个便条，跟他说自己要回城看医生，请他代自己招待自己的宾客。他把便条装进信封，这时传来了一阵敲门声。男仆报告说猎场的看守求见。他蹙了蹙眉，咬着嘴唇。"让他进来。"他停了停之后说。

那人一进来，道林就从一个抽屉里抽出本支票簿，在面前摊开。

"我猜你来是为了今早不幸的事故吧，桑顿（Thornton）？"他说道，随手提起一支笔。

"是，先生。"猎场看守答道。

"那个可怜人结婚了吗？有没有家人需要养活？"道林不耐烦地问，"要有的话，我不会害得他们饥寒交迫的，我会给他们一笔钱，你觉得需要多少就出多少。"

"我们也不认识他，先生，所以我冒昧问问您。"

"不认识？"道林无精打采地问，"什么意思？他不是你安排的人？"

"不是，先生。从没见过他。好像是个水手，先生。"

手中的笔从道林手里掉了下来，他感觉心跳似乎都停了。"水手？"他惊呼道，"你说一个水手？"

"是，先生。他看起来像是当过水手，两只胳膊都有纹身之类的东西。"

"在他身上有什么发现吗？"道林说，身子往前倾了倾，异样地看着来人，"有没有东西能指明他的名字？"

"有些钱，先生——不太多。还有一支六发式左轮手枪，也没什么名字之类。看起来像个规矩的人，就是糙了些。我们觉得他是个水手。"

道林惊跳起身，一种可怕的希望席卷全身，他发疯似的抓紧它。"尸体在哪儿？"他高声问，"快点！我要立刻看看。"

"在家庭农场的空马厩里,先生。我们的人都不愿意把那种东西放自己家里。他们说尸体会带来厄运的。"

"家庭农场!去那儿等着我。跟马夫说,牵一匹我的马过来。不,算了。我自己去马厩,节省时间。"

一刻钟不到,道林·格雷便以自己最快的速度在长长的林荫路上策马奔驰了。树木从他身侧扫过,像列队的幽灵,乱七八糟的影子横铺在他前方。有一次,牝马跑到一根白色门柱旁突然急转弯,差点把他甩下来。他在马脖子上用马鞭狠狠地抽了一下,马儿如箭般划开灰蒙蒙的空气,蹄下乱石翻飞。

最终他到了家庭农场,院子里有两个人在闲晃。他从马鞍上跳下来,将缰绳丢给其中一个人。在马厩的最远处闪着光亮,直觉告诉他尸体就在那儿,他匆忙向门奔去,手伸向了门闩。

那时他犹豫了,感觉自己身处发现决定自己生死的秘密边缘。然后他一推门,进去了。

在远处的一个角落里,一具尸体躺在一堆麻袋上,穿着粗制衬衣和蓝裤子,一块斑驳的手帕盖在脸上,一根简易蜡烛插在它旁边的瓶子里,正劈啪作响。

道林·格雷一阵哆嗦。他觉得自己无法亲手将手帕掀开,所以喊了个农仆过来。

"把他脸上的东西拿走,我想看看。"他说着一边抓住门柱支撑自己。

农仆照做了,道林向前跨去,一声喜悦的呼喊从他嘴里爆发出来。那个在灌木丛里被打死的人就是詹姆斯·范内。

他看着尸体在那里足足站了好几分钟。骑马回家时,他双眼满含泪水,因为他知道自己安全了。

## 第十九章

"你跟我说你要从善,这有什么用呢?"亨利勋爵高声道,白皙的手指蘸进盛满了玫瑰露的红铜碗里。"你已经完美无缺了,别改变自己。"

道林·格雷摇摇头。"不,哈里,这辈子我做了许多邪恶的事,以后再也不做了,昨天我就开始行善了。"

"你昨天在哪儿?"

"在乡下,哈里,我一个人在一个小旅馆待着。"

"好伙计,"亨利勋爵微笑着说道,"到了乡下谁会变好?那里不存在诱惑,这就是住在乡下的人极度野蛮的原因了。文明绝对不是轻而易举就能得达到的,人类达到文明的途径只有两种:一种是修身,一种是堕落。而这两种机会乡下人都没有,所以他们裹足不前。"

"修身和堕落,"道林重复道,"这两种我都略知一二,而现在我觉得要是将它们混为一谈是很可怕的。因为我有了新的理想,哈里。我要改变,我觉得我已经改变了。"

"你还没跟我说你的善行呢。或者你刚刚说的是不止一件好事吗?"他的同伴一边问,一边把长满籽的红草莓拨到自己盘子里,形成一个锥状小堆,又拿起带孔的贝壳状小勺往草莓上撒白糖。

"我可以跟你说,哈里。这并不是一件和谁都能说的事。我放走了一个人,这听起来有点自负,不过你理解这话中我要表达的意思。她非常漂亮,像极了西比尔·范内,我觉得这是她吸引我的首要原因。你记得西比尔·范内吧?那好像都已经是很久之前的事情了。当然,赫蒂(Hetty)不是我们这一阶层的人,她只不过是个农村姑娘。可我真的爱过她,我确定我爱过她。整个美妙的五月,我都会一周去乡下看她两三次。昨天在一个小花园里她和我见面了,苹果花纷纷落到她的头发上,她爽朗地笑着。我们本计划今早清晨黎明就离开的,突然,我决定离开她,让她保持我们初识时花一样的纯真。"

"我想这种新感情一定让你体验到了一种真正的快感,道林,"亨利勋爵插了一句说,"不过我可以帮你写完你的抒情诗,你给了她衷心的建议,然后伤透了她的心。这便是你自我改变的开端。"

"哈里,你太恐怖了!你不能说这么难听的话。赫蒂的心没被伤透。当然了,她是哭闹过之类的,可她声名无损,她可以继续活下去,像珀迪塔[①]那样,在她满是薄荷与金盏花的花园里生活。"

---

[①] 珀迪塔:莎士比亚戏剧《冬天的故事》中的人物。——译者注

"然后为负心的弗洛里扎尔①流泪，"亨利勋爵一边说一边大笑着靠在椅子上。"亲爱的道林，你这种小孩儿脾性真是绝了，你觉得这姑娘以后还会对自己的同类感到满意吗？我猜她可能会嫁给一个粗鲁的车夫，或是傻呵呵的农夫。不过，跟你相遇并相爱这一事实，会教会他鄙视镜子里的丈夫，因而她将痛苦万分。从道德的观点来说，我也不能说很赞同你伟大的自我放弃。这事就算只是个开端，那也很糟糕。况且，你怎么知道赫蒂此时不会像奥菲利娅那样在一个闪着星光的池塘里漂浮着，而可爱的睡莲环绕在她周围？"

"我受不了了，哈里，你嘲讽一切，提出最惨痛的悲剧。我现在都后悔跟你说这件事了。你说了什么我无所谓，反正我知道自己做对了。可怜的赫蒂！今早我骑马路过农场，看到了她惨白的脸贴在窗上，如同一簇茉莉花。我们别再谈这件事了，也别再试图说服我这真的是种罪孽，这是我多少年来第一次行善，我所知道的第一次小小的自我牺牲。我想要变好，而且也会变好的。跟我说说你自己吧，城里发生了什么事？我都好几天没去俱乐部了。"

"人们仍在讨论可怜的巴兹尔消失的事。"

"我还以为到现在他们该厌烦了呢。"道林给自己倒了点儿酒，眉头轻蹙说道。

"好孩子，他们才说了六个星期，英国大众们每三个月的话题不能超过一个，不然他们紧绷的神经可承受不住。然而最近他们挺幸运的，他们可以谈谈我的离婚事件，也可以说说艾伦·坎贝尔的自杀事件，现在他们又有艺术家的神秘失踪案可以谈了。伦敦警察厅②仍坚持认为，在十一月九日

---

① 弗洛里扎尔：莎士比亚戏剧《冬天的故事》中的人物。——译者注
② 伦敦警察厅：苏格兰场，是英国人对首都伦敦警察厅总部所在地一个转喻式的称呼。——译者注

搭半夜火车去到巴黎的那个穿灰色厄尔斯特宽大衣的男人，是可怜的巴兹尔。但法国警方称，巴兹尔压根儿就没到过巴黎。我觉得两周后就会有人跟我们说在旧金山看到巴兹尔了，一有人失踪就会报告称其在旧金山出现了，这真诡异。那座城市一定很诱人，囊括了来生所有的魅力。"

"你觉得巴兹尔出什么事了？"道林问道，举着盛满勃艮第酒的酒杯对着灯光，好奇自己如何能够从容不迫地谈论这件事。

"我一点儿头绪也没有，如果巴兹尔选择自己藏起来了，这就与我无关了；如果他死了，我就不想再考虑他了。我唯一害怕的事情就是死亡，我厌恶死亡。"

"为什么？"年轻的那位厌烦地说。

"因为，"亨利勋爵说着拿着一个镀金开口的嗅盐盒在鼻孔下面晃了晃，"现在的人什么都能避免，就是免不了死亡。死亡与庸俗。在十九世纪，人类不得其解的两件事只有死亡与庸俗了。我们现在去音乐厅喝咖啡去吧，道林。你要给我演奏肖邦。把我妻子拐跑的那人特别擅长演奏肖邦。可怜的维多利亚！我非常喜欢她。屋子里少了她就冷冷清清的。当然，婚姻生活不过是种习惯罢了，一种恶习。但即便是最糟糕的恶习，人们在失去的时候还是会遗憾的。也许这些恶习是最令人遗憾的部分了。对于人类来说，它们是至关重要的。"

道林什么话都没说，只是从桌边起身，进到隔壁屋子里，坐到钢琴前，手指在黑白的象牙琴键上扫着。咖啡送上来后，他停了下来，望向亨利勋爵说："哈里，你有没有想过巴兹尔是被谋杀的？"

亨利勋爵打了个哈欠："巴兹尔很受欢迎，还总戴着一块沃特伯里①手表。他怎么会被谋杀呢？他还没有聪明到能有敌人的地步。当然，他绘画天赋很高，不过，一个人可以像委拉斯凯兹②那样擅长绘画，也不会像他一样无聊乏味。巴兹尔真的是相当乏味。他使我感兴趣的时候只有一次，就是几年前，他曾对我说他对你产生了极度的爱慕之情，而你成了他艺术的主导动力。"

"我特别喜欢巴兹尔。"道林略带善心地说，"可没人议论说他被谋杀了吗？"

"哦，有几家报纸这么说过，可我觉得完全不可能，我知道在巴黎有些危险的地方，但巴兹尔可不是那种人，他毫无好奇心，这是他最大的缺点。"

"如果我跟你说，是我把巴兹尔给杀了，你会说什么？"年轻人说道，说完他目不转睛地盯着亨利勋爵。

"我会说，我亲爱的伙计，你扮的这个角色真不像你，一切罪恶即是庸俗，正如一切庸俗即是罪恶。道林，你身上没有能让你犯下杀人之罪的那种庸俗。抱歉这么说有点伤你的虚荣心，不过我确定这是真话。犯罪只属于下等人的行当，我丝毫没有因此而责备他们的意思。我还觉得犯罪对他们来说就像是艺术对于我们一样，只是一种追求超凡刺激的方式。"

"一种追求刺激的方式？那你觉得杀过一次人的罪犯可能会再次杀人？别跟我说是真的。"

"哦！任何事情经过多次重复便成为一种享受，"亨利勋爵说着哈哈大笑，"这是生活中最重要的秘密之一了。不

---

① 沃特伯里手表：此处意为廉价手表。——译者注
② 委拉斯凯兹（1599～1660）：十七世纪巴洛克时期西班牙画家。——译者注

过我认为，杀人总归是不对的。这种饭后无法启齿的事情人不能做。不过我们换个话题，别谈可怜的巴兹尔了。我倒真希望我能相信他有个如你所说那样的真正浪漫的结局，但我不能。我敢说他骑马掉进塞纳河[①]了，而售票员把这件丑闻掩盖了。不错，我估计他就是这么个结局。我可以想象到他此刻在暗绿色的水下躺着，沉重的游船从他上面飘过，长长的水草在他头发上缠绕着。你知道吗，我觉得就算他还在世，也画不出更多优秀的作品了。过去的十年间，他的作品差劲了不少。"

道林长舒口气，亨利勋爵慢慢悠悠穿过房间，抚摸起了一只稀奇的爪哇鹦鹉的头，这是一只灰毛大鸟，羽冠和尾巴都是粉色的，此刻正在一根竹竿上栖身，保持着身体的平衡。他用手指碰碰它，它的手指一碰它，它起皱的眼睑上白色的鳞片便垂了下来，阖到玻璃状的黑色眼珠子上，身子开始前摇后摆。

"没错，"他转过身，从口袋里取出了手帕，继续说道，"他的作品糟糕了不少，我感觉似乎是缺少了什么，缺少了一种理想。当你和他不再交好时，他就不再是个非凡的艺术家了。是什么让你们分道扬镳了？我猜是他让你觉得厌烦了。果真如此的话，他是不会原谅你的。让人厌烦的人才有这个习惯。顺便问问，那张他为你作的精美绝伦的画像去哪儿了？自从他画完了我好像就再没见过。哦，我记得几年以前你曾跟我说过，你把画儿送到塞尔比庄园了，然后放错了地方，或是在路上被偷走了。后来你没再找回来吗？太可惜了，真是旷世杰作啊。我还记得我本打算把它买下来，我

---

[①] 塞纳河：法国北部大河。——译者注

希望我现在能拥有它。这幅画是巴兹尔顶峰时期的创作。从那以后，他的画作就成了一种奇怪的组合，混合了拙略的色彩和良好的意旨，这是典型的英国艺术家风格。你登报寻找了吗？你应该这么做的。"

"我记不得了，"道林说，"可能吧。但我从未真正喜欢过那幅画。我很后悔当初坐着给他当模特。对这幅画的记忆让我厌恶，你为什么会提起它呢？它曾让我想起某部剧里一些奇奇怪怪的台词——我想是《哈姆雷特》①吧——怎么说的来着？

　　不过是做作出来的悲哀，
　　只有表面，没有真心②。
　　对，就是这么说的。"

亨利勋爵哈哈笑起来："如果一个人艺术地对待生活，那他就心脑合一了。"他回答道，坐进了一把扶手椅里。

道林·格雷摇摇头，在钢琴上奏出极短轻快的和弦，"不过是做作出来的悲哀，"他重复一句，"只有表面，没有真心。"

亨利勋爵向后一靠，半闭着眼睛看着道林。"再提一句，道林。"他顿了顿说，"人若赚得全世界，赔上——原文是什么来着——自己的灵魂，有什么益处呢③？"

音乐不再和谐，道林·格雷吃惊地盯着他的朋友。"为什么问我这个，哈里？"

"我亲爱的伙计，"亨利勋爵吃惊地扬起了眉毛说，"因为我觉得你可能给我提供一个答案，仅此而已。上周

---

① 《哈姆雷特》：莎士比亚四大悲剧之一。——译者注
② 引自《哈姆雷特》朱生豪译本。——译者注
③ 此处出自《马太福音》第16章第26节。——译者注

日我穿过海德公园,在大理石拱门周围,一小堆衣衫褴褛的人在那儿站着,在聆听某个庸俗的街头传教士布道。我经过时,听到那人正在向听众高声问这个问题,我深深地被震撼了。伦敦极富类似奇怪的效果。一个雨天的周日,一个身披雨衣、言谈粗俗的基督徒,一圈儿惨白的脸遮在一顶顶滴水的伞沿下面,一句精妙的警句从一张情绪激动的嘴里尖声迸出,飞向空中——这种方式确实极妙,绝对是一种启示。我曾想着要告诉那个先知,跟他说艺术拥有灵魂,而人却没有。然而我担心,他是不会理解我的。"

"别,哈里。灵魂总是可怕的现实,可以买,可以卖,可以交换,可以毒化,也可以使之完善。我们每一个人都拥有灵魂,我很清楚。"

"你十分肯定吗,道林?"

"非常肯定。"

"啊!那这一定是种幻想。人们绝对肯定的事从来都不是真的。这就是信仰的要害所在,也是浪漫应汲取的教训。你太严肃了,别这么认真。你我跟这个时代的迷信有何关系?不,我们已经在内心深处放弃了对灵魂的信仰。给我弹支曲子吧,一支小夜曲,道林,然后一边儿弹一边儿悄悄地告诉我,你是怎么做到青春永驻的。你肯定有什么秘密,我只长你九岁,可已经皱纹满脸,精疲力竭,肤色发黄。你真的是太神奇了,道林。你从未像今晚那样如此令人着迷,你让我想起了你我初识时的样子。你当时非常调皮,非常羞涩,气度绝非常人。当然,你也有改变,但并不在外表上。希望你能告诉我你的秘密。要是能找回青春,我会不惜一切代价、锻炼、早起和体面除外。青春!是无与伦比的,谈论青春的无知是十分荒谬的。我现在只尊重那些远比我年轻的人的想法。他们似乎是在我前头，生活将自己最新的奇观揭示给他们，而那些上了年纪的人，我总是与他们意见相左，我都是凭原则行事的。如果你问他们，对昨天发生的一件事有何看法，他们会一脸严肃地把1802年时兴的观点告诉你，那时候人都还戴着领饰，对什么都深信不疑，却对什么都一无所知。你弹的这首曲子真动听！我很好奇，这是不是肖邦在马略卡岛①上谱的曲，当时是不是大海环在别墅四周哀哭，咸咸的浪花敲打着玻璃窗？它有着非同凡响的浪漫气息。能有一种与模仿无关的艺术流传下来，对我们也真是莫大的福分。别停啊！今晚我就想听音乐，我似乎觉得你就是年轻的阿波罗，而我像是玛息阿②在听你弹奏。我也有哀伤，道林，属于自己的哀伤，甚至于你也无从知晓。年老的悲剧不在年老而在年轻。我有时会为自己的真诚而惊叹不已。啊，道林，你是多么快乐！你的生活多么精美。不论什么事你都能沉醉其中。你用上颚将葡萄压碎。一切在你眼前都无从躲避，而这对你来说只不过是音乐之声，你毫发无损，从未改变。"

"我变了，哈里。"

"不，你还是和原来一模一样。我很好奇你的余生会如何度过，但不要因为克己而糟蹋了它。如今你是十全十美的，不要让自己变得不完美。如今你完美无瑕，你不必摇头：你知道确实如此。还有，道林，不要欺骗自己。生活不是受意愿或目的掌控的。生活是神经，是纤维，是逐步生长

---

① 马略卡岛：位于地中海西部，属西班牙。1838年秋至次年年初，肖邦与乔治·桑曾在岛上居住。——译者注
② 玛息阿：希腊神话中的森林之神，擅长吹长笛，曾与阿波罗比赛演奏。——译者注

的细胞,而思想在其中隐藏自我,激情在其中怀抱梦想。你可以认为自己是安全的,是强大的。但房间或尘空中随意出现的一抹色彩,你曾喜爱过并给你带来奇妙记忆的某款特别的香水,一首被久忘的诗中你又偶遇的一句诗,一段你不再演奏的乐章中的调子——我跟你说,道林,这正是我们对生活赖以依存的东西。勃朗宁①曾在哪里这么写过:但我们的感官会帮助我们想象出来。有那么些时刻,白丁香的芬芳会忽然飘过我身边,于是我不得不重新回味我人生中最奇怪的日子。我真希望能和你互换位置,道林。世人都大叫大嚷地谴责我,可却一直崇拜着你,今后也一样会崇拜你。时代所寻找的典型就是你,而它找到的也是使自己畏惧的。我很欣慰,你从未创作过任何东西,你从不塑雕像,也不会绘画,不会创作此类的身外事物。你的艺术就是生活,你把自己编成了乐章,你生活的每一天就是你作的十四行诗。"

道林从钢琴前起身,用手顺了顺头发。"对,生活一直都很精美,"他低语道,"但我今后的生活不会再这样了,哈里。而且你以后也不能再对我说这些华而不实的话了。你对我并不是全知全解,否则,我想你就会对我避而远之了。你笑了,别笑。"

"你怎么不弹了,道林?回去把那首小夜曲再为我弹一遍吧。看一眼那悬在昏暗的空中的蜜色大月亮吧。她正等着你对她施展魅力,要是你演奏一下,她就会离地球更近些。你不弹了?那我们上俱乐部吧。今晚真迷人,我们要以迷人的方式结束它。怀特俱乐部里有个人急切地想与你结交——是年轻的普尔勋爵(Lord Poole),伯恩茅斯(Bournemouth)的大

---

① 勃朗宁:罗伯特・勃朗宁(1812~1889)英国诗人。——译者注

儿子。他还仿制了你的领带，请求我向你引见他。他非常招人喜欢，让我想起了你。"

"我希望不是这样的，"道林满眼忧伤地说，"不过我今晚累了，哈里。我不会去俱乐部的，都快十一点了，我想早些休息。"

"别走啊，你从未像今晚这样弹得如此之妙，弹指间有种神奇的东西，有种我之前从未听过的情感表现。"

"因为我要改邪归正了，"他微笑作答，"我已经变了一些了。"

"对我来说，你变不了的，道林。"亨利勋爵说，"你我会永远是朋友。"

"而你曾用一本书毒害我，那是我无法原谅的。哈里，答应我你再不会把那本书借给任何人了。它害人不浅。"

"我亲爱的孩子，你是真的开始说教别人了，很快你就会像个皈依信仰的人，成为信仰复兴运动家，告诫人们远离那些你早已厌倦的罪孽。你太讨人喜欢了，不会那么做的。何况，那根本就是徒劳。你就是你，我就是我，以后也是如此。至于说被一本书毒害，根本就是无稽之谈。艺术对于行动毫无影响力，还会遏制行动的欲望，它绝对不会催生任何行动。那种书被世人引以为恶，是因为它们向世人展示了他们的耻辱，仅此而已。不过我们别讨论文学了。明天过来吧，我大概十一点的时候去骑马。我们可以一起去，之后我带你去和布兰克森夫人（Lady Branksome）吃午饭。她是个有魅力的女人，最近在考虑买些织品，想和你咨询一下。你一定要来的。不然，我们和你的小公爵夫人共进午餐吗？她说她现在都见不到你了。或许你已经厌倦了格拉迪斯？我觉得你会的。她伶俐的口齿会伤到人的神经。好吧，不论怎样，十一点时来这里吧。"

"我非来不可吗,哈里?"

"当然了。海德公园现在风景宜人,从我见你那年起,我想那里的丁香从未如此迷人过。"

"那好吧,我会在十一点准时到。"道林说,"晚安,哈里。"当走到门口时,他顿了顿,似乎仍有话要讲,然后他叹了口气,出了门。

## 第二十章

夜色如此迷人，温暖到让他把外套挂在胳膊上，也没有在脖子上系丝绸围巾。他抽着烟漫步在回家的路上，身穿夜礼服的两个年轻人从他身旁经过。他听到其中一个对另一个悄声说："那就是道林·格雷。"他想起了从前，自己曾因被人认出，受人注目，被人议论而心满意足。现在他连听到自己的名字都感到厌倦。他最近常去的小村庄，吸引他一半的原因就是那里没有一个人认识他。他常和那个受他引诱爱上他的姑娘说，自己是个穷小子，她居然信了。他有次还和她说自己作恶多端，她竟笑话他说，恶人都是又老又丑。她的笑声真美啊——就像画眉的歌声。她身穿棉布长裙，头戴大帽子，多么漂亮！她对什么都一无所知，但她所拥有的，正是道林已经失去的。

到家的时候，他发现仆人还在等他。他打发他去睡觉了，自己倒在书房的沙发里，思索亨利勋爵的所言所语。

人真的是无法改变的吗?他感到自己对童年的纯真无邪极度向往——他那白如玫瑰的童年,亨利勋爵曾如此说。他知道,他已经糟蹋了自己,用堕落填充了大脑,用恐怖沾染了幻想;他曾对别人施加邪恶的影响,并为之而幸灾乐祸。与他相识的那些人,原本都是前程高远的正人君子,而他却使他们蒙羞。可这一切都不可挽回了吗?他毫无希望了吗?

啊!他当时是在怎样一个充满骄傲与激情的时刻,许愿让画像替自己背负时间的包袱,而他自己却青春永驻,光辉永存。他的失败根源于此,真不如他当下就为自己所做的罪行承受必然的惩处,惩罚可以起到净化的作用。对于无比公正的上帝而言,人类的祈祷不应是"宽恕我们的罪行吧",而是"惩处我们的罪行吧"。

亨利勋爵曾送他一面雕刻奇特的镜子,那已经是几年前的事了,它此刻就立在桌上,小爱神四肢雪白,如以往那样环在镜框上开怀地笑着。他拿起了镜子,正如那个恐怖的夜晚,那是他第一次发现那幅致命的画像产生了变化。他睁大了泪眼蒙眬的双眼,向磨光的镜面望进去。曾有一个爱他至深的人给他写了一封疯狂的信,信是以几句崇拜至极的话结尾的:"世界变了模样,因为你是用象牙与黄金做的。你双唇的曲线改写了历史。"这些字句回到了他的记忆当中,他一次又一次地不断重复着。然后他对自己的美貌感到无比厌恶,把镜子丢到地上,让它在鞋跟下碎成了银色的亮片。毁了他的正是自己的美貌,而他所祈祷的也正是美貌与青春。如果没有这两样,他的生命或许就能免遭玷污。他的美貌不过是张面具,而青春不过是种讥讽。青春充其量能是什么?一段生嫩而不成熟的时光,一段心绪浅薄、思想不健全的时光。为什么他会穿青春的制服呢?青春已经把他毁了。

最好不要追忆往事了，往事不可更改。他应该考虑的是他自己，以及自己的将来。在塞尔比墓地的一座无名的坟墓里，西比尔·范内已经被埋葬。艾伦·坎贝尔在某个晚上开枪自杀，烧毁自己的实验室，但他并未透露过那个被强加于身的秘密。关于巴兹尔·霍尔沃德失踪而引起的一时轰动，会很快平息，现在已经开始消退了。他绝对毫无风险。而且，巴兹尔·霍尔沃德的死的确没有让他的思想不堪重负，而是他自己虽生犹死的灵魂让他忧心忡忡。巴兹尔的那幅画毁了他的一生，他无法原谅他。是那幅画导致了这一切。巴兹尔的话曾让他忍无可忍，可他仍旧耐心地承受了。那次谋杀只是一时冲动。至于艾伦·坎贝尔么，自杀只是他自己的行为，他的选择，跟自己无关。

新生！这才是他需要的，也是他等待的。无疑，他的新生活已经展开，不管怎么说，他放过了一个纯洁的东西。他再也不会诱惑纯洁了，他要弃恶从善。

正想到海蒂·默顿(Hetty Merton)的时候，他开始好奇，那幅锁在房间里的画有没有发生改变。肯定不再像原先那么恐怖了吧？或许当他的生活开始纯净下来，他就能够驱除那张脸上所有邪恶的迹象了。或许那些邪恶的迹象已经荡然无存了。他要上去看看。

他从桌上提了灯，蹑手蹑脚上了楼梯。当他开门的时候，他那张年轻的出奇的脸上掠过一丝欢快的笑容，并在嘴角稍作停留。对，他要从善，那他藏起来的那件丑恶的东西就不会再让他惶恐不安了。他感觉身上的重担已经减轻了。

他悄悄地走进去，习惯性地锁上了门，把那块紫色的罩布扯了下来。一声痛苦而愤怒的尖叫脱口而出。除了眼中的狡黠，嘴角虚伪而弯曲的皱纹，他没有看到什么变化。这东西仍旧让人恶心——似乎比之前更让人恶心了——那玷污了手的鲜红色露水似乎更加鲜明,更像是新溅的血滴。于是他颤抖了。难道他的善行只是虚荣心在作怪?还是像亨利勋爵讥笑他时所说的那样,只是对新刺激的渴望?或许是那种想要装腔作势的激情,有时会让我们做出超越自己的善行来?或者,也许,这些都是原因?可为什么那块红色的污渍比原先大了呢?像是某种恐怖的疾病染到了满是皱纹的手指上。甚至画像的脚上也沾了血渍,似乎是从上面滴下来的——连那只没有拿刀的手上也有了血迹。坦白吗?这意味着他得去坦白吗?放弃自己之后再被处决?他大笑起来,觉得这个想法很恐怖。何况,就算他去坦白罪行,谁会信他?死尸已被毁尸灭迹,一切属于他的东西都已经被销毁了。而他自己亲手烧了楼下的那些东西。世人只会说他是疯了,要是他坚持这么说,他们还会把他给关起来……可这是他的责任,他应该去坦白罪行,当众受辱,公开赎罪。还有上帝存在,召唤人们向世间和天堂坦白自己的罪行。无论如何他都洗不清自己的罪孽,直到他亲口坦白自己的罪行。他的罪行?巴兹尔·霍尔沃德之死对他毫无影响,他心心念念的是赫蒂·默顿。因为那面镜子,他眼前的这面灵魂之镜是不公平的。虚荣?好奇?虚伪?他克己的行为只是如此、再无其他了?还有很多东西,至少他自己这么认为。但又有谁能分辨?……不,再无其他了,他放过了赫蒂是虚荣心作怪,而虚伪让他戴上善良的面具,好奇心驱使他试着克制自己。他现在全懂了。

可这桩杀人案——要纠缠他一辈子吗?他的过去要永远成为他的重担吗?难道他真该去认罪吗?绝不。对他不利的罪证只剩下一丁点儿了。就是那画本身——那就是证据。他要毁掉它,他怎么会保存了这么长时间?这幅画曾一度带给他乐趣,让他看着它起了变化,慢慢变老。最近,他感觉不到这种乐趣了,画像让他彻夜难眠。他离家时也总是惴惴不安,担心有人会看到它,它给他的激情蒙上一层忧郁,仅仅是对画的记忆就让多少欢愉的时刻变得索然无味。它好像就是他的良心。对,就是良心。他要毁掉它。

他四下望望,看到了那把杀了巴兹尔·霍尔沃德的刀。他反复清洗过多次,直到上面不见了丝毫血迹。那把刀铮铮发亮,明光闪闪,它曾被用来手刃画家,所以也应用来把画家的作品连同作品的一切意义都给毁掉。他要消除过去,而过去一旦消亡,他就无忧无虑了。他会销毁这种痛不欲生的灵魂生活,没有灵魂的可恶警醒,他就能得到安宁。他抓起刀,刺向了画像。

一声惨叫传来,接着是倒地的声音。那声痛苦的惨叫如此恐怖,吓醒了熟睡的仆人们,他们悄悄从房间里走出来。下面的广场上,有两位绅士路过,他们停脚抬头看看这座豪宅,随后继续向前走去,直到碰到一位警察,然后把他带回原地。警察几次按门铃,但却没人应答。除了一扇顶楼的窗户闪着亮光,整座宅子漆黑一片。一会儿之后,他走开了,到邻近的门廊里观察着。

"这座房子是谁家的,警官?"年长的一位绅士问道。

"先生,是道林·格雷先生的,"警察答道。

两人对望一眼,冷笑着走开了,他们其中一位是亨利·艾什顿爵士的叔叔。

屋内,在仆人们的住处,佣人们都没时间穿好衣服,他们正低声交谈着。利芙老太太拧着手哭泣着,弗兰西斯面如死灰。

一刻钟之后,弗兰西斯叫上车夫和一个男仆,轻手轻脚地上了楼。他们敲了下门,没有人应答。于是他们喊了几声,但仍是一片沉寂。他们试图把门撞开,但也是徒劳,最后,他们爬到了屋顶上,从上面跳到阳台上,毫不费力地弄开了窗户——销子已经旧了。

当他们进到房间里时,看到墙上挂着一幅他们主人的画像,那幅画熠熠生辉,跟他们上次见到的那样,仍旧保持着那奇特的青春和美貌。一具尸体躺在地板上,身着夜礼服,心口上插了把刀。他面容憔悴,皱纹满布,面目狰狞。直到他们仔细检查了戴在手上的几个戒指,才最终认出了他是谁。